絕對合格！

新日檢 N1

模擬試題+
完全解析 新版

こんどうともこ、王愿琦　著／元氣日語編輯小組　總策劃

新試験に効率よく備える

　1984年から開始された日本語能力試験が、2010年より新たな形で実施されすでに数年が経ちますが、その形式にまだ慣れない方もいらっしゃるようです。本書は、主催者団体から事前に提出されたデータを基に、過去の試験との比較を重ね、変わる点と変わらない点を分析して完成させました。さらに、母語による翻訳と解説をつけることで、自分の弱点が即座に分かるようになっています。改定がなされたことで不安になっている受験者のみなさまの、不安解消に役立てれば幸いです。

　新しい試験では、読解や聴解に新しいタイプの問題が登場し、言語知識（文字・語彙・文法）でも、運用力を問う問題の比重が高くなりました。今までのように丸暗記して、読解がほぼできれば合格できる、というものではなくなりました。改定の最大のポイントは、その言語知識を利用したコミュニケーション能力の測定にあるようです。

　受験者の多くが苦手とする「読解」ですが、新聞の記事や解説、平易な評論など、論旨が明快な文章をふんだんに取り入れ、表現意図を汲み取るテクニックを必要とする問題を用意しました。また「聴解」には幅広い場面での、まとまりのある会話やニュースなどを盛り込みました。自然に近いスピードの会話を聞いて、如何にして話の流れや内容、要旨を把握できるかがポイントとなります。

　この模擬試験には、公表された試験内容と全く同じ形式の模擬テストが3回分入っています。使用されている漢字や語彙も「日本語能力試験出題基準」に従っ

ています。後半部の「完全解析」と合わせ、何度か練習を重ねることで、自信を
もって試験に臨めることと思います。

　試験終了時には合格通知が届くよう、お祈りしています！

こんどうともこ

因為堅持，所以有了這本
一定會讓您考上新日檢N1的好書

2010年起，日語檢定大幅改革，考試新增許多往年未出現過的新題型，除了日語相關文法、字彙知識之外，新制日語檢定更重視「活用日語」的能力，希望應考者所學的日語，能更貼近日本日常生活，因此特別在題目中加重溝通能力的測驗。

本書作者こんどうともこ專事研究現代日語、日語教育，並獲日本文部科學省文化廳派遣來台，於大學內教授日文。結合日語專門知識與多年現場專業教學經驗，在日方公佈革新方向後，即著手研擬試題方向，於2010年完成《新日檢N1模擬試題＋完全解析》一書。然而，我們一致認為，唯有隨著實際出題情況不斷微調，才無愧於讀者公認最精準的模擬試題之名，因此，我們依新日檢實行數年至今的考題修訂內容，並增加一回全新的模擬試題，於2015年推出《新日檢N1模擬試題＋完全解析　全新升級版》，讓讀者能夠擁有與新日檢最相近的模擬試題、最詳盡的完全解析。而之後的《新日檢N1模擬試題＋完全解析　QR Code版》又因應讀者要求，於解答處增加了計分方式，讓讀者在自我檢測的同時，能預估自己的實力與不足。此外，也因應時代潮流，音檔之呈現改以QR Code方式，讓讀者用手機下載，學習更方便。

本書除了依照最新公布的考試題型、題數出題之外，最重要的就是在考題的精準度上下了許多功夫。這本書在一、考試題型，即各個考試科目的各個大題的走向；二、考試題數，即各個大題、小題的題數；三、考試範圍，即單字和文法的難易度；四、考試面向，即文章和聽力的活潑度，皆完全符合新日檢規格，絕非一般市面上其他濫竽充數的檢定書所能比擬。

現在距離日檢還有多久呢？如果時間還很長，那麼排定計畫，好好背單字，一天讀一點點文法，偶爾上網閱讀日本的新聞，每天早上聽個十分鐘的日文，循序漸進累積實力，必能手到擒來。而如果時間緊迫，則考前一週猛K文法，考前三天猛背單字，臨陣磨槍，或許不亮也光。但是無論如何，不可或缺的，都要買本「模擬試題」寫一下。

　　只要有一本好的模擬試題，不管時間充裕與否，把裡面的單字通通背起來、把文法通通弄懂、讀熟文章抓住考試重點、多聽幾次音檔讓耳朵習慣日文，這樣的準備，有時候比讀好幾個月、或是比買好幾本參考書還來得有效。但是儘管如此，想要提升應考戰力，除了做模擬試題之外，還是得靠「完全解析」。為了讓讀者更能掌握自我學習狀況，這本《新日檢N1模擬試題＋完全解析　新版》，每一回的每一題考題，我們都附上考題的翻譯與解析。翻譯過程中幾經討論與思量，決定直接將日語翻譯為相對應的中文，以「信」、「達」為宗旨，雖然無法兼顧文學性的「雅」，難免與日常口語略有差異，卻是最符合外語學習的思考模式。

　　本書是市面上品質最好、也最精準的新日檢模擬試題，但如有疏漏之處，尚祈讀者不吝指正。我們誠摯希望讀者能善加利用反覆練習，並仔細閱讀我們的完全解析，相信本書一定能助您一臂之力。有堅持就有完美，莘莘學子們，讓我們一起努力戰勝新日檢，高分過關吧！

元氣日語編輯小組

戰勝新日檢，掌握日語關鍵能力

元氣日語編輯小組

　　日本語能力測驗（日本語能力試験）是由「日本國際教育支援協會」及「日本國際交流基金會」，在日本及世界各地為日語學習者測試其日語能力的測驗。自1984年開辦，迄今超過30多年，每年報考人數節節升高，是世界上規模最大、也最具公信力的日語考試。

新日檢是什麼？

　　近年來，除了一般學習日語的學生之外，更有許多社會人士，為了在日本生活、就業、工作晉升等各種不同理由，參加日本語能力測驗。同時，日本語能力測驗實行30多年來，語言教育學、測驗理論等的變遷，漸有改革提案及建言。在許多專家的縝密研擬之下，自2010年起實施新制日本語能力測驗（以下簡稱新日檢），滿足各層面的日語檢定需求。

　　除了日語相關知識之外，新日檢更重視「活用日語」的能力，因此特別在題目中加重溝通能力的測驗。目前執行的新日檢為5級制（N1、N2、N3、N4、N5），新制的「N」除了代表「日語（Nihongo）」，也代表「新（New）」。

新日檢N1的考試科目有什麼？

新日檢N1的考試科目為「言語知識・讀解」與「聽解」二大科目，詳細考題如後文所述。

新日檢N1總分為180分，並設立各科基本分數標準，也就是總分須通過合格分數（＝通過標準）之外，各科也須達到一定成績（＝通過門檻），如果總分達到合格分數，但有一科成績未達到通過門檻，亦不算是合格。各級之總分通過標準及各分科成績通過門檻請見下表。

N1總分通過標準及各分科成績通過門檻			
總分通過標準	得分範圍	0~180	
	通過標準	100	
分科成績通過門檻	言語知識（文字・語彙・文法）	得分範圍	0~60
		通過門檻	19
	讀解	得分範圍	0~60
		通過門檻	19
	聽解	得分範圍	0~60
		通過門檻	19

從上表得知，考生必須總分100分以上，同時「言語知識（文字・語彙・文法）」、「讀解」、「聽解」皆不得低於19分，方能取得N1合格證書。

而從分數的分配來看，言語知識、讀解、聽解分數佔比均為1/3，表示新日檢非常重視聽力與閱讀能力，要測試的就是考生的語言應用能力。

此外，根據官方新發表的內容，新日檢N1合格的目標，是希望考生能理解日常生活中各種狀況的日語，並對各方面的日語能有一定程度的理解。

新日檢程度標準		
新日檢N1	閱讀（讀解）	・閱讀議題廣泛的報紙評論、社論等，了解複雜的句子或抽象的文章，理解文章結構及內容。 ・閱讀各種題材深入的讀物，並能理解文脈或是詳細的意含。
	聽力（聽解）	・在各種場合下，以自然的速度聽取對話、新聞或是演講，詳細理解話語中內容、提及人物的關係、理論架構，或是掌握對話要義。

新日檢N1的考題有什麼？

要準備新日檢N1，考生不能只靠死記硬背，而必須整體提升日文應用能力。考試內容整理如下表所示：

考試科目（考試時間）			題型		題數
		大題		內容	
言語知識（文字・語彙・文法）・讀解（110分鐘）	文字・語彙	1	漢字讀音	選擇漢字的讀音	6
		2	文脈規定	根據句子選擇正確的單字意思	7
		3	近義詞	選擇與題目意思最接近的單字	6
		4	用法	選擇題目在句子中正確的用法	6
	文法	5	文法1（判斷文法型式）	選擇正確句型	10
		6	文法2（組合文句）	句子重組（排序）	5
		7	文章文法	文章中的填空（克漏字），根據文脈，選出適當的語彙或句型	5
	讀解	8	內容理解（短文）	閱讀題目（包含生活、工作等各式話題，約200字的文章），測驗是否理解其內容	4
		9	內容理解（中文）	閱讀題目（評論、解說、隨筆等，約500字的文章），測驗是否理解其因果關係、理由、或作者的想法	9
		10	內容理解（長文）	閱讀題目（解說、隨筆、小說等，約1,000字的文章），測驗是否理解文章概要或是作者的想法	4
		11	綜合理解	比較多篇文章相關內容（約600字）、並進行綜合理解	3
		12	主旨理解（長文）	閱讀社論、評論等抽象、理論的文章（約1,000字），測驗是否能夠掌握其主旨或意見	4
		13	資訊檢索	閱讀題目（廣告、傳單、情報誌、書信等，約700字），測驗是否能找出必要的資訊	2

考試科目 （考試時間）	題　　型			
		大　　題	內　　容	題　數
聽解 （60分鐘）	1	課題理解	聽取具體的資訊，選擇適當的答案，測驗是否理解接下來該做的動作	6
	2	重點理解	先提示問題，再聽取內容並選擇正確的答案，測驗是否能掌握對話的重點	7
	3	概要理解	測驗是否能從聽力題目中，理解說話者的意圖或主張	6
	4	即時應答	聽取單方提問或會話，選擇適當的回答	14
	5	統合理解	聽取較長的內容，測驗是否能比較、整合多項資訊，理解對話內容	4

其他關於新日檢的各項改革資訊，可逕查閱「日本語能力試驗」官方網站 http://www.jlpt.jp/。

台灣地區新日檢相關考試訊息

測驗日期：每年七月及十二月第一個星期日

測驗級數及時間：N1、N2在下午舉行；N3、N4、N5在上午舉行

測驗地點：台北、桃園、台中、高雄

報名時間：第一回約於三～四月左右，第二回約於八～九月左右

實施機構：財團法人語言訓練測驗中心

　　　　　（02）2365-5050

　　　　　http://www.lttc.ntu.edu.tw/JLPT.htm

如何使用本書

《新日檢N1模擬試題＋完全解析　新版》依照「日本國際教育支援協會」及「日本國際交流基金會」所公布的新日檢N1範圍內的題型與題數，100%模擬新日檢最新題型，並加以解析，幫助讀者掌握考題趨勢，發揮實力。

STEP 1 測試實力

《新日檢N1模擬試題＋完全解析　新版》共有三回考題。每一回考題均包含實際應試時會考的二科，分別為第一科：言語知識（文字・語彙・文法）・讀解；第二科：聽解。詳細說明如下：

言語知識（文字・語彙・文法）・讀解 　時間 110分鐘

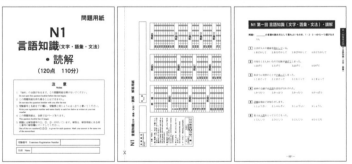

設計仿照實際考試的試題冊及答案卡形式，並完全模擬實際考試時的題型、題數，因此請將作答時間控制在110分之內，確保應試時能在考試時間內完成作答。

Part II 聽解 　時間 60分鐘

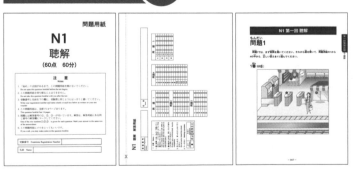

模擬實際考試的試題冊及答案卡，依據實際考試時的題型、題數，並比照正式考試說話速度及標準語調錄製試題。請聆聽試題後立即作答，培養實際應試時的反應速度。

STEP 2 厚植實力

　　在測試完《新日檢N1模擬試題＋完全解析　新版》各回考題後，每一回考題均有解答、中譯、以及專業的解析，讓您不需再查字典或句型文法書，便能有通盤的了解。聽力部分也能在三回的測驗練習之後，實力大幅提升！

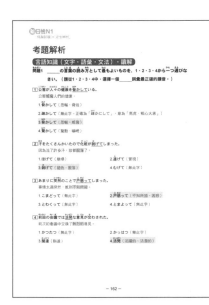

Part I 考題解析：言語知識（文字・語彙・文法）・讀解

　　新日檢N1考試題型多變，句子、文章皆長，更有許多比較分析的題目。本書所有題目及選項，均加上標音並有中文翻譯與重點解析，建議除了確認正確答案外，也要熟悉其他選項，藉此了解學習上的盲點，掌握自我基本實力。

Part II 考題解析：聽解

　　完全收錄聽解試題內容，所有題目及選項均加上標音並有中文翻譯，可藉此釐清應考聽力的重點；針對測驗時聽不懂的地方，請務必跟著音檔複誦，熟悉日語標準語調及說話速度，提升日語聽解應戰實力。

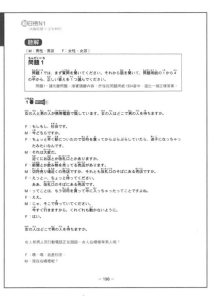

如何掃描 QR Code 下載音檔

1. 以手機內建的相機或是掃描 QR Code 的 App 掃描封面的 QR Code。
2. 點選「雲端硬碟」的連結之後,進入音檔清單畫面,接著點選畫面右上角的「三個點」。
3. 點選「新增至「已加星號」專區」一欄,星星即會變成黃色或黑色,代表加入成功。
4. 開啟電腦,打開您的「雲端硬碟」網頁,點選左側欄位的「已加星號」。
5. 選擇該音檔資料夾,點滑鼠右鍵,選擇「下載」,即可將音檔存入電腦。

目　次

N1模擬試題解答、翻譯與解析 `157`

N1

第一回模擬試題

N1

言語知識（文字・語彙・文法）

・読解

（120点　110分）

受験番号　Examinee Registration Number	
名前　Name	

N1 言語知識(文字・語彙・文法)・読解　解答用紙

受験番号
Examinee Registration Number

名前
Name

問題1

1	①	②	③	④
2	①	②	③	④
3	①	②	③	④
4	①	②	③	④
5	①	②	③	④
6	①	②	③	④

問題2

7	①	②	③	④
8	①	②	③	④
9	①	②	③	④
10	①	②	③	④
11	①	②	③	④
12	①	②	③	④
13	①	②	③	④

問題3

14	①	②	③	④
15	①	②	③	④
16	①	②	③	④
17	①	②	③	④
18	①	②	③	④
19	①	②	③	④

問題4

20	①	②	③	④
21	①	②	③	④
22	①	②	③	④
23	①	②	③	④
24	①	②	③	④
25	①	②	③	④

問題5

26	①	②	③	④
27	①	②	③	④
28	①	②	③	④
29	①	②	③	④
30	①	②	③	④
31	①	②	③	④
32	①	②	③	④
33	①	②	③	④
34	①	②	③	④
35	①	②	③	④

問題6

36	①	②	③	④
37	①	②	③	④
38	①	②	③	④
39	①	②	③	④
40	①	②	③	④

問題7

41	①	②	③	④
42	①	②	③	④
43	①	②	③	④
44	①	②	③	④
45	①	②	③	④

問題8

46	①	②	③	④
47	①	②	③	④
48	①	②	③	④
49	①	②	③	④

問題9

50	①	②	③	④
51	①	②	③	④
52	①	②	③	④
53	①	②	③	④
54	①	②	③	④
55	①	②	③	④
56	①	②	③	④
57	①	②	③	④
58	①	②	③	④

問題10

59	①	②	③	④
60	①	②	③	④
61	①	②	③	④
62	①	②	③	④

問題11

63	①	②	③	④
64	①	②	③	④
65	①	②	③	④

問題12

66	①	②	③	④
67	①	②	③	④
68	①	②	③	④
69	①	②	③	④

問題13

70	①	②	③	④
71	①	②	③	④

N1 第一回 言語知識（文字・語彙・文法）・讀解

問題1 _____の言葉の読み方として最もよいものを、1・2・3・4から一つ選びなさい。

1 公害が人々の健康を脅かしている。
　1.おどかして　　2.おろそかして　　3.おびやかして　　4.おどろかして

2 汗をたくさんかいたので化粧が剥げてしまった。
　1.ほげて　　　2.とげて　　　3.はげて　　　4.むげて

3 あまりに突然のことで戸惑ってしまった。
　1.こまどって　　2.とまどって　　3.とわくって　　4.とまよって

4 前回の会議では活発な意見が交わされた。
　1.かつたつ　　2.かっはつ　　3.かったつ　　4.かっぱつ

5 詳細は後ほどお知らせします。
　1.しょうさい　　2.しゃんさい　　3.しょうしい　　4.しょうし

6 犯人は人質をとって立てこもった。
　1.じんしつ　　2.ひとしつ　　3.じんじつ　　4.ひとじち

問題2 （　　　）に入れるのに最もよいものを、1・2・3・4から一つ選びなさい。

7 家族の不祥事に（　　　）の狭い思いをした。
1.肩身　　　　　2.骨身　　　　　3.親身　　　　　4.細身

8 彼の（　　　）点はとてもユニークだ。
1.看　　　　　2.視　　　　　3.思　　　　　4.争

9 その件については社長の（　　　）を得なければならない。
1.感想　　　　　2.了解　　　　　3.確保　　　　　4.認証

10 現実を（　　　）別の方針を立てなさい。
1.踏まえて　　　　　2.携えて　　　　　3.信じて　　　　　4.添えて

11 久しぶりに同級生に会って話が（　　　）。
1.続いた　　　　　2.弾んだ　　　　　3.盛んだ　　　　　4.飛んだ

12 あらためて話し合いの場を（　　　）再検討しよう。
1.置いて　　　　　2.預けて　　　　　3.建てて　　　　　4.設けて

13 環境問題を扱った本が（　　　）出版されている。
1.押し寄せて　　　　　2.奮闘して　　　　　3.相ついで　　　　　4.継続して

問題3 ＿＿＿の言葉に意味が最も近いものを、1・2・3・4から一つ選びなさい。

14 とんこつラーメンのスープはこってりしている。
1.甘辛い　　2.塩辛い　　3.淡白だ　　4.濃厚だ

15 新しい首相は国民に明朗な政治を約束した。
1.嘘のない　　2.明るい　　3.朗らかな　　4.未来のある

16 映画の撮影には莫大な費用がかかる。
1.ぼうだいな　　2.かだいな　　3.いだいな　　4.かんだいな

17 ほとんど勉強しなかったのだから、100点のはずがない。
1.やけに　　2.ろくに　　3.いやに　　4.もろに

18 彼は多くの人をだまして大金持ちになった。
1.おだてて　　2.おどして　　3.たずさえて　　4.あざむいて

19 こんな簡単な試験なら90点は堅い。
1.確かだ　　2.明確だ　　3.正確だ　　4.認可だ

問題4 次の言葉の使い方として最もよいものを、1・2・3・4から一つ選びなさい。

20 もてる
1.先生はいつも荷物がたくさんもてる。
2.父は取引先のお客さんからひどくもてる
3.彼は子供の頃から女性にとてももてる。
4.京都ではお寺をたくさんもてる。

21 ぶらぶらする

　　1.兄は仕事もせずに毎日ぶらぶらしている。

　　2.恋愛中の男女はつねにぶらぶらしている。

　　3.女性は目的を持ってぶらぶらするのが好きだ。

　　4.この服はぶらぶらしていて私の体に合わない。

22 ながれる

　　1.新人はミスが多いので取引相手がながれた。

　　2.あれから長い歳月がますますながれた。

　　3.温泉につかったので疲れがながれた。

　　4.参加者が少ないため今回の会議はながれた。

23 おさめる

　　1.木村くんはこれまでの努力をおさめた。

　　2.兄はアメリカの大学で医学をおさめた。

　　3.私は毎日、日本語をきちんとおさめている。

　　4.病人は栄養をしっかりおさめることが大事だ。

24 はずれる

　　1.父からお金がもらえるはずが、あてがはずれてがっかりした。

　　2.医師の判断がはずれて、祖母は亡くなってしまった。

　　3.宝くじを買ったが、願いがはずれてしまった。

　　4.息子は政治家になるはずが、道をはずれて有名な歌手になった。

25 ほじゅうする

　　1.風邪をひいたので、薬と果物をほじゅうした。

　　2.さっき言った意味が分からないので、ほじゅうしてください。

　　3.テストの点数が足りないので、勉強時間をほじゅうした。

　　4.コピー機のインクがなくなったので、ほじゅうしてもらった。

問題5　次の文の（　　　　）に入れるのに最もよいものを、1・2・3・4から一つ選びなさい。

26 彼は独身（　　　　）、結婚していた。
　　1.とはいえ　　　　2.ながらも　　　　3.と相まって　　　　4.と思いきや

27 鈴木さんの解釈には（　　　　）疑問が残る。
　　1.やや　　　　　　2.よもや　　　　　3.すばやく　　　　4.おろか

28 女性なら女性（　　　　）おしとやかにしなさい。
　　1.のように　　　　2.らしく　　　　　3.のくせに　　　　4.そうに

29 毎日勉強すれば（　　　　）の効果はあるはずだ。
　　1.それから　　　　2.それより　　　　3.それまで　　　　4.それなり

30 この料理は日本（　　　　）の珍味だ。
　　1.ならでは　　　　2.ものなら　　　　3.だけでは　　　　4.ばかり

31 結婚する（　　　　）どんな人がいいですか。
　　1.というと　　　　2.といえば　　　　3.としては　　　　4.としたら

32 こんなめでたい日には、飲ま（　　　　）というものだ。
　　1.ずではたえられない　　　　　　2.ずにはいられない
　　3.ないことはない　　　　　　　　4.ないまでもない

33 新しい先生は若い（　　　　）経験が豊富なことで知られている。
　　1.ながらに　　　　2.ながらも　　　　3.ところで　　　　4.ところが

34 いまさら勉強してみた（　　　）100点は取れないだろう。

　　1.としても　　　　2.ところで　　　　3.にせよ　　　　4.だけなら

35 うまくいくかどうかは（　　　）、やってみよう。

　　1.ぬきに　　　　2.とにかく　　　　3.なしでは　　　　4.ともかく

問題6　次の文の＿★＿に入る最もよいものを、1・2・3・4から一つ選びなさい。

（問題例）

　　　　彼女は ＿＿＿＿ ＿＿＿＿ ＿★＿ ＿＿＿＿ ある。

　　　　1.中で　　　　　　2.一番　　　　　　3.人気が　　　　　4.先生の

（解答の仕方）

1. 正しい文はこうです。

> 彼女は ＿＿＿＿ ＿＿＿＿ ＿★＿ ＿＿＿＿ ある。
>
> 　　　4.先生の　1.中で　2.一番　3.人気が

2. ＿★＿に入る番号を解答用紙にマークします。

　　　　（解答用紙）　（例）　① ● ③ ④

36 透明な ＿＿＿＿ ＿＿＿＿ ＿★＿ ＿＿＿＿ さしこんでいる。

　　1.太陽の　　　　2.ガラスを　　　　3. 光が　　　　4.通して

37 会社建て直しの ＿＿＿＿ ＿＿＿＿ ★ ＿＿＿＿ 経営難に追い込まれることになるだろう。

1.手直しを　　　　2.なんらかの　　　　3.ためにも　　　　4.しないと

38 姉は ＿＿＿＿ ＿＿＿＿ ★ ＿＿＿＿ 悲しんでいる。

1.信じていた　　　　2.なげき　　　　3.恋人に　　　　4.裏切られて

39 このデジカメは ＿＿＿＿ ＿＿＿＿ ★ ＿＿＿＿ つけようがない。

1.もとより　　　　2.性能は　　　　3.デザインも　　　　4.文句の

40 何事にも ＿＿＿＿ ＿＿＿＿ ★ ＿＿＿＿ 弟はとても内気だ。

1.兄に　　　　2.ひきかえ　　　　3.積極的で　　　　4.活発な

問題7　次の文章を読んで、**41** から **45** の中に入る最もよいものを、1・2・3・4から一つ選びなさい。

　同じ一日の同じ繰り返しだった。どこかに折り返しでもつけておかなければ間違えて **41** 一日だ。

　その日はずっと秋の匂いがした。いつもどおりの時刻に仕事を終え、アパートに帰ると双子の姿はなかった。僕は靴下をはいたままベッドに寝転び、ぼんやりと煙草を吸った。いろんなことを考えてみようとしたが、頭の中で何ひとつ形をなさなかった。僕はため息をついてベッドに起き上がり、しばらく向い側の白い壁を睨んだ。何をしていいのか見当もつかない。いつまでも壁を睨んでいるわけにもいくまい、と自分に言いきかせる。 **42** 駄目だった。卒論の指導教授がうまいことを言う。文章はいい、論旨も明確だ、だがテーマがない、と。実にそんな具合だった。久し振りに一人になってみると、 **43-a** をどう扱えばいいのかが上手くつかめなかった。

不思議なことだ。何年も何年も 43-b は 44 生きてきた。結構上手くやってきたじゃないか、それが思い出せなかった。二十四年間、すぐに忘れてしまえるほど短かい年月じゃない。まるで捜し物の最中に、何を捜していたのかを忘れてしまったような気分だった。いったい何を捜していたのだろう？栓抜き、古い手紙、領収書、耳かき？

あきらめて枕もとのカントを手に取った時、本のあいだからメモ用紙がこぼれた。双子の字だった。ゴルフ場に遊びに行きます、と書いてあった。僕は心配になった。僕と 45 ゴルフ・コースに入らないように、と言いきかせてあったからだ。事情を知らないものには夕暮のゴルフ・コースは危い。何時ボールが飛んでくるかもしれないからだ。

（村上春樹『1973年のピンボール』による）

41

1.しまったかのような　　　　　2.しまいそうなほどの

3.しまうみたいなほどの　　　　4.しまうのだろう

42

1.そんなに　　　2.なるほど　　　3.しかるに　　　4.それでも

43

1.a自分自身 / b僕　　　　　2.a自分 / b僕自身

3.a僕 / b自分自身　　　　　4.a僕 / b僕

44

1.自由に　　　2.一人で　　　3.ぼんやり　　　4.独身のまま

45

1.一緒だったら　　　　　2.一緒にいないなら

3.一緒でないと　　　　　4.一緒でなければ

問題8　次の文章を読んで、後の問いに対する答えとして最もよいものを、1・2・3・4から一つ選びなさい。

　冬に深川の家へ遊びに行くと、三井さんは長火鉢に土鍋をかけ、大根を煮た。土鍋の中には昆布を敷いたのみだが、厚く輪切りにした大根は、妻君の故郷からわざわざ取り寄せる尾張大根で、これを気長く煮る。

　煮えあがるまでは、これも三井さん手製のイカの塩辛で酒をのむ。柚子の香りのする、うまい塩辛だった。大根が煮あがる寸前に、三井老人は鍋の中へ少量の塩と酒を振りこむ。そして、大根を皿へ移し、醤油を二、三滴落としただけで口へ運ぶ。大根を噛んだ瞬間に、「む……」①いかにもうまそうな唸り声をあげたものだが、若い私たちには、まだ大根の味がわからなかった。

（池波正太郎『食卓のつぶやき』による）

46 筆者の内容と最も合うものはどれか。
　1.三井さんはとても料理が上手で、中でも大根が好きだった。
　2.今でこそうまいと思う大根の味が、当時はわからなかった。
　3.大根はやはり尾張から取り寄せたものが一番うまい。
　4.大根を煮るときは土鍋に昆布を敷き、醤油で煮込む。

47 ①いかにもと最も同じ使い方のものはどれか。
　1.彼女の新しい指輪は、いかにも特別に注文して作ったようである。
　2.次回のパーティーに参加するかどうか、いかにも悩まずにはあたらない。
　3.教師であるからには、いかにも優秀でなくてなんだろう。
　4.この携帯にはいろいろな機能がついていて、いかにも便利そうだ。

48 筆者の描く「三井老人」に最も近いものはどれか。

 1. 材料を惜しむけちな人

 2. 何事にもこだわりのある人

 3. お酒を飲むのが好きな人

 4. とてもわがままな人

49 この文章と最も似ている内容はどれか。

 1. 三井さんが大根を煮ている間、みんなでお酒を飲んだ。

 2. 私たちは大根の煮物が食べたくて、三井さんの家に遊びに行った。

 3. 三井さんは大根を煮ながら、飲んでいたお酒を土鍋に入れた。

 4. 私たちが三井さんの家につくと、すぐに大根を煮てくれた。

問題9 次の文章を読んで、後の問いに対する答えとして最もよいものを、1・2・3・4 から一つ選びなさい。

 師走の雨は首筋に冷たい。傘を傾けながら歩く裏通り。そろそろ沈丁花（じんちょうげ）の蕾（つぼみ）もと思いつつ、傍らの植え込みをのぞくのも億劫（おっくう）で、①つい行き過ぎてしまう。

 ②この季節、決まって③脳裏をよぎる思い出がある。

 亡父が末弟とともに、公団住宅で暮らしていた四十年も前のことだ。満開の沈丁花の間を抜け、住居の棟の入り口に近づくと、一本の木の根元にうずくまる人影があった。④目を凝らすと、それは父だった。

 ⑤「どうしたの？」と声をかけると、驚いたように立ち上がった父は、片手に小さなシャベルを持ち、少々照れたような表情で言った。

 「今朝、金魚の元気がないので、お日様に当てようと鉢を窓際に置いておいたら、飛び出して下に落ちてしまったんだよ」

父は急いで階段を下り、窓の真下で泥まみれになって⑥死んでいる金魚を見つけたという。⑦不憫な（注1）ことをした、とあわてて部屋に戻って、マッチ箱を探して入れ、埋めてやったところだった。

私は黙って五階の窓を見上げた。八十歳も半ばを過ぎた老人が、コンクリートの階段を二度も上り下りしたとは……。

「ここなら、沈丁花の香りをかぐことができるし」。父は黒い土の上に目をやりつぶやいた。私は⑧急に目の奥が熱くなるのを感じた。以来、この花の季節になるといつもこの記憶がよみがえる。小さな命を惜しみ、その骸（注2）まで気遣った父を思い出すのだ。

仕事で私は、これまでに何百人もの明治生まれの人々を撮り続けてきた。ファインダーを通してのぞく人々の姿に、いつしか亡父の姿を重ねていることがある。

（笹本恒子「朝日新聞 2009年3月14日」による）

（注1）不憫な：かわいそうなこと、またその様子
（注2）骸：死体、亡きがら

50 ①ついい行き過ぎてしまうとあるが、なぜか。

1.傍らにある植え込みが複雑に生えているから。

2.大雨が降っていてぬれてしまうから。

3.わざわざのぞき込むのがめんどうだから。

4.年をとって忘れやすくなってしまったから。

51 ②この季節とあるが、どんな季節か。

1.雨の多い梅雨の季節

2.十二月の寒い季節

3.春の花がたくさん咲く季節

4.金魚すくいなどお祭りの多い季節

52 ③脳裏をよぎるとあるが、似たような使い方の正しい文はどれか。

1.つらい思い出が心を通っていった。

2.父が買ってくれた自転車が脳をさえぎった。

3.不安な思いが脳裏を通り抜けた。

4.遠い昔の記憶が頭を横切った。

53 ④目を凝らすととあるが、筆者はどうして目を凝らしたのか。

1.木の根元に人影があったから。

2.人影だと思っていたら木だったから。

3.木の根元に人がたおれていたから。

4.真っ暗でよく見えなかったから。

54 ⑤「どうしたの？」と声をかけると、驚いたように立ち上がったとあるが、驚いた理由として考えられるものはどれか。

1.シャベルをもっていたので恥ずかしかったから。

2.悪いことをしていたのでびっくりしたから。

3.突然、人の声がしたのでどきっとしたから。

4.筆者の声が大きかったのでぎょっとしたから。

55 ⑥死んでいる金魚とあるが、金魚が死んでしまった理由はどれだと考えられるか。

1.陽の光で水温が上がり、金魚は熱さにがまんできなくなり飛び出したから。

2.五階の窓際においてあった金魚鉢が下に落ちてしまったから。

3.金魚鉢から飛び出したら、下が泥だったために呼吸ができなかったから。

4.鉢から飛び出した場所が五階という高さだったから。

56 ⑦不憫なことをしたとあるが、その理由に近いものはどれか。

1.自分が鉢を窓際に置かなかったら、金魚は死なずにすんだという思いから。

2.大事にしていた金魚を、自分の手で殺してしまったという恐怖心から。

3.金魚鉢の中ではなく、泥まみれになって死んでいた様子が哀れだったから。

4.娘に内緒で金魚鉢を外に置くべきではなかったという自責の念から。

— 032 —

57 ⑧急に目の奥が熱くなるのを感じたとあるが、その理由はどれか。

　　1.年老いた父が階段を二度も上り下りしたことに驚き感銘を受けたから。

　　2.大事にしていた金魚が死んでしまい、悲しさで涙があふれたから。

　　3.たかが金魚のためにここまでする父の優しさに感心したから。

　　4.金魚の命を惜しみ、その死骸にまで気を遣った父の優しさに感動したから。

58 この文章のタイトルとしてふさわしいものはどれか。

　　1.金魚と父と沈丁花

　　2.父を思い出す沈丁花

　　3.父が愛した沈丁花

　　4.沈丁花の思い出

問題10　次の文章を読んで、後の問いに対する答えとして最もよいものを、1・2・3・
　　　　　4から一つ選びなさい。

「①水に流す」とは、今まであったことを、さらりと忘れ去ってしまうことである。過ぎてしまったことを改めて話にもち出したり、とがめ立てたりせず、無かったことにしようとする行為である。

われわれ日本人の行動様式をふりかえると、この「水に流す」傾向がきわめて強いことに気づかされる、善くも悪くも、過去に対してわだかまりがなく、済んでしまったことは仕方がないという気分が支配的である。

なにごとも「水に流す」日本人の心情は、他人の過去や失策を許容し、これからのことに行動を推し進めてゆく現実的な知恵でもある。一方、常に責任の所在がうやむやになり、いわゆる"なあなあ"（注1）の関係が生ずるもとともなる。

厳格な責任の追及、執拗な抗議といった行動はともすれば日本人の心情になじまず、②これに対し、ものごとにこだわらず、あっさりとした恬淡（注2）たる態度が好ましいものとして共感を生んできた。

　過去にこだわらず、責めず、忘れ、許容し、許す——この日本人の行動様式はおだやかで優しい人間関係を維持するための知恵として、また肝要な人間性の美点として歓迎されてきたのである。

　しかし、今日のように日本が世界の中で経済大国として浮上し、われわれ日本人が好むと好まざるとに関わらず、国際社会の歴史、文化、生活習慣と接触する機会が多くなる中で、この日本人の「水に流す」心情は、とかく無神経、無定見、無責任な行動を生み出すもの、トラブルの原因を生み出すものとして指摘されるようになってきた。現代社会の構造が、「水に流す」これまでの日本人の心情とそぐわなくなってきているのかもしれない。

　この本は、日本人の「水に流す」心情を、改めてふりかえり、その由来、現象、そして③その功罪を考えてみようとしたものである。

　豊かな水資源を有する日本の風土から生まれた日本人の「洗浄志向」、穢れや罪も洗い流す「禊（注3）」という考え、モンスーン気候の恩恵により発達した稲作文化と、稲作の要となった水を中心とする共同体（村）の確立、水に神を見、水の流れを生活心情、さらには生きる哲学まで高めた精神文化、このような日本人の水との深い関わりの中から「水に流す」心情もまた育まれてきたにちがいない。

　そしてこの日本人の「水に流す」行動様式は今、どのような局面に立たされているか。これまでどおりの「水に流す」やりかたで、われわれの社会生活が維持できるのだろうか。

　人間関係の中で、またビジネス社会で、さらには国際社会の中で、今、日本人の「水に流す」慣習は改めて問い直されているのではなかろうか。

　日本人の水との歴史的、文化的関わりを核として、「水に流す」日本人の心情、行動様式を考えてみたい。

（樋口清之『日本人はなぜ水にながしたがるのか』による）

（注1）なあなあ：折り合いをつけ、いい加減にすませること
（注2）恬淡：無欲で執着しないこと
（注3）禊：水で体を清め、罪や穢れを洗い流すこと

59 ①水に流すを具体的に表している例はどれか。

1.同僚の失敗について会議で話し合い反省すること

2.前回失敗したことをうっかり忘れること

3.同僚が犯したミスをなかったことにすること

4.仲間が犯した罪をもち出さないようにすること

60 ②これは何を指しているか。

1.責任をなあなあにすること

2.責任追及にこだわらないこと

3.責任の所在を確かにすること

4.日本人らしく責任をとらないこと

61 筆者の考える③その功罪とはどんなことか。

1.功：過去をふりかえらず大胆に行動できる。

　罪：国際社会では、無神経で無責任な行動と思われる。

2.功：良好な人間関係が維持できる。

　罪：無責任な人が増え、社会生活が不安定になる恐れがある。

3.功：おだやかで優しい人間関係が維持できる。

　罪：いい加減な人間とみなされ、仕事がなくなる恐れがある。

4.功：日本人の好むおだやかな人間関係が維持できる。

　罪：責任の所在が不確かになり、人間関係がいい加減になる。

62 日本人が「水に流す」心情を発達させてきた歴史的、文化的背景として、筆者が
あげているものはどれか。

1.水資源の豊かな気候風土と稲作文化による共同体

2.モンスーン気候がもたらした共同体と水神の哲学

3.水の中には神がいるという考えと豊かな水資源

4.稲作文化から生まれた「洗浄志向」と「禊」という考え方

問題11　次のAとBはそれぞれ別の新聞のコラムである。AとBの両方を読んで、後の問いに対する答えとして最もよいものを、1・2・3・4から一つ選びなさい。

A

国民の健康を守るため、たばこの税金を大幅に上げて、欧州諸国並みの価格にする。

厚生労働省の要請を受けて、政府税制調査会での議論が始まった。財源ではなく、健康問題としてたばこの増税が議論されるのは初めてのことだ。

国民の健康のためには、価格を上げて消費を減らすなどの対策が重要だ。だが、自民党政権下では、税収を確保したい財政当局やたばこ産業を背景にした政治家たちによって、消費減につながる対策は阻まれてきた。

日本人男性の喫煙率は約4割、女性は約1割で国際的にも非常に高い。その背景には、たばこ価格の安さがあるに違いない。20本入りたばこ1箱は、英国で約850円、フランスで約550円と、日本の300円に比べてはるかに高い。

日本も批准した世界保健機関（WHO）のたばこ規制枠組み条約でも、喫煙率を下げるには、価格を上げることが不可欠とされている。

財政当局には、増税で価格が上がり消費が減れば、現在約2兆円の税収が減るとの心配が当然あるだろう。しかし、厚労省の科学研究によれば、たばこによる病気の治療費は毎年1兆3千億円、労働力の損失や火災による損害などを含めると、損失は7兆円に上る。人々が健康になることも考えれば、たばこ消費が減っても得られるものの方がはるかに大きい。

喫煙者の8割は禁煙を望んでおり、また1箱500円なら5割強、千円なら約8割の人がたばこをやめるという調査結果もある。

政府が日本たばこ産業の大株主であるのは、今の時代にふさわしいことだろうか。株を売却すれば、貴重な財源になるはずだ。

（「朝日新聞・社説」2009年11月8日）

B

鳩山由紀夫首相を筆頭に、民主党の閣僚から2010年度の税制改正でたばこ増税を検討すべきだとの意見が相次いでいる。喫煙による健康への悪影響を抑える意味でも、割安な日本のたばこを欧米並みに高くして税収を得るのは妥当な考えだ。

日本で一般的な20本300円のたばこ1箱にかかる税金は、消費税を除き約175円。2009年度予算のたばこ税収は合計で約2兆円で、実質4割が国、6割が地方の財源となる。自民党政権下では3年と6年に増税をしたが、いずれも小幅だった。

厚生労働省によると1ドル＝90円換算でのたばこ価格はドイツが466円、フランス556円、英国843円、米ニューヨーク州が705円だ。日本もたばこ増税で1箱500～700円程度に上げれば、兆円規模の増収につながる可能性がある。

たばこは肺がんや心筋梗塞などの原因となる。たばこの害は吸う本人だけでなく、周囲にも及ぶ。たばこを高くして禁煙を誘導するのは合理的な考え方だ。世界の流れにも合う。日本は価格や課税の措置でたばこの消費を減らそうとするWHOの「たばこの規制に関する枠組み条約」を結んでいる。日本の喫煙率は男性で約40％と英仏より10ポイント程度高い。たばこに対する負担が軽いことと無関係ではないだろう。

愛煙家には確かに耳の痛い話だ。葉たばこ農家や日本たばこ産業などへの影響にも目配りが必要だが、新政権は人々の健康を守る観点で、たばこ増税の議論を進めてほしい。

（「日経新聞・社説」2009年11月3日）

---

63 AとBのどちらの記事にも触れられている内容はどれか。

1. たばこを吸う人の8割が千円ならやめるという結果報告

2. たばこの税金を欧米並みにし、喫煙率を下げるという検討案

3. たばこによる病気の治療費を下げるための検討案

4. たばこは本人のみならず周囲にも悪影響を及ぼすという結果報告

64 たばこ増税を検討することについて、Aの筆者とBの筆者はどのような立場をとっているか。

1.AもBも、ともに批判的である。

2.AもBも、ともに賛成している。

3.Aは批判的であるが、Bは賛成している。

4.Aは賛成しているが、Bは批判的である。

65 たばこの価格を上げて消費を減らす対策がなされなかった理由はどれか。

1.愛煙家による猛烈な反対があったから。

2.日本たばこ産業による猛烈な反対があったから。

3.たばこの消費が減れば国や政治家たちが困るから。

4.たばこによる治療費が減れば国が困るから。

問題12　次の文章を読んで、後の問いに対する答えとして最もよいものを、1・2・3・4から一つ選びなさい。

　さて日本人が、白人の米国人から英会話を習うときにしばしば起こることの第一は、相手が容貌などの点で日本人でないために、自分と相手との間の社会的距離がつかみにくいので、安定した心理状態を保てなくなってしまうことです。その結果として、普段の自分と比べて落ち着きがなくなったり、どぎまぎするなど、要するに上がってしまうのです。

　これは日本人の、社会的な場面における自己規定のしくみ、つまり「私は誰か、何者か」という自分の①座標決定が、相手に依存する相対的なものであるためと考えられます。日本人は相手の正体、素性、具体的に言うと、だいたいの年齢、職業、社会的地位などが分かったとき、はじめてその特定の相手との具体的な関係で、自分の位置が決まるからです。

　私たちは平素の日常生活の中でも、見知らぬ他人とは、殆ど口をきかない、気安く言葉をかけたりしないのが普通ですが、②これも相手の正体が分からない、ということは、相手に関する細かな情報をもっていないため、どう対応したらよいかが決定できず、なるべく関わりをもつまいとするからです。

　この③素性が分からない、したがって相手の反応が予測できないという点では、顔かたちや行動様式の異なる外国人が、最も始末の悪い相手なのです。関係のない行きずりの外国人ならば、無視すればすむわけですが、会話の相手として自分の前にいる外国人は、無視することもその場から逃げ出すこともできないわけですから、自分の座標が決まらず、落ち着かなくなってしまうのです。

　しかも日本人は白人が先生だと位負け、つまり心理的に相手に呑まれ、圧倒されてしまうことが多いようです。それは日本人がいまでも無意識のうちに、白人に対する憧れや崇拝の気持をもっているためと考えられます。だからこちらがいばったり高圧的な態度をとったり、あるいは高飛車（たかびしゃ）に出たりすることは殆どなく、反対に、何とか相手の気持を傷つけないよう、できる限り相手を立てようと下手（したて）に出ます。

　それと同時に、相手の言語である英語を間違えないようにと、非常に気をつかうのです。英語がそもそもできないからこそ習うのだから、間違ってもともとだという割り切った気持ではなく、間違っては申しわけない、恥ずかしい、きまりが悪いといった、相手との関係を友好的に維持するほうに気をとられるのです。ところが私たちが英語の本を一人で読んでいるときは、筆者に対してこのような気づかいをしません。目の前に生きた相手がいないからです。

（鈴木孝夫『日本人はなぜ英語ができないか』による）

66 ①座標決定とあるが、どのような決定か。

　　1.相手の正体や素性を社会的に位置づける決定

　　2.相手の年齢や職業、社会的地位の決定

　　3.自分と相手の関係を位置づけて規定する決定

　　4.自分と相手との具体的関係による位置決定

67 ②<u>これ</u>というのは何か。

1. 日本人が日常生活の中で他人と口をきかないよう心がけていること

2. 日本人はふだん見知らぬ人には気安く言葉をかけないこと

3. 日本人は相手の素性を理解してから口をきくようにしていること

4. 日本人が特定の相手との位置関係を決定しようとすること

68 ③<u>素性が分からない</u>ことで日本人がとる行動または状態はどれか。

1. 相手を無視してその場から逃げ出してしまう。

2. 座標が決まらず、落ち着かなくなってしまう。

3. 心理的に相手に呑まれ、圧倒されてしまう。

4. 相手を立てようと下手に出てしまう。

69 この文章で筆者が言いたいことは何か。

1. 日本人は相手が白人だと心理的に呑まれてしまうが、そうでない場合は英語を上手に使うことができる。

2. 日本人は相手の素性が分からないと自分の座標が決まらないため恥ずかしくなり、相手を立てようと下手に出てしまう民族である。

3. 日本人の英会話学習にひそむ問題は、勉強の方法にあるのではなく日本人の心的構造にある。

4. 日本人が英会話を習うときの問題点は、相手のことを崇拝し、尊重しすぎてしまう心理にある。

問題13　次は、学生専用マンションの情報である。下の問いに対する答えとして、最も
　　　　よいものを1・2・3・4から一つ選びなさい。

70 台湾出身の陳さんは、新宿駅から徒歩10分以内のマンションを探している。広さ
にはこだわらないが、8万円以内を希望している。陳さんの希望に合う物件はいく
つあるか。

1.2つ　　　　　　　2.3つ　　　　　　　3.4つ　　　　　　　4.5つ

71 アメリカ出身のジェシカさんは、料理をする場所と食事をする場所がそれぞれ分
かれていて、敷金・礼金のない物件を探している。ジェシカさんの条件に合うも
のはどれか。

1.物件7、物件8

2.物件4、物件7、物件11

3.物件4、物件8、物件11

4.物件4、物件7、物件8、物件10

学生専用マンション情報

物件	沿線 / 最寄の駅	駅からの交通	家賃	敷金 / 礼金	専用面積	間取タイプ
1	JR山手線 / 新宿	徒歩15分	¥62,000	なし / なし	13.5㎡	ワンルーム
2	JR山手線 / 新宿	徒歩9分	¥77,000	¥77,000 / ¥154,000	20㎡	ワンルーム
3	JR山手線 / 新宿	徒歩7分	¥88,000	¥88,000 / ¥88,000	17㎡	1K
4	JR山手線 / 上野	徒歩18分	¥72,000	なし / なし	25.2㎡	1DK

物件	沿線 / 最寄の駅	駅からの交通	家賃	敷金 / 礼金	専用面積	間取タイプ
5	JR山手線 / 渋谷	徒歩9分	￥100,000	￥100,000 / ￥100,000	24.1㎡	1DK
6	JR山手線 / 秋葉原	徒歩3分	￥67,000	なし / なし	10.5㎡	ワンルーム
7	東京メトロ銀座線 / 浅草	徒歩9分	￥72,000	なし / なし	18.5㎡	1K
8	東京メトロ千代田線 / 北千住	徒歩19分	￥63,000	なし / なし	15.9㎡	1DK
9	都営新宿線 / 新宿	徒歩7分	￥75,000	￥150,000 / ￥150,000	32.6㎡	1LDK
10	東京メトロ銀座線 / 表参道	徒歩23分	￥75,000	なし / なし	19㎡	ワンルーム
11	東京メトロ日比谷線 / 六本木	徒歩12分	￥210,000	なし / なし	27㎡	1LDK
12	東京メトロ銀座線 / 銀座	徒歩18分	￥77,000	￥77,000 / ￥77,000	13.4㎡	1K
13	東京メトロ日比谷線 / 築地	徒歩21分	￥97,000	￥97,000 / ￥174,000	19.5㎡	1LDK

ワンルーム：1部屋のみでキッチンなどの仕切りがないもの
1K：1部屋＋キッチン（＝台所；Kitchen）
1DK：1部屋＋ダイニングキッチン（＝食堂と台所；Dining Kitchen）
1LDK：1部屋＋リビングダイニングキッチン（＝居間と食堂と台所；Living Dining Kitchen）

N1
聴解
（60点　60分）

受験番号　Examinee Registration Number	

名前　Name	

N1 聴解 解答用紙

受験番号
Examinee Registration Number

名前
Name

問題1

1	①	②	③	④
2	①	②	③	④
3	①	②	③	④
4	①	②	③	④
5	①	②	③	④
6	①	②	③	④

問題2

1	①	②	③	④
2	①	②	③	④
3	①	②	③	④
4	①	②	③	④
5	①	②	③	④
6	①	②	③	④
7	①	②	③	④

問題3

1	①	②	③	④
2	①	②	③	④
3	①	②	③	④
4	①	②	③	④
5	①	②	③	④
6	①	②	③	④

問題4

1	①	②	③
2	①	②	③
3	①	②	③
4	①	②	③
5	①	②	③
6	①	②	③
7	①	②	③
8	①	②	③
9	①	②	③
10	①	②	③
11	①	②	③
12	①	②	③
13	①	②	③
14	①	②	③

問題5

1	(1)	①	②	③	④
	(2)	①	②	③	④
2	(1)	①	②	③	④
	(2)	①	②	③	④
3	(1)	①	②	③	④
	(2)	①	②	③	④
4	(1)	①	②	③	④
	(2)	①	②	③	④

N1 第一回 聴解

<ruby>問題<rt>もんだい</rt></ruby>1

<ruby>問題<rt>もんだい</rt></ruby>1では、まず<ruby>質問<rt>しつもん</rt></ruby>を<ruby>聞<rt>き</rt></ruby>いてください。それから<ruby>話<rt>はなし</rt></ruby>を<ruby>聞<rt>き</rt></ruby>いて、<ruby>問題用紙<rt>もんだいようし</rt></ruby>の1から4の<ruby>中<rt>なか</rt></ruby>から、<ruby>正<rt>ただ</rt></ruby>しい<ruby>答<rt>こた</rt></ruby>えを1つ<ruby>選<rt>えら</rt></ruby>んでください。

1<ruby>番<rt>ばん</rt></ruby> MP3-01

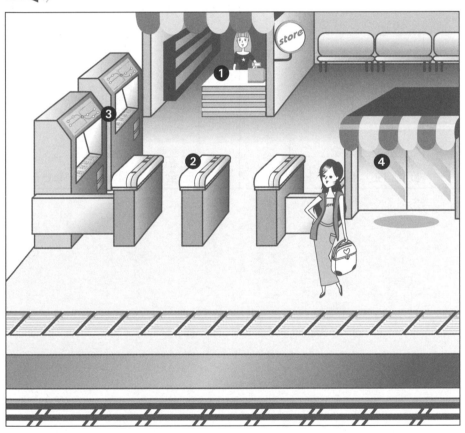

2番 MP3-02))

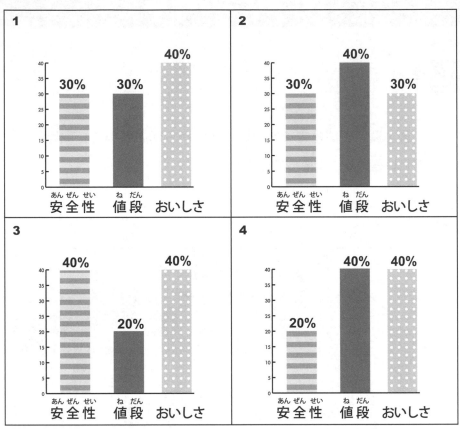

3番 ばん MP3-03))

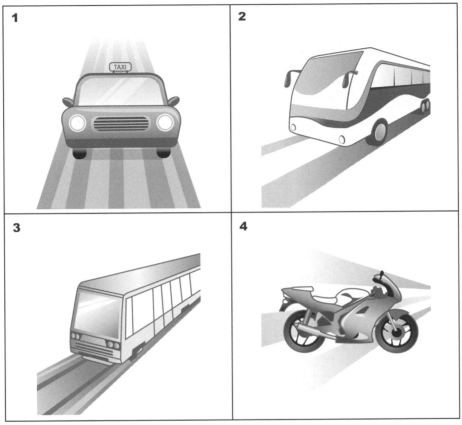

4番 MP3-04)))

1 台所をぴかぴかに磨く

2 コピー機の周りを掃除する

3 会議室を掃除する

4 外にごみを捨てに行く

5番 MP3-05)))

1 タクシーで病院に行く

2 りんごをむいて食べる

3 生姜汁を作って飲む

4 お風呂に入って温まる

6番 MP3-06)))

1 お茶とおせんべい

2 厚い靴下

3 チョコレートケーキ

4 生クリームケーキ

もんだい
問題2

問題2では、まず質問を聞いてください。そのあと、問題用紙の選択肢を読んでください。読む時間があります。それから話を聞いて、問題用紙の1から4の中から、正しい答えを1つ選んでください。

1番 MP3-07))

Calendar

日	月	火	水	木	金	土
	1	2	3	4	5	6
7	8	9	10❶	11	12	13
14	15❷	16	17❸	18	19	20
21	22	23	24❹	25	26	27
28	29	30				

1　10

2　15

3　17

4　24

2番ばん MP3-08))

1 今日中に資料を提出しなかったから

2 資料を飲み屋に忘れてきたから

3 飲み屋でお酒を飲んだから

4 資料をなくしてしまったから

3番ばん MP3-09))

1 頭の上にタオルを乗せること

2 体を洗ってから入ること

3 大声でおしゃべりすること

4 浴そうの中で泳ぐこと

4番ばん MP3-10))

1 メールを出す

2 ファックスを送る

3 電話をする

4 銀座と新宿店に行く

5番 MP3-11))

1 朝寝坊したから

2 母親とけんかしたから

3 将来について話し合っていたから

4 朝ごはんを食べていたから

6番 MP3-12))

1 商品開発と設備設計

2 営業

3 顧客管理

4 技術者教育

7番 MP3-13))

1 専門家が直接修理に行く

2 ソフトの担当者が電話する

3 ハードを点検する

4 ソフトを点検する

もんだい
問題3

問題3では、問題用紙に何も印刷されていません。まず話を聞いてください。それから、質問と選択肢を聞いて、1から4の中から正しい答えを1つ選んでください。

— メモ —

1番 MP3-14)))

2番 MP3-15)))

3番 MP3-16)))

4番 MP3-17)))

5番 MP3-18)))

6番 MP3-19)))

問題4
もんだい

問題4では、問題用紙に何も印刷されていません。まず文を聞いてください。それから、それに対する返事を聞いて、1から3の中から正しい答えを1つ選んでください。

― メモ ―

1番 MP3-20))

2番 MP3-21))

3番 MP3-22))

4番 MP3-23))

5番 MP3-24))

6番 MP3-25))

7番 MP3-26))

8番 MP3-27))

9番 MP3-28))

10番 MP3-29))

11番 MP3-30))

12番 MP3-31))

13番 MP3-32))

14番 MP3-33))

もんだい
問題5

問題5では長めの話を聞きます。この問題には練習はありません。

まず、話を聞いてください。それから、2つの質問を聞いて、それぞれ問題用紙の1から4の中から、正しい答えを1つ選んでください。

1番 MP3-34)) MP3-35))

質問1

　　1 視界が悪いため欠航

　　2 東京へ引き返す

　　3 2時間遅れで出発

　　4 平常運行

質問2

　　1 視界が悪いため欠航

　　2 東京へ引き返す

　　3 2時間遅れで出発

　　4 平常運行

2番 ばん MP3-36))) MP3-37)))

質問1 しつもん

1 下着の着用 したぎ ちゃくよう

2 お化粧 けしょう

3 アクセサリーの着用 ちゃくよう

4 車の運転 くるま うんてん

質問2 しつもん

1 がまんして寝る ね

2 飴をなめる あめ

3 水を少し飲む みず すこ の

4 唇をぬらす くちびる

3番 ばん MP3-38)) MP3-39))

質問1 しつもん

1 さっぱりタイプ

2 しっとりタイプ

3 美白タイプ びはく

4 肌ひきしめタイプ はだ

質問2 しつもん

1 さっぱりタイプ

2 しっとりタイプ

3 美白タイプ びはく

4 肌ひきしめタイプ はだ

4番 MP3-40))) MP3-41)))

質問1

1 背負えるリュック

2 肩にかけるバッグ

3 手で持つハンドバッグ

4 腰につけるウエストバッグ

質問2

1 帽子

2 運動靴

3 虫よけスプレー

4 上着

N1

第二回模擬試題

N1
言語知識(文字・語彙・文法)
・読解

（120点　110分）

注　　意
Notes

1. 「始め」の合図があるまで、この問題用紙を開けないでください。
   Do not open this question booklet before the test begins.

2. この問題用紙を持ち帰ることはできません。
   Do not take this question booklet with you after the test.

3. 受験番号と名前を下の欄に、受験票と同じようにはっきりと書いてください。
   Write your registration number and name clearly in each box below as written on your test voucher.

4. この問題用紙は、全部で22ページあります。
   This question booklet has 22 pages.

5. 問題には解答番号の①、②、③…が付いています。解答は、解答用紙にある同じ番号の解答欄にマークしてください。
   One of the row numbers①,②,③…is given for each question. Mark your answer in the same row of the answersheet.

受験番号　Examinee Registration Number	

名前　Name	

N1 言語知識(文字・語彙・文法)・読解 解答用紙

受験 番 号
Examinee Registration
Number

名 前
Name

〈 注意 Notes 〉

1. 黒い鉛筆 (HB、No.2) で書いてください。（ペンやボールペンでは書かないでください。）
   Use a black medium soft (HB or NO.2) pencil. (Do not use a pen or ball-point pen.)
2. 書き直すときは、消しゴムできれいに消してください。
   Erase any unintended marks completely.
3. 汚くしたり、折ったりしないでください。
   Do not soil or bend this sheet.
4. マークれい Marking examples

よい Correct	わるい Incorrect
●	⊗ ○ ◎ ⊙ ⊖ ①

問 題 1

	①	②	③	④
1	①	②	③	④
2	①	②	③	④
3	①	②	③	④
4	①	②	③	④
5	①	②	③	④
6	①	②	③	④

問題2

7	①	②	③	④
8	①	②	③	④
9	①	②	③	④
10	①	②	③	④
11	①	②	③	④
12	①	②	③	④
13	①	②	③	④

問題3

14	①	②	③	④
15	①	②	③	④
16	①	②	③	④
17	①	②	③	④
18	①	②	③	④
19	①	②	③	④

問題4

20	①	②	③	④
21	①	②	③	④
22	①	②	③	④
23	①	②	③	④
24	①	②	③	④
25	①	②	③	④

問題5

26	①	②	③	④
27	①	②	③	④
28	①	②	③	④
29	①	②	③	④
30	①	②	③	④
31	①	②	③	④
32	①	②	③	④
33	①	②	③	④
34	①	②	③	④
35	①	②	③	④

問題6

36	①	②	③	④
37	①	②	③	④
38	①	②	③	④
39	①	②	③	④
40	①	②	③	④

問題7

41	①	②	③	④
42	①	②	③	④
43	①	②	③	④
44	①	②	③	④
45	①	②	③	④

問題8

46	①	②	③	④
47	①	②	③	④
48	①	②	③	④
49	①	②	③	④

問題9

50	①	②	③	④
51	①	②	③	④
52	①	②	③	④
53	①	②	③	④
54	①	②	③	④
55	①	②	③	④
56	①	②	③	④
57	①	②	③	④
58	①	②	③	④

問題10

59	①	②	③	④
60	①	②	③	④
61	①	②	③	④
62	①	②	③	④

問題11

63	①	②	③	④
64	①	②	③	④
65	①	②	③	④

問題12

66	①	②	③	④
67	①	②	③	④
68	①	②	③	④
69	①	②	③	④

問題13

70	①	②	③	④
71	①	②	③	④

問題1 _____の言葉の読み方として最もよいものを、1・2・3・4から一つ選びなさい。

1 言葉を慎みなさい。

1.つたみ　　　　2.したしみ　　　　3.つつしみ　　　　4.とおとみ

2 この辺一帯はだいぶ廃れてしまった。

1.すたれて　　　2.はいれて　　　　3.すこぶれて　　　4.おちぶれて

3 彼は最後まで自分の意志を貫いた。

1.かんぬいた　　2.つらぬいた　　　3.つきぬいた　　　4.かきぬいた

4 論文がなかなか捗らず困っている。

1.はばからず　　2.はかどらず　　　3.かばからず　　　4.しかどらず

5 彼女は客を煽てるのが上手だ。

1.おだてる　　　2.くわだてる　　　3.あげてる　　　　4.のせてる

6 そろそろ桜の花が綻びる季節だ。

1.あからびる　　2.かきわびる　　　3.はからびる　　　4.ほころびる

問題2　（　　　）に入れるのに最もよいものを、1・2・3・4から一つ選びなさい。

7 自宅での老人（　　　）には専門的知識を要する。
　　1.介護　　　　　　2.保護　　　　　　3.護衛　　　　　　4.護身

8 長い外国生活で、最近よく祖国への（　　　）にかられる。
　　1.郷感　　　　　　2.郷愁　　　　　　3.郷念　　　　　　4.郷想

9 社員が一同となり問題の（　　　）に努力している。
　　1.解釈　　　　　　2.摘手　　　　　　3.解決　　　　　　4.摘発

10 裁判官は二人の争いごとを（　　　）する義務がある。
　　1.調節　　　　　　2.調度　　　　　　3.調停　　　　　　4.調和

11 相手の立場を（　　　）して結論を下した。
　　1.設置　　　　　　2.設備　　　　　　3.配置　　　　　　4.配慮

12 これは科学者たちが試行（　　　）を重ねて完成させた作品である。
　　1.錯誤　　　　　　2.錯乱　　　　　　3.運行　　　　　　4.運転

13 かかった費用は二億円と（　　　）される。
　　1.猜疑　　　　　　2.推理　　　　　　3.推定　　　　　　4.予知

問題3 ＿＿＿＿の言葉に意味が最も近いものを、1・2・3・4から一つ選びなさい。

14 雨の日に出かけるのは<u>わずらわしくて</u>嫌いだ。
　　1.しつこくて　　　2.ややこしくて　　　3.めんどくさくて　　4.うとましくて

15 彼は<u>あくどい</u>手を使って、大金をもうけた。
　　1.めざましい　　　2.ずるがしこい　　　3.すがすがしい　　　4.みぐるしい

16 彼女は<u>せつない</u>胸の内を明かすと涙を流した。
　　1.つまらない　　　2.つらい　　　　　　3.こころづよい　　　4.あっけない

17 親はみな我が子には<u>すこやかに</u>成長してほしいと願うものだ。
　　1.げんきに　　　　2.なごやかに　　　　3.しなやかに　　　　4.きよらかに

18 時間は<u>たっぷり</u>あるのだから、あせることはない。
　　1.ぎっしり　　　　2.やまもり　　　　　3.たくさん　　　　　4.じっくり

19 兄はドイツの大学院で学業に<u>はげんでいる</u>。
　　1.行っている　　　2.進めている　　　　3.携わっている　　　4.努力している

問題4 次の言葉の使い方として最もよいものを、1・2・3・4から一つ選びなさい。

20 みはからう
　　1.優秀なエンジニアを<u>みはからって</u>計画を進めた。
　　2.見たところ、<u>みはからって</u>問題にする点は全くない。
　　3.もうすぐ新しい大臣を<u>みはからう</u>時期である。
　　4.食事が済んだころを<u>みはからって</u>訪れるべきだ。

21 うわまわる

1.この病院は最新の設備を<u>うわまわる</u>ことで知られている。

2.今回のテストの平均点は80点を<u>うわまわる</u>だろう。

3.これは今までの努力を<u>うわまわる</u>見事な結果だ。

4.社長は会社の方針を<u>うわまわる</u>よう指示を出した。

22 かさむ

1.こんなにもたくさん入れると箱が<u>かさん</u>でしまう。

2.今月は食費と交際費が<u>かさん</u>で赤字だ。

3.父は木を<u>かさん</u>ですてきな犬小屋を作った。

4.雨が続くと洗たく物が<u>かさん</u>で困る。

23 ふまえる

1.きっぱりとした態度を<u>ふまえて</u>判断を下した。

2.子供には愛情を<u>ふまえて</u>接するべきである。

3.お金がたまったら新しい家を<u>ふまえる</u>予定だ。

4.現実を<u>ふまえて</u>方針を立てなければ必ず失敗する。

24 ナンセンス

1.最近のドラマは<u>ナンセンス</u>なストーリーのものが多くて嫌だ。

2.話し相手がいないのはじつに<u>ナンセンス</u>である。

3.問い詰められて<u>ナンセンス</u>な気持ちになった。

4.彼女は恋人と別れて、<u>ナンセンス</u>な気分に陥っている。

25 ポジション

1.自分の<u>ポジション</u>をしっかり守ることが大切だ。

2.この仕事について将来の<u>ポジション</u>を語りなさい。

3.医学という<u>ポジション</u>から外れた行為はやめなさい。

4.これからは企業<u>ポジション</u>を高める必要があるだろう。

問題5　次の文の（　　　）に入れるのに最もよいものを、1・2・3・4から一つ選びなさい。

26 彼女は洗濯は（　　　）、掃除もしたことがない。
　　1.おろか　　　　　2.よそに　　　　　3.かねて　　　　　4.すなわち

27 事実に（　　　）考えるべきではないだろうか。
　　1.いたって　　　　2.そくして　　　　3.あいまって　　　　4.はんして

28 会社に勤める（　　　）小説を書くことを忘れなかった。
　　1.そばから　　　　2.ながら　　　　　3.かたわら　　　　4.てぢか

29 早くやればいい（　　　）、何をぐずぐずしているのだろう。
　　1.こととて　　　　2.ところが　　　　3.なしに　　　　　4.ものを

30 日本へ留学することに父が反対することは、想像に（　　　）。
　　1.かたくない　　　2.たえがたい　　　3.なしえない　　　4.ありえない

31 娘はかばんを置くや（　　　）、外に飛び出していった。
　　1.ながらに　　　　2.いなや　　　　　3.ばかりに　　　　4.いかんに

32 近い（　　　）、最低でも歩いて30分はかかる。
　　1.ともなると　　　2.ときたら　　　　3.とはいえ　　　　4.とばかり

33 昔は、ご飯は一粒（　　　）残さず食べなさいと言われたものだ。
　　1.あればこそ　　　2.なしには　　　　3.たりとも　　　　4.はおろか

34 母はお客さんを駅まで送り（　　　）、買い物をして帰ってきた。
　　1.ついで　　　　　2.がてら　　　　　3.ずくめ　　　　　4.いたって

35 さんざんみんなに迷惑をかけたあげく、あの（　　　）。

　　1.いかんだ　　　2.いたりだ　　　3.しまつだ　　　4.かぎりだ

問題6　次の文の＿★＿に入る最もよいものを、1・2・3・4から一つ選びなさい。

（問題例）

　　彼女は　＿＿＿　＿＿＿　＿★＿　＿＿＿　ペラペラだ。

　　1.スペイン語と　2.英語は　　　3.もとより　　　4.フランス語も

（解答の仕方）

1. 正しい文はこうです。

　　彼女は　＿＿＿＿＿　＿＿＿＿＿　＿★＿＿　＿＿＿＿＿　ペラペラだ。

　　　　　2.英語は　　3.もとより　1.スペイン語と　4.フランス語も

2. ＿★＿に入る番号を解答用紙にマークします。

　　　　（解答用紙）　（例）　●②③④

36 最近の子供は　＿＿＿　＿＿＿　＿★＿　＿＿＿　読まないそうだ。

　　1.雑誌さえ　　　2.読書が　　　3. 嫌いで　　　4.ほとんど

37 こんな病院に入院したら　＿＿＿　＿＿＿　＿★＿　＿＿＿　だろう。

　　1.かえって　　　2.どころか　　　3.治る　　　4.ひどくなる

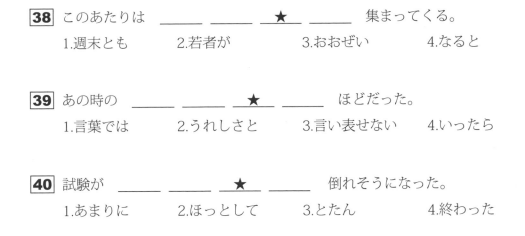

38 このあたりは ＿＿＿ ＿＿＿ ★ ＿＿＿ 集まってくる。

1.週末とも　　　2.若者が　　　　3.おおぜい　　　4.なると

39 あの時の ＿＿＿ ＿＿＿ ★ ＿＿＿ ほどだった。

1.言葉では　　　2.うれしさと　　3.言い表せない　4.いったら

40 試験が ＿＿＿ ＿＿＿ ★ ＿＿＿ 倒れそうになった。

1.あまりに　　　2.ほっとして　　3.とたん　　　　4.終わった

第二回模擬試題 ＞ 讀解

問題7　次の文章を読んで、 **41** から **45** の中に入る最もよいものを、1・2・3・4
　　　から一つ選びなさい。

いちど、こんなことがあった。

ジョージが父親と後楽園球場のナイターに行ったときに手に入れたという、長嶋茂
雄のサインボールを持って来た。それはすべての子供らにとって、めまいの **41** 宝物
だった。

とりわけ長嶋の熱狂的ファンだった武志が、そのボールで野球をしようと言い出し
た。 **42-a** はしぶしぶ承知した。

初めて使う硬球は打球が速すぎてとても少年たちの手に負えなかった。しまいには英
夫の打ち上げたファウル・フライが、広く無造作に積まれた石組のどこかに消えてし
まった。

ボールの値打はみんなが知っているから、野球などそっちのけであたりが薄暗くなる
まで探したが、とうとう見つからなかった。しゃくり上げて泣くジョージを、英夫は家
まで送って行った。

しかしあくる日、誘いに寄った武志の部屋の勉強机の下に、ボールが転がっているの
を英夫は発見した。店員さんが誕生日のプレゼントにくれたものだと武志は言い張った
が、そんなことは嘘に決まっていた。 **42-b** の青ざめた笑顔は忘れられない。

その日も、野球が終わってから、ジョージはひとりで石組の上を歩き回って、ボールを探していた。よほど武志を問い詰めてやろうと英夫は思ったが、机の下に隠してあったボールが、 43 証拠はなかった。

いや、証拠もなにも、武志の不実はわかりきっていた。もし彼があらかじめ長嶋茂雄のサインボールを持っていたなら、友人たちに公開しないはずはなかった。英夫を臆病にさせたものは、粗暴で、自分より頭ひとつも体の大きい、声も物腰も中学生に見える武志への畏怖だった。証拠がないと、英夫は自分自身の良心に言いきかせていただけだ。

ボールの所在について、ジョージに忠告した記憶はない。しかし、他に目撃した者がいたのか、 44 ジョージに何らかの確信があったのか、数日後、二人の間に激しい諍い (注1) が起こった。

朝に顔を 45 、ジョージが血相を変えて武志を詰問したのだ。

「僕のサインボールを盗ったの、武志くんだろう」

用意していた台詞をやっと口にするように、ジョージは言った。細い背中が強者に抗う (注2) 恐怖でふるえていた。

（浅田次郎『見知らぬ妻へ』中の「かくれんぼ」による）

（注1）諍い：言い争うこと
（注2）抗う：逆らう、抵抗する

41

　　1.するそうな　　2.するまじき　　3.するような　　4.するべく

42

　　1.a武志／b武志　　　　　　2.aジョージ／b武志
　　3.aジョージ／b英夫　　　　4.a武志／bジョージ

43

1.そうではない	2.そうかもしれない
3.それだという	4.それにちがいない

44

1.それとも	2.それなのに
3.それで	4.それから

45

1.合わせまいと	2.合わせたとたん
3.合わせるがごとく	4.合わせるかたがた

問題8　次の文章を読んで、後の問いに対する答えとして最もよいものを、1・2・3・4
　　　　から一つ選びなさい。

　それでは、そもそも、魚は眠るのだろうか。

　現在の睡眠研究で「睡眠」と定義される状態は、人間および高等動物に見られるような、睡眠時の脳波の変化に基づくものである。魚の大脳はとても小さいので、脳波を測定しても、睡眠と覚醒の区別がわかるほどの変化を示さない。①したがって、魚は人間や高等動物と同じような睡眠はとらない、ということであり、現在の定義上では、「魚は眠らない」ということになる。

　しかしながら、見かけの行動で「眠っているのかもしれない」と思えるものはたくさんある。魚にはまぶたがないので、人間のように目を閉じて眠る姿は確認できないが、ヒレをからだにぴったりとつけてじっと動かずにいるなど、特定の睡眠姿勢をとるものも多い。

（早坂修・小林裕子『眠りの悩みが消える本』による）

46 筆者がここで最も言いたいことは何か。

1. 魚が眠らないと定義づけられる理由は、魚はまぶたを全く閉じないからである。

2. 魚の脳波を測定した結果、睡眠と覚醒の区別があったことから、魚は眠るのだと判断できる。

3. 魚が眠らないというのは、定義上のことであって実際は眠っているのかもしれない。

4. 睡眠の定義は人間の立場に立ったものであり、動物一般に用いることはできない。

47 ①したがってと最も同じ使い方のものはどれか。

1. 当方に過失はない。したがって、賠償するつもりはない。

2. 父は部長になった。したがって、アメリカに行くことになった。

3. 今日はあいにくの雨だ。したがって、予定どおり試合を行う。

4. 都市が拡大した。したがって、問題を解決した。

48 筆者の述べる魚の「睡眠姿勢」に合うのはどれか。

1. まぶたを閉じて浮かんでいる状態

2. 体を動かす器官を使わず停止している状態

3. 目を閉じヒレをからだにつけている状態

4. 横になってじっとしている状態

49 「魚は眠っている」と断言できない理由はどれか。

1. 魚の脳は小さすぎて、脳波が測定できないから。

2. 眠っているかどうかは、人間を基準にして判断するから。

3. 見た目には動かないが、脳波は活発に動いているから。

4. 魚にはまぶたがないので、見た目には判断できないから。

問題9　次の文章を読んで、後の問いに対する答えとして最もよいものを、1・2・3・4から一つ選びなさい。

　書き出しから句点（。）までがあまりに長い文は、①読みにくいものです。文の長さはどのくらいが適当なのか。これは一概には決められませんし、②決めるべきものでもないでしょう。多少長めでも読みやすい文があるし、短くても難解な文があります。たとえば野坂昭如『火垂るの墓』の冒頭の文は三百字ほど続きますが、一度も句点がない。相当に長い文ですが、③決して読みにくくはない。④まぎれもなくそれは、野坂独自の文体です。これだけ長い文を書いてしかも読者をあきさせないのは、いわば名人芸です。

　文の長さは個人差があります。自分の呼吸にあった長さを工夫するのがいちばんですが、⑤平明な文章を志す場合は、より長い文よりも、より短い文を心がけたほうがいい。

　私は、新聞の短評を書いていたころ、⑥文の長さの目安を平均で三十字から三十五字というところに置いていました。この本のようなデスマス調では、少し長めになるでしょう。平均というのはあくまでも平均です。⑦五十字の文の次は十五字の文にする。むしろでこぼこ (注1) があったほうがいい。長い文のあとに短い文を入れる。ある場面では短い文を重ねる。そういう呼吸は、好きな文章を選んで書き写すことで身についてゆくものでしょう。

　新聞の一面のトップ記事なんかを読んでいきますと、書き出しから句点までが百三十字を超える文があります。文の長さの平均が七十を超えることがあります。記事には長ったらしい固有名詞がいくつも出てきます。百字以上も句点がない文がいくつも続くと、いかにも「重い」という感じになります。

（辰濃和男『文章の書き方』による）

（注1）でこぼこ：凹凸があること

50 ①読みにくいものですとあるが、何について述べているか。

1. 難解な文章について

2. いい文章、悪い文章について

3. 文章の長さについて

4. 書き出しの言葉について

51 ②決めるべきものでもないでしょうとあるが、何について述べているか。

1. 適当な文の長さについて

2. 読みやすい文章について

3. 長い文章の書き方について

4. いい文章の書き方について

52 ③決して読みにくくはないとあるが、どうして読みにくくならないのか。

1. 作家がおもしろい文章を書いているから。

2. 作家が長い文章で読者を引きつけているから。

3. 作家独自の文体テクニックがあるから。

4. 作家が簡単な言葉で書いているから。

53 ④まぎれもなくとあるが、これと同じ正しい使い方の文はどれか。

1. 日本が高齢化社会を迎えたというのは、まぎれもない事実である。

2. 今日は仕事が忙しく、家に帰るのがまぎれもなく遅くなってしまった。

3. 新しい先生はまぎれもない英語を上手に扱うことで知られている。

4. 会議の際、校正をまぎれもなく正しく迅速に行う方法を話し合った。

54 ⑤平明な文章を志す場合は、どうしたらいいと述べているか。

1. 句読点をたくさん入れるよう心がける。

2. 呼吸と同じように句点を入れるよう心がける。

3. 長ったらしい固有名詞を使わないよう心がける。

4. なるべく短めの文を書くよう心がける。

55 ⑥文の長さの目安を平均で三十字から三十五字というところに置いていましたとあるが、その理由はどれだと考えられるか。

1.筆者の勤める新聞社では、短評を書くときこのような規則があったから。

2.筆者は、平明な文章を書くことを常に心がけていたから。

3.筆者は、あまりに長い文章だと読者があきてしまうと考えているから。

4.筆者は、句点までがあまりに長い文は読みにくいと考えているから。

56 ⑦五十字の文の次は十五字の文にするとあるが、その理由に近いと思えるものはどれか。

1.三十字から三十五字の平均的長さの文を目指しているから。

2.でこぼこがあったほうが変化があっておもしろいから。

3.これが筆者独自の文体であり、名人芸だから。

4.人の呼吸と似ていて文章にリズムが生まれるから。

57 この文章の全体から得られる結論はどれか。

1.文の長さが百三十字を超えても、重くなるとは限らない。

2.新聞記事の場合は、三十字から三十五字を心がけるべきである。

3.文章は長かったり短かったりするほうが楽しいし読みやすい。

4.文章は短いほうが読みやすいが、適当な長さというものはない。

58 この文章のタイトルとしてふさわしいものはどれか。

1.おもしろい文とは

2.私の好きな文章

3.文の長さについて

4.気をつけたいこと

問題10　次の文章を読んで、後の問いに対する答えとして最もよいものを、1・2・3・4
　　　　から一つ選びなさい。

　私が応えているのは、精神病と書く書かないの論争ではない。日本人がニヤニヤと馴
れあっているという彼女の持論でもない。出版社が金を稼ぐために、今度の取材をやっ
ていると言われたことでもない。ウィーンに行かないと言い出したことでもない。

　①それはマリアが言った「②事実などないのだ」という言葉だった。「自分から見た
事実と、大崎さんから見た事実と誰かから見た事実があるだけで、それはどれも本当の
意味で事実ではない」

　その言葉が私の不安を煽っていた。

　それは自分が常日ごろ、考えていたことだからでもあった。

　事実などない。

　あるいはないに等しい。もしこの取材で事実があるとすれば、日実（カミ）が生まれた年月日
と死んでしまったということ、極論すればそういうことになる。生年月日にしたって、
それは記憶として残されているものであって、それが事実と違うという例はいくらでも
ある。極端にいえば日実が正臣の子供であるのかどうかの確認も取っていないし、また
取りようもない。戸籍上はそうであることを確認できるだろう。しかし、当然のことな
がらそんなことはしていないし、またする必要もない。私は日実が正臣の子供であるこ
とを事実と認定して、話を聞き、そしてこの取材を進めている。それはまさに私側から
見た事実にすぎない。

　したがって一つの事象をなるべく多くの人から証言を取っていく作業は欠かせない
が、しかしそれにも当然のことながら限界がある。この仕事をしていて、人間がある事
実をいかに様々に見ているのかということは実感してきた。ある人はあいつは嘘つきだ
と言うし、ある人は誠実で親切だと言う。

　残された手紙やファックスだって、それがその人の事実を伝えているとは限らない。
状況によって、あるいは相手との関係性によって、人間は自分でも思ってもみないこと
を書いてしまうことがある。テレビのインタビューもしかり、カメラを回した瞬間に被
写体はいつも通りのそのままの自分でいることは難しくなってしまう。

　③マリアにとっての事実を私は知り得ない。

　なぜならば、それを知った瞬間からそれは形を変え、私にとっての事実にもなるからだ。

　神のように、天上から何もかもを見ることはできない。鳶にすらなれない。しかし、だからといって事実に自分が迫れないのかといえば、私はそれを諦める気にもなれない。私側から見えた事実が、それがたとえ絶対的な事実とはいえないまでも、その尻尾を摑まえているということだってあり得るだろう。

　尻尾を摑まえることができるのなら、もっと大きな部分を摑まえている可能性もある。

　私は眠ることができずに、ひたすらビールを呷り続けた。

　そして、こう思った。

　本当に「事実などない」のだろうかと。

　私はそうは思わない。

　渡辺日実と千葉師久がドナウ (注1) に身を投げたことは事実である。ただ、我々は何ヶ月も過ぎた今も、きっとそのことさえも、うまく説明できないでいるだけなのだ。

（大崎善生『ドナウよ、静かに流れよ』による）

（注1）ドナウ：ドナウ川のこと

59 ①それは何を指しているか。

　　1.マリアの悩んでいること

　　2.マリアが言ったこと

　　3.筆者が書きたいこと

　　4.筆者が応えていること

60 ②<u>事実などない</u>というのはどういう考えからか。

1. 我々が言う事実というのは、それぞれの側から見た事実であり、本当の意味での事実ではないという考えから。

2. 筆者は立場上、正臣の話す事実を認定して、話を聞き、取材を進めることしかできないという考えから。

3. 日本人はニヤニヤと馴れあっているだけで、本音を言い合わないため、事実が見えないという考えから。

4. 精神病なのに、それを隠しておかなければならない出版社の立場は変だというマリアの考えから。

61 ③<u>マリアにとっての事実を私は知り得ない</u>とあるが、それはなぜか。

1. 事実を聞いた瞬間、筆者の書きたい通りに書いてしまうので、聞かないようにしているから。

2. 状況や互いの関係性によって、人間は自分でも思ってもみないことを書いてしまうことがあるから。

3. 事実を聞いた瞬間からそれは形を変えて、筆者にとっての事実にもなってしまうから。

4. 被写体はカメラを回した瞬間に、そのままの自分ではいられなくなってしまうものだから。

62 この文章の中でいっている「事実」について、筆者が最終的に出した「事実」というのはどんなことか。

1. 私側から見えた「事実」は絶対的な「事実」とはいえないが、それでも「事実」であることに変わりはない。ただ、それを説明できるかできないかだけなのである。

2. 我々は神や鳶ではないのだから、天上から何もかもを見てそれが「事実」だと判断することは不可能である。しかし、「事実」を想像することはできる。

3.「事実」は一つの事象をなるべく多くの人から証言を取っていく細かい作業から生まれるものであり、すべては筆者次第である。

4.渡辺日実と千葉師久がドナウに身を投げたことが「事実」であり、それを周囲が受け入れたかどうかによって判断されるものが「事実」である。

問題11　次のAとBはそれぞれ別の新聞のコラムである。AとBの両方を読んで、後の問いに対する答えとして最もよいものを、1・2・3・4から一つ選びなさい。

A

学研ホールディングスは3日、小学生向け学年別雑誌の「学習」と「科学」を来年3月をもって休刊すると発表した。

「学習」は1946年、「科学」は1957年にそれぞれ創刊された。家庭に直接届けられる便利さと、九九を歌って覚えるカセットテープや、生物や物理の教材などの付録人気にも支えられて、1979年の最盛期には合わせて670万部（2誌6学年の合計）まで部数を伸ばした。

しかし、少子化や主婦層の在宅率の低下、子供たちの価値観の多様化などの影響で「最近は部数が最盛期の10分の1を大きく下回る状態」（同社）が続いていた。「学年別総合雑誌が時代のニーズに合わなくなった」と判断し、休刊を決めたという。

「科学」は、来年2月発売の3月号が最終号になる。2006年に年4回発行の季刊誌になった「学習」は、今月発売の冬号が最終号になるが、来年3月まで販売を続ける。

小学館も10月、学習雑誌「小学五年生」「小学六年生」の休刊を発表している。

筆者はこの雑誌の付録が好きで、楽しみながら勉強した経験を持つだけに、この決定は残念でならない。

（「朝日新聞2009年12月3日」）

- 083 -

B

学研ホールディングス（東京）は3日、小学生向け学年別学習雑誌の「学習」と「科学」を今年度いっぱいで休刊すると発表した。

「学習」は、同社前身の学習研究社の創業（1946年）以来、同社の基幹を担ってきた。近年、少子化やインターネットの普及などで、両誌の発行部数は低迷していた。季刊「学習」は冬号（12月発売）で、月刊「科学」は3月号（来年2月発売）で休刊する。

両誌は、全国に広がる代理店の女性販売員らによる訪問販売で部数を伸ばしてきた。九九を歌って覚えるカセットテープや、カブトエビなど生き物教材の付録が人気を呼び、ピークの1979年頃には、発行部数は両誌で計670万部に上ったが、現在は当時の10分の1以下だという。

学研ホールディングス広報室では「子供たちの価値観が多様化し、学年別の総合雑誌が時代のニーズに合わなくなった」としている。実際、インターネットがこれだけ普及し、子供たちの質も変わっている今、時代の変化には逆らえないのが現状だろう。

（「読売新聞」2009年12月4日）

63 AとBのどちらの記事にも触れられている内容はどれか。

1.発行部数の低迷は少子化とインターネットの普及が原因

2.発行部数の低迷は時代の移り変わりと少子化が原因

3.雑誌売り上げの低迷は学校の授業体制が変わったことが原因

4.雑誌売り上げの低迷は少子化と主婦層の在宅率低下が原因

64 雑誌が休刊することについて、Aの筆者とBの筆者はどのような立場をとっているか。

1.AもBも、ともに残念がっている。

2.AもBも、ともに仕方のないことと感じている。

3.Aは残念がっているが、Bは仕方のないことと感じている。

4.Aは仕方のないことと感じているが、Bは残念がっている。

65 最盛期に両誌発行部数が670万部もあった理由として、挙げられていないものはどれか。

　　1.子供の数がたくさんいて教材が不足していたから。

　　2.訪問販売の便利さが主婦層に受けたから。

　　3.生き物教材などの付録が子供たちに人気だったから。

　　4.歌って覚える九九のカセットテープが好評だったから。

問題12　次の文章を読んで、後の問いに対する答えとして最もよいものを、1・2・3・4から一つ選びなさい。

　余暇は人生八十年を豊かなものにしていくための最大の課題であり、職場中心に偏った生活から、時間的にも空間的にも「個人の生活」「個人の時間」をより重視するバランスのとれた生活への転換をはかることこそ、豊かな人間を生み出す貴重な時間なのである。怠けろ、というのではない。バランスを取ろう、というのだ。

　外側から管理される他律的な時間と自律的な時間の比率を考え、自律的に自己表現を図る時間つまり内的な時間を拡大すること、それがポイントであり、①これなくして個性と創造性の豊かな日本社会を生み出す原動力はないのである。いま日本に欠けているのは、ほかでもない、この個性と創造性とではないか。

　くり返しになるのをおそれずに、余暇の充実についてあえて申すならば、いま必要なことがふたつある。ひとつは、わが国の近代化の過程で圧倒的に形成されてきた産業・経済優先の社会システムが、さまざまな形で余暇の充実を阻害してきているので、こういった日本社会の仕組みや構造や資源の分配などを生活優先、余暇重視の視点から見直すことである。

　日本には真に異議申し立てを行える野党がないから、日米構造協議でアメリカに野党の代わりをしていただいている、という説があるけれども、これなどは②まことに情けない話ではないか。自分たちのシステムを自分たちで変えていけない社会や国は、自立した独立国とはいえない。

新日檢N1
模擬試題 ＋ 完全解析

　余暇の充実について必要な第二のことは、システムの見直しを図る一方で、現在の日本の余暇環境があまりにも貧弱極まりないのであるから、ハードおよびソフトの両面から改善につとめるべきことである。③余暇充実のための開発といえば、全国挙げてゴルフ場造りとパチンコ店しかないとは情けない。

　余暇環境にはいろいろな分野があるのだけれども、土地価格も一因であるところの空間の不足、情報の不足、人材の不足、あらゆる面で不足だらけ。居住地に近い地域での余暇環境の充実が急務だが、都市公園の整備水準が低いことをはじめ、劣悪な状況にあることは誰しもの認めるところであって、いま進められている全国のいわゆるリゾート開発は、あとまわしにすべきものなのだ。ましていわんや自然環境を破壊するリゾート開発はすべきではない。むしろ自然を積極的に創り出していくべきだ。

　ゴルフ場について一言申しそえれば、面積あたりの利用者が少なく、それでいて使用面積が大きく、自然に与える負荷が大きい。そのうえあまりにお手軽な投資手段なのだ。

　各地に美術館や文化会館が造られていることは、よろこばしい。こういったハコ（ハード・ウェア）に、ソフトを入れなくてはならぬ。ソフトは、生活文化の自発的・創造的精神から生ずる。そしていまの日本に最も欠けているのは、これなのである。

（小塩節『ドイツの都市と生活文化』による）

66 ①これはどれか。
　1.日本社会を生み出す原動力にすること
　2.バランスある生活へ転換すること
　3.職場中心の偏った生活をすること
　4.内的な時間を拡大すること

67 ②まことに情けない話とあるが、どのような話か。

1.日本には真に異議申し立てを行える野党がないため、アメリカに野党の代わりをしてもらっているという話

2.今の日本には個性と創造性とが欠けているため、他国に頼らなければならないという話

3.自分たちのシステムを自分たちで変えていけない社会や国は、自立した独立国とはいえないという話

4.日本では産業・経済優先の社会システムが、余暇の充実を阻害してきたという話

68 ③余暇充実のための開発とあるが、どのような開発のことか。

1.ハードとソフトの開発

2.土地と空間、人材などの開発

3.公園とリゾート地の開発

4.ゴルフ場とパチンコ店の開発

69 この文章で筆者が言いたいことは何か。

1.今の日本社会はアメリカに頼りすぎで自立していないため、個性もなければ創造性もない情けない状況にある。

2.日本社会の仕組みや構造や資源の分配などを生活優先、余暇重視の視点から見直し、余暇環境を充実させるべきである。

3.豊かな人間を生み出すには、充実した余暇環境が必要であり、日本に現在欠けているリゾート開発を積極的にすべきである。

4.各地に美術館や文化会館、リゾート地、ゴルフ場などを造り、誰もが気軽に余暇を楽しめるようすべきである。

問題13　次は、ある求人情報誌に掲示された情報である。下の問いに対する答えとして、
　　　　最もよいものを1・2・3・4から一つ選びなさい。

70 大学を出ていない専門学校卒業の男性、斉藤さん（32歳）が応募できる仕事はいくつあるか。

1.4つ　　　　　　2.5つ　　　　　　3.6つ　　　　　　4.7つ

71 東京の大学を卒業し、先月までパソコンのソフト会社で働いていた女性、岡田さん（35歳）が転職を考えている。給料は、1か月の家賃が10万円なのでその3倍はほしいそうだ。職場は関東地方に限る。彼女の条件に合う仕事はどれか。

1.パソコンソフト会社のエンジニア

2.老舗和菓子屋の店長

3.生命保険会社の営業

4.美容サロンのエステティシャン

求職情報

	募集社種	職種・職位	勤務地	月収	募集条件や求める人物など
1	法律事務所	秘書	東京・大阪	28万円～	大卒以上。経営や財務の仕事にも柔軟に対応でき、やる気・協調性・向上心がある方。
2	旅行会社	コンサルタント・チーフ	東京・大阪	22万円～	専門・短大卒以上。業界未経験者歓迎。
3	学習塾	講師	東京	19万円～	大卒以上。教員免許必要なし。子供が好きなこと。
4	アパレル会社	管理職	東京・福岡	27万円～	業界・実務未経験者歓迎。アパレル系の基礎スキルや婦人服の商品企画に従事した経験がある方優遇。

	募集社種	職種・職位	勤務地	月収	募集条件や求める人物など
5	老舗和菓子屋	店長	京都	34万円～	学歴は関係なし。明るくて人と接するのが好きな方希望。
6	パソコンソフト会社	エンジニア	北海道・仙台・新潟・福島	37万円～	専門の知識を使ったアプリケーション開発経験が二年以上ある方。協調性を持った方が望ましい。
7	WEB関連ネット会社	WEBデザイナー	東京	26万円～	専門・短大卒以上。経験やスキル以上に向上心のある方希望。自由な発想で、どんなことにも好奇心もって取り組める方歓迎。
8	自動車会社	プログラマー	東京・埼玉・海外（台北・ホーチミン）	36万円～	大卒以上。システム開発、プログラミング経験者のみ。
9	生命保険会社	営業	東京・栃木	16万円～29万円	大卒以上。物事をプラス思考に考えられるポジティブな方、または「お客さまのために」を第一に考えられる方を希望。
10	大手出版社	編集	東京	17万円～	短大卒以上。とにかく本を読むのが好きな方。
11	美容サロン	エステティシャン	東京・大阪	35万円～	女性に限る。学歴不問。向上心を持ち、前向きに努力できる方希望。明るくて、美容に関心を持っていればなおよい。
12	有名薬局店	薬剤師	青森・東京・広島・福岡	49万円～120万円	薬や医療に関する知識をお持ちの方で、その方面の大学を出ている方。経験者は給与の優遇あり。

N1

聴解

（60点　60分）

受験番号　Examinee Registration Number	

名前　Name	

N1 聴解 解答用紙

受験番号 Examinee Registration Number

名 前 Name

問 題 1

	①	②	③	④
1	①	②	③	④
2	①	②	③	④
3	①	②	③	④
4	①	②	③	④
5	①	②	③	④
6	①	②	③	④

問題 2

	①	②	③	④
1	①	②	③	④
2	①	②	③	④
3	①	②	③	④
4	①	②	③	④
5	①	②	③	④
6	①	②	③	④
7	①	②	③	④

問題 3

	①	②	③	④
1	①	②	③	④
2	①	②	③	④
3	①	②	③	④
4	①	②	③	④
5	①	②	③	④
6	①	②	③	④

問題4

	①	②	③
1	①	②	③
2	①	②	③
3	①	②	③
4	①	②	③
5	①	②	③
6	①	②	③
7	①	②	③
8	①	②	③
9	①	②	③
10	①	②	③
11	①	②	③
12	①	②	③
13	①	②	③
14	①	②	③

問 題 5

		①	②	③	④
1	(1)	①	②	③	④
	(2)	①	②	③	④
2	(1)	①	②	③	④
	(2)	①	②	③	④
3	(1)	①	②	③	④
	(2)	①	②	③	④
4	(1)	①	②	③	④
	(2)	①	②	③	④

N1 第二回 聴解

問題1
もんだい

問題1では、まず質問を聞いてください。それから話を聞いて、問題用紙の
1から4の中から、正しい答えを1つ選んでください。

1番 MP3-42))

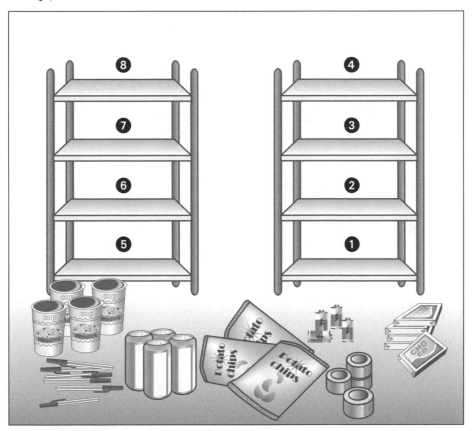

1 ❶と❷と❼の商品

2 ❶と❸と❼の商品

3 ❸と❼と❽の商品

4 ❸と❻と❼の商品

2番 MP3-43 🔊

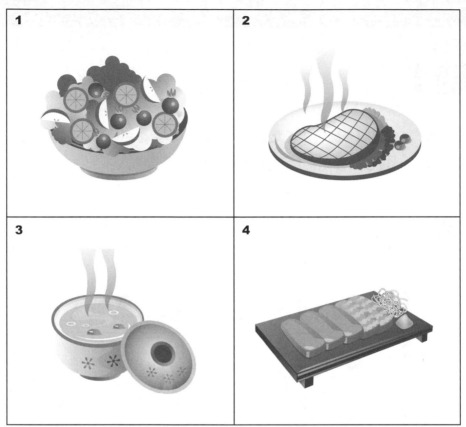

１ 1と2

２ 2と3

３ 3と4

４ 2と4

1 今日（きょう）は4で、明日（あした）は1

2 今日（きょう）は4で、明日（あした）は2

3 今日（きょう）は2で、明日（あした）は4

4 今日（きょう）は2で、明日（あした）は1

第二回模擬試題 ∨ 聽解

4番 MP3-45))

1 今年流行のボブヘア

2 ゆるやかなウェーブヘア

3 赤く染めたロングヘア

4 肩までのストレートヘア

5番 MP3-46))

1 明日まで3枚

2 明日まで2枚

3 あさってまで3枚

4 しあさってまで2枚

6番 MP3-47))

1 1度やめてからまた入会する

2 しばらく休会する

3 このまま会費を納めて続ける

4 やめて別のクラブに入会する

もんだい
問題2

　問題2では、まず質問を聞いてください。そのあと、問題用紙の選択肢を読んでください。読む時間があります。それから話を聞いて、問題用紙の1から4の中から、正しい答えを1つ選んでください。

1番 MP3-48))

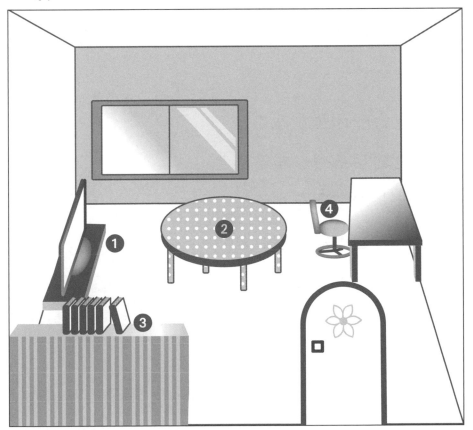

1 ❶のテレビのところ　　2 ❷のテーブルの上
3 ❸の本棚の上　　　　　4 ❹の椅子の上

2番 MP3-49

1 宿題を忘れたから

2 ノートに落書きをしたから

3 先生の顔を変なふうに描いたから

4 女の先生に見せたから

3番 MP3-50

1 仲間とカラオケすること

2 仲間とおしゃべりすること

3 洗濯などの家事をすること

4 猫といっしょにいること

4番 MP3-51

1 パン屋の店員

2 ガソリンスタンドの店員

3 コンビニの店員

4 家庭教師

5番 MP3-52

1 ゴルフに行く

2 テニスに行く

3 買物に行く

4 仕事に行く

6番 MP3-53

1 診療所の胃腸科

2 診療所の心療内科

3 大学病院の胃腸科

4 大学病院の心療内科

7番 MP3-54

1 至急忘れ物を取りに行く

2 至急迷子の息子を迎えに行く

3 至急自宅に電話をかける

4 車を別の場所に移動する

第二回模擬試題 聽解

もんだい
問題3

　問題3では、問題用紙に何も印刷されていません。まず話を聞いてください。それから、質問と選択肢を聞いて、1から4の中から正しい答えを1つ選んでください。

― メモ ―

1番 MP3-55))

2番 MP3-56))

3番 MP3-57))

4番 MP3-58))

5番 MP3-59))

6番 MP3-60))

もんだい
問題4

問題4では、問題用紙に何も印刷されていません。まず文を聞いてください。それから、それに対する返事を聞いて、1から3の中から正しい答えを1つ選んでください。

― メモ ―

1番 MP3-61))

2番 MP3-62))

3番 MP3-63))

4番 MP3-64))

5番 MP3-65))

6番 MP3-66))

7番 MP3-67))

8番 MP3-68

9番 MP3-69

10番 MP3-70

11番 MP3-71

12番 MP3-72

13番 MP3-73

14番 MP3-74

問題5

問題5では長めの話を聞きます。この問題には練習はありません。

まず、話を聞いてください。それから、2つの質問を聞いて、それぞれ問題用紙の1から4の中から、正しい答えを1つ選んでください。

1番 MP3-75))) MP3-76)))

質問1

1 千葉県

2 栃木県

3 東京都

4 茨城県

質問2

1 震度3

2 震度4

3 震度5

4 地震はない

2番 MP3-77)) MP3-78))

質問1

1 テストで100点がとれますように

2 頭がよくなりますように

3 おこづかいがアップしますように

4 背が高くなりますように

質問2

1 35度

2 45度

3 55度

4 65度

3番 MP3-79))) MP3-80)))

質問1

    1 フェザーが30パーセント以上

    2 フェザーが50パーセント以上

    3 ダウンが30パーセント以上

    4 ダウンが50パーセント以上

質問2

    1 50羽

    2 80羽

    3 100羽

    4 120羽

4番 MP3-81)) MP3-82))

質問1

1 おにぎり

2 お弁当

3 サンドイッチ

4 ラーメン

質問2

1 4号車と5号車の間、7号車と8号車の間

2 2号車と3号車の間、4号車と5号車の間

3 3号車と4号車の間、7号車と8号車の間

4 4号車と5号車の間、6号車と7号車の間

N1

第三回模擬試題

N1
言語知識（文字・語彙・文法）
・読解

（120点　110分）

注　意
Notes

1. 「始め」の合図があるまで、この問題用紙を開けないでください。
   Do not open this question booklet before the test begins.
2. この問題用紙を持ち帰ることはできません。
   Do not take this question booklet with you after the test.
3. 受験番号と名前を下の欄に、受験票と同じようにはっきりと書いてください。
   Write your registration number and name clearly in each box below as written on your test voucher.
4. この問題用紙は、全部で22ページあります。
   This question booklet has 22 pages.
5. 問題には解答番号の①、②、③…が付いています。解答は、解答用紙にある同じ番号の解答欄にマークしてください。
   One of the row numbers①,②,③…is given for each question. Mark your answer in the same row of the answersheet.

受験番号　Examinee Registration Number	

名前　Name	

N1 言語知識(文字・語彙・文法)・読解　解答用紙

受験番号
Examinee Registration Number

名　前
Name

問題 1

1	①	②	③	④
2	①	②	③	④
3	①	②	③	④
4	①	②	③	④
5	①	②	③	④
6	①	②	③	④

問題2

7	①	②	③	④
8	①	②	③	④
9	①	②	③	④
10	①	②	③	④
11	①	②	③	④
12	①	②	③	④
13	①	②	③	④

問題3

14	①	②	③	④
15	①	②	③	④
16	①	②	③	④
17	①	②	③	④
18	①	②	③	④
19	①	②	③	④

問題4

20	①	②	③	④
21	①	②	③	④
22	①	②	③	④
23	①	②	③	④
24	①	②	③	④
25	①	②	③	④

問題5

26	①	②	③	④
27	①	②	③	④
28	①	②	③	④
29	①	②	③	④
30	①	②	③	④
31	①	②	③	④
32	①	②	③	④
33	①	②	③	④
34	①	②	③	④
35	①	②	③	④

問題6

36	①	②	③	④
37	①	②	③	④
38	①	②	③	④
39	①	②	③	④
40	①	②	③	④

問題7

41	①	②	③	④
42	①	②	③	④
43	①	②	③	④
44	①	②	③	④
45	①	②	③	④

問題8

46	①	②	③	④
47	①	②	③	④
48	①	②	③	④
49	①	②	③	④

問題9

50	①	②	③	④
51	①	②	③	④
52	①	②	③	④
53	①	②	③	④
54	①	②	③	④
55	①	②	③	④
56	①	②	③	④
57	①	②	③	④
58	①	②	③	④

問題10

59	①	②	③	④
60	①	②	③	④
61	①	②	③	④
62	①	②	③	④

問題11

63	①	②	③	④
64	①	②	③	④
65	①	②	③	④

問題12

66	①	②	③	④
67	①	②	③	④
68	①	②	③	④
69	①	②	③	④

問題13

70	①	②	③	④
71	①	②	③	④

問題1 ＿＿＿＿＿の言葉の読み方として最もよいものを、1・2・3・4から一つ選びなさい。

1 早めに税金を納めてください。
1.かさめて　　　2.いさめて　　　3.あさめて　　　4.おさめて

2 今度の舞台で主役を演じることになりました。
1.おんじる　　　2.えんじる　　　3.あんじる　　　4.いんじる

3 長年手掛けてきた企画が失敗してしまった。
1.てずけて　　　2.てがけて　　　3.てばけて　　　4.てだけて

4 抽象的な絵はあまり好きではない。
1.ちょうしょう　2.しょうちょう　3.ちゅうしょう　4.しょうちゅう

5 彼はいつも都合が悪くなると逃げる。
1.つごう　　　　2.どあい　　　　3.とごう　　　　4.ぐあい

6 被災地の復旧作業はぜんぜん進んでいない。
1.ふくじょう　　2.ふっじょう　　3.ふくきゅう　　4.ふっきゅう

問題2　（　　　）に入れるのに最もよいものを、1・2・3・4から一つ選びなさい。

7 祖父の（　　　）が悪化し、危ない状態にあるそうだ。
　　1.様況　　　　　2.様状　　　　　3.容身　　　　　4.容態

8 主人は癌の研究に（　　　）している。
　　1.重事　　　　　2.重視　　　　　3.従視　　　　　4.従事

9 彼のおかげで仕事が（　　　）ようになった。
　　1.図る　　　　　2.捗る　　　　　3.滞る　　　　　4.進る

10 この商品は一年間の（　　　）付きなので、安心だ。
　　1.保証　　　　　2.補償　　　　　3.保障　　　　　4.補章

11 うちの出版社では美術全集を（　　　）することになった。
　　1.完工　　　　　2.刊行　　　　　3.慣行　　　　　4.関工

12 たまには（　　　）外食したいものだ。
　　1.着弄って　　　2.着操って　　　3.着飾って　　　4.着奢って

13 観客の期待が（　　　）点に達した。
　　1.高　　　　　　2.超　　　　　　3.潮　　　　　　4.頂

問題3 ＿＿＿＿の言葉に意味が最も近いものを、1・2・3・4から一つ選びなさい。

14 最近はうっとうしい天気が続いている。
 1.さわやかな   2.あやふやな   3.ゆううつな   4.しとやかな

15 あまりに簡素な結婚式で、花嫁の両親を悲しませてしまった。
 1.容易な   2.純朴な   3.自在な   4.質素な

16 子供がすこやかに成長することが、親の願いだ。
 1.げんきに   2.おんわに   3.しなやかに   4.ものずきに

17 今回の試合はひさんな結果に終わった。
 1.れいせいな   2.みじめな   3.すてきな   4.かびんな

18 あの悲しい事件からすでに6年が経過している。
 1.まれに   2.ちかく   3.もはや   4.ようやく

19 申しわけありませんが、場所を貸していただけませんか。
 1.謝ざいです   2.非じょうです   3.大へんです   4.恐しゅくです

問題4 次の言葉の使い方として最もよいものを、1・2・3・4から一つ選びなさい。

20 もりあがる
 1.予算規模を大きくもりあがった。
 2.デートのときは心臓がもりあがってしまい困った。
 3.今回の選挙はたいへんもりあがった。
 4.実力は彼のほうがもりあがっている。

21 はまる

    1.悪い噂が<u>はまって</u>しまい、外に出られない。

    2.太ってしまい、結婚指輪が<u>はまらない</u>。

    3.二人の距離がもっと<u>はまる</u>ように、がんばります。

    4.その荷物をひもで<u>はまって</u>ください。

22 そなわる

    1.最高の設備が<u>そなわった</u>病院だから、心配はいらない。

    2.辞書や携帯電話はバッグの中に<u>そなわって</u>いる。

    3.彼女の好きな花で食卓を<u>そなわり</u>ましょう。

    4.わたしの兄は教育に<u>そなわって</u>いる。

23 あなどる

    1.最近は年のせいか、体力が<u>あなどって</u>しまった。

    2.さまざまな方法を<u>あなどって</u>みよう。

    3.対戦相手を<u>あなどって</u>はいけない。

    4.この町は昔よりもだいぶ<u>あなどった</u>。

24 さまたげる

    1.彼は妹に睡眠を<u>さまたげられて</u>、怒った。

    2.ここに車を<u>さまたげる</u>のは、やめてください。

    3.彼女は留学するのを<u>さまたげる</u>ことにした。

    4.大事な仕事を<u>さまたげて</u>しまった。

25 かなう

    1.弱者を<u>かなう</u>のは、当然のことだ。

    2.先生の指示に<u>かなって</u>、前に進みなさい。

    3.念願が<u>かなって</u>、日本へ留学できることになった。

    4.この機械を<u>かなう</u>ときは、特に注意してください。

問題5　次の文の（　　　）に入れるのに最もよいものを、1・2・3・4から一つ選びなさい。

26 食の問題はただ企業（　　　）、政府にも責任がある。
1.にもまして　　　2.のみならず　　　3.なくしては　　　4.なしでは

27 お二人の幸せをお祈りして（　　　）。
1.べからず　　　2.かぎりだ　　　3.いられない　　　4.やみません

28 ニューヨークを（　　　）、世界中で流行した。
1.かわきりに　　　2.前にして　　　3.先おいて　　　4.ひきかえに

29 デパートで彼女の姿を見かけたが、声をかけ（　　　）。
1.きった　　　2.かけた　　　3.けした　　　4.そびれた

30 大変は大変だが、徹夜すればできない（　　　）。
1.ものでもない　　　　　　　2.までもない
3.わけにはいかない　　　　　4.ではいられない

31 残念（　　　）、社長は出かけていていません。
1.なりに　　　2.ながら　　　3.なくは　　　4.ならば

32 健康のために運動したほうがいいと（　　　）、やる気がおきない。
1.思えばこそ　　　2.思うなりに　　　3.思わなくて　　　4.思いつつ

33 生まれ変われる（　　　）、鳥になりたい。
1.ともなく　　　2.としたら　　　3.ともなると　　　4.とはいえ

34 体中があまりに痛くて、トイレにも行けない（　　　）。

1.しまつだ　　　　2.かぎりだ　　　　3.ところだ　　　　4.までだ

35 自分の携帯が鳴った（　　　）、テレビの音声だった。

1.とはいっても　　2.とおもいきや　　3.とはいうものの　　4.とばかりに

問題6　次の文の＿★＿に入る最もよいものを、1・2・3・4から一つ選びなさい。

（問題例）

　　　この場所は、春 ＿＿＿ ＿＿＿ ＿★＿ ＿＿＿ になる。

　　　1.で　　　　　　2.ともなると　　3.花見客　　　　4.いっぱい

（解答の仕方）

1. 正しい文はこうです。

この場所は、春 ＿＿＿＿ ＿＿＿＿ ＿★＿ ＿＿＿＿ になる。
　　　　　　　2.ともなると　3.花見客　　1.で　　4.いっぱい

2. ＿★＿に入る番号を解答用紙にマークします。

（解答用紙）　（例）　● ② ③ ④

36 天気が ＿＿＿ ＿＿＿ ＿★＿ ＿＿＿ ない。

1.悪くては　　　　2.どころでは　　　3.こんなに　　　　4.海水浴

37 妹はわたしの ＿＿＿ ＿＿＿ ★ ＿＿＿ 泣きだした。

1.大声で　　　　　2.入る　　　　　3.なり　　　　　4.部屋に

38 父が ＿＿＿ ＿＿＿ ★ ＿＿＿ 雨になる。

1.ようと　　　　　2.必ず　　　　　3.すると　　　　　4.出かけ

39 テストが終わった ＿＿＿ ＿＿＿ ★ ＿＿＿ 見てもいい。

1.だけ　　　　　2.テレビを　　　　　3.から　　　　　4.見たい

40 わたしの力など ＿＿＿ ＿＿＿ ★ ＿＿＿ 及ばない。

1.師匠　　　　　2.に　　　　　3.まだまだ　　　　　4.は

問題7　次の文章を読んで、 **41** から **45** の中に入る最もよいものを、1・2・3・4 から一つ選びなさい。

　徹信は目を輝かせた。兄弟は **41** 旅行をしないが、旅行が好きだ。新幹線に乗れるだけで嬉しい。さみどり (注1) の茶畑を見ることも、三俣の松原を歩くことも。

　「お土産、何がいいか訊かないとね」

　兄弟は、母親を静岡に **42** お土産を持っていく。ながく東京で暮らしていた **43-a** は、生まれ故郷での生活をそれなりに楽しんでいるようではあるが、何か欲しいものがあるかと訊くと、考えさせてちょうだい、とまずこたえ、次の電話で十から十五くらいの品物を挙げる。 **44** 、ひどく細かい指示および条件つきなので買い揃えるのにおそろしく手間がかかる。新宿タカシマヤで水曜日にだけ出店のある和菓子屋の菓子、とか、銀座鳩居堂製の、「 **43-b** がいつも使っていた便箋」とか、自由が丘に売っているブルトンとかいう焼き菓子を、「当日の朝」に買ってきてほしい、とか。

　母親はインターネットを使いこなして情報を得ているので、どこそこの懐石料理屋の今日のお献立て、まで知っている。

菓子やら衣料品やらを山ほど抱え、兄弟は夏も冬もサンタクロース 45 、母親を訪ねるのだった。

（江國香織『間宮兄弟』による）

（注1）さみどり：若葉のような緑色のこと

41

1.なんと 　　　　2.あまり 　　　　3.むろん 　　　　4.いっそ

42

1.訪ねるたびに 　　　　　　2.訪ねるままに
3.訪ねるかたわら 　　　　　4.訪ねるとはいえ

43

1.aあたし / b母親 　　　　　2.a母親 / bあたし
3.a兄弟 / b母親 　　　　　4.a母親 / b兄弟

44

1.すると 　　　　2.つまり 　　　　3.てんで 　　　　4.それも

45

1.みたいなありさまで 　　　　2.まみれのようすで
3.ずくめのありさまで 　　　　4.めくようすで

問題8　次の文章を読んで、後の問いに対する答えとして最もよいものを、1・2・3・4から一つ選びなさい。

　もし、相手と良好な人間関係を築こうと思うなら、人と話しているときには、相手を楽しませようという気持ちや、相手を退屈させないための気遣いが必要です。それには、相手の気持ちを想像しながら話を聴くことが基本になります。人は誰しも、自分に心からの関心を寄せてもらい、話を聴いてもらうことを望んでいるものだからです。

　また、人が自分の気持ちを理解してもらったと感じることは、愛されたと感じることなのです。そして、それらの願いを満たしてくれる人と、①関わりを持ちたいと思うのが人間です。

　もっとも、その一方で、②ただ自分の話を聴いてもらうだけでなく、相手の気持ちを知りたいとも思っています。それで、自分が話すばかりでなく、相手の話も聴くということになります。

　こうして、お互いが相手に関心を持って聴き合うなら、それによって会話のキャッチ・ボールを楽しむことができます。人間関係における健康的な気の交流は、こうして生まれるのです。

（遠藤晃及『気の幸福力』による）

46　この文章での①関わりを持ちたいに近い意味のものはどれか。
　1.愛し愛されたい。　　　　　　　　2.体の関係を持ちたい。
　3.キャッチ・ボールをしたい。　　　4.仲よくなりたい。

47　②ただ〜だけでなくと最も同じ使い方のものはどれか。
　1.鈴木さんはただ話をするだけでなく、性格はとてもいいので人気がある。
　2.彼はただタバコをやめるだけでなく、お酒やマージャンも上手だそうだ。
　3.わたしの夢はただお金持ちになるだけでなく、社会に貢献できる人間になることだ。
　4.子供たちはただ遊んでいるだけでなく、宿題や塾通いもたいへんだ。

48 筆者の述べる「会話のキャッチ・ボール」に最も近いものはどれか。

1.相手が話したことを受けて、自分なりに想像し、それを投げ返すこと。

2.自分に心からの関心を寄せてもらうように、相手に伝えること。

3.相手に関心を持って聴き、相手も自分に関心を持って聴くこと。

4.相手を退屈させない話題を提供し、相手にも提供してもらうこと。

49 筆者の内容と最も合うものはどれか。

1.相手のことを愛せば、自然と相手の話に関心を持って聴くことができるようになる。

2.よりよい人間関係を築くためには、互いに相手に関心を持って聴き合うことが大事である。

3.会話のキャッチ・ボールは、相手を退屈させないための気遣いさえあれば成り立つ。

4.自分の気持ちを理解してもらいたければ、自分のことを相手にどんどん話すことだ。

問題9 次の文章を読んで、後の問いに対する答えとして最もよいものを、1・2・3・4から一つ選びなさい。

聞き上手とは質問ができる人。こんなふうに考えていませんか。しかし、①本当の聞き上手は、質問より「待つこと」を優先します。相手が②話す材料を持っていなければ質問しますが、まずは沈黙して待つことを選びます。

なぜなら、③「質問」は、質問者の「聞きたいコース」に話を誘導するものであり、「話し手」の「話したいコース」から外れてしまう可能性があるからです。

同僚「昨日は定時で帰れると思ったら、課長につかまって3時間も残業だよ」

あなた「どんな仕事だったの？」

同僚「今度の企画会議の資料作りだったんだけどね」

あなた「今度の会議は社長も出るらしいからね。上司のいうことには逆らえないね。サラリーマンの宿命だろ」

　④これは、大変まずい展開です。なぜなら、この同僚は伝えたいことがあって話しはじめたのに、聞き手が質問をして、話の方向性を決めてしまったからです。同僚は「いつも残業を言われるのは自分ばかりだ」「課長は昼間はブラブラしているのに、定時近くになると仕事をしはじめて嫌になる」という話をしたかったのかもしれません。
　ですから、人の話を聞くときは、いきなり質問をせずに、⑤話し手がどの方向に話を進めたいのかを見極めなければならないのです。

　同僚「昨日は定時で帰れると思ったら、課長につかまって3時間も残業だよ」
　あなた⑥「うわっ、そりゃ災難だったね」

　と⑦相手の気持ちを受けとめて沈黙して待つ。そうすれば同僚は、自分の言いたいことを話せます。
　話したいことをなんでも話せるからこそ、会話は盛り上がりますし、なにより、聞き上手なあなたに親近感や行為をもつのです。こういった気遣いをせずに、ひたすら自分の話をしている、自称‘聞き上手’さんより、口下手（注1）で黙って話を聞いてくれる人のほうが好かれるのは、⑧言うまでもありません。

（野口敏『誰とでも15分以上会話がとぎれない！話し方66のルール』による）

（注1）口下手：話すことが苦手で、言いたいことを十分に表現できないこと

50 ①本当の聞き上手とあるが、どういう人のことか。
　　1.相手の聞いてほしいことを想像して、上手に質問してあげる人のこと
　　2.相手に聞きたいことをどんどん質問して、話を進めてあげる人のこと
　　3.相手が何か言うまで、いっしょに話す材料を探してあげる人のこと
　　4.相手に質問することはせずに、黙って相手の言葉を待ってあげる人のこと

51 ②話す材料とあるが、言い換えるとするとどれか。

1.表現　　　　　　2.話題　　　　　　3.質問　　　　　　4.料理

52 ここでいう③「質問」とは、どういうものか。

1.聞き手が、自分の聞きたい内容を話してくれるよう相手に頼むもの

2.聞き手自身が聞きたい話の方向に話をもっていってしまうもの

3.話し手が言葉を上手に表現できないとき、手伝ってあげるもの

4.話し手と聞き手が話を進めるのに役立つ、相づちのようなもの

53 ④これは、大変まずい展開ですとあるが、どうしてまずいのか。

1.同僚は伝えたいことがあって話しはじめたのに、聞き手の質問で話したいことを忘れてしまったから。

2.聞き手の質問した内容がとてもおもしろく、話し手がその話に乗ってしまったから。

3.同僚は口下手なので、聞き手の質問を聞いて答えたほうが楽だということに気づいてしまったから。

4.同僚は伝えたいことがあったのに、聞き手が質問して、話の方向性を決めてしまったから。

54 ⑤話し手がどの方向に話を進めたいのかを見極めなければならないのですとあるが、どういうことか。

1.話し手が課長の愚痴を言うのは困るので、それを避けるために話題を換える。

2.話し手が話しはじめた内容から、話の展開を想像しながら次を待つ。

3.話し手はどういう方向に結論を出したいのかを想像して、その手助けをする。

4.話し手が話したいことは何なのか、直接聞いて判断し、答えを見極める。

55 ⑥「うわっ、そりゃ災難だったね」の他に、適当だと思う言葉はどれか。

1.じゃ、明日も残業かな。　　　　　2.それはついてなかったな。

3.えっ、そんなの当たり前だよ。　　4.お前、また失敗したのか。

56 ⑦相手の気持ちを受けとめてとあるが、どういうことか。

　　1.相手の言った言葉をくり返し、相手の気持ちを理解したことを知らせること

　　2.相手が自分だったらと想像して、あなたに同情していると伝えること

　　3.自分がその立場だったらどうなのかと、相手の気持ちになって考えること

　　4.もし自分ならその時どうしたかと考え、相手にアドバイスすること

57 ⑧言うまでもありませんとあるが、言い換えるとしたら一番適切なのはどれか。

　　1.言ってはいけません。

　　2.当然とは限りません。

　　3.言うまでのことだ。

　　4.当たり前です。

58 この文章のタイトルとしてふさわしいものはどれか。

　　1.「聞きたい方向」に誘導しない

　　2.いきなり質問するべきではない

　　3.「聞く」イコール「反射する」

　　4.沈黙は休憩時間と捉えよう

問題10　　次の文章を読んで、後の問いに対する答えとして最もよいものを、1・2・3・4から一つ選びなさい。

　日本語の発音で一番難しいのは「さ行」と「ら行」だと言われています。アナウンサー試験の面接官を担当したとき、私は受験者の「さ行」と「ら行」の発音をチェックしていました。「ま行」も難易度は高いのですが、「さ行」と「ら行」が大丈夫ならばどうにかなるものです。

　「さしすせそ」と「らりるれろ」——これが、なかなかちゃんと言えないものなのです。みなさんも、ゆっくりで構いませんから声に出してみてください。

悪い発音、良い発音を活字で表現するのにはちょっと無理がありますが、「さ行」は舌っ足らず（注1）、「ら行」は巻き舌になっている人が少なくありません。「さ行」は舌がどこにも触らない、「ら行」は舌が上あごに触れるのが正しい発音法です。

①これらをきれいに発音したいのであれば、滑舌練習をやるしかありません。意識して、練習をすればかなり上達するものです。

「さ行」であれば、「新設診察室視察」。この場合、「さ行」の滑舌だけでなく、母音の無声化という要素も入っているので非常に良い練習になります。アナウンス読本には必ず出ている方法です。

ここで有声、無声を簡単に説明しておくと、関西弁と標準語（共通語）の違いとなります。「菊」という言葉をローマ字で書くと「KIKU」となりますが、KとKに挟まった母音「I」が標準語では②無声化します。これが、関西弁では無声化しません。母音の無声化はしてもしなくても伝わっている以上、実用上、問題はないと思います。

閑話休題（注2）。「さ行」では、ほかにも「狭山の佐々佐吉」「申請者申請書審査」などが練習となります。「ら行」では、ら行のあたまに「ば」をつける「ばらばりばるばればろ」があります。アナウンサーの研修では「ばらばりばるばればろ、びらびりびるびれびろ」と「ば行」と「ら行」をセットにしたものをよく使います。

実際にやってみればわかりますが、まず、ちゃんと最後まで言うことができないと思います。ちなみに私は現役時代、これを2秒でやっていました。

「ば」が終わったら、その次は「び」「ぶ」と進む。「びらびりびるびれびろ、ぶらぶりぶるぶれぶろ」。ここまでを6秒。これは非常に難易度が高いので、必ずやる必要はありませんが、やるならば繰り返しやる継続性が大切になります。

「さ行」と「ら行」をきれいに言えるようになると、③それこそプレゼン（注3）でも日常会話でも、話す内容がより伝わりやすいことは事実です。紹介した練習をお風呂の中ででもチャレンジしてみるといいかもしれません。

（山中秀樹『伝える技術50のヒント』による）

（注1）舌っ足らず：舌の動きが滑らかでなく、発音がはっきりしないこと

（注2）閑話休題：文章で余談をやめて、話を本題に戻すときに、接続詞的に用いる
　　　　語。「それはさておき」に言い換えられる

（注3）プレゼン：「プレゼンテーション（presentation）」の略。計画や企画案などを、
　　　　会議で説明すること

59 ①これらは何を指しているか。

1.「さしすせそ」と「らりるれろ」

2.舌の位置

3.「ま行」と「さ行」と「ら行」

4.活字で表現する

60 ②無声化しますの説明として、ふさわしいのはどれか。

1.通常はあるはずの音が変化して別の音になる現象のこと

2.通常は有声である音が無声音になる現象のこと

3.元々はあったはずの文字が消えてしまう現象のこと

4.元々は存在していた言葉が変化して別の言葉になる現象のこと

61 ③それこそを別の言葉に言い換えるとしたらどれか。

1.あらかじめ

2.ことごとく

3.しょっちゅう

4.まちがいなく

62 筆者がここで言いたいことは次のどれか。

1.「さ行」と「ら行」をきれいに発音できれば相手に伝わりやすい。

2.「さ行」と「ら行」はどんなに練習しても、なかなか発音できない。

3.「さ行」と「ら行」は「ま行」と比べたら、とても発音しやすい。

4.「さ行」と「ら行」が発音できなければアナウンサーにはなれない。

問題11　次のAとBはそれぞれ別の新聞のコラムである。AとBの両方を読んで、後の問いに対する答えとして最もよいものを、1・2・3・4から一つ選びなさい。

A

これは歴史的な惨敗である。台湾の統一地方選で、政権与党の国民党が多くの首長ポストを失った。選挙結果を受けて馬英九総統が党主席を辞任した。これまで党が進めた中台関係強化の動きは停滞を余儀なくされ、中国の対台湾政策も見直しを迫られよう。

今回の選挙は、各地の首長、議員ら計1万人以上を選出するため初めて同時実施された。22の県・市長ポストのうち15を占めていた国民党は6にまで減らした。ここに表れたのは、馬総統が率いる国民党政権に対する批判の強さだ。馬総統は2008年の就任以来、中国との関係改善により台湾の経済成長を図る方針を掲げ、当初は支持された。しかし、それは中国事業で稼ぐ大企業を潤しただけで多くの庶民は取り残され、格差を広げたとの疑念が広がった。不祥事が重なったことも響いた。

最大野党の民進党は、国民党の強固な地盤だった地域で首長ポストを奪取した。2016年初めにも実施される総統選での政権交代が視野に入ってきた。

台北市長選は、組織を持たぬ無党派の医師が国民党の次世代指導者候補を大差で破った。この春に起きた学生運動以来の新しい動きとしても注目される。「台湾統一」を目指す中国は国民党との関係を重視し、台湾企業に便宜を図る一方、「台湾は独立国家」という立場をとる民進党への警戒感を隠さなかった。だが今後、国民党を不安視するようになれば、戦略を練り直すことになろう。

台湾から見て中国大陸は、軍事的に仮想敵だが、経済的には依存する矛盾した関係にある。大半の市民は中国との統一を求めているわけではなく、適度に経済交流をしながらの現状維持を望んでいる。今や台湾海峡を直行便が飛び交い、大陸から毎日おおぜいの観光客が訪れ、親中派企業がメディアを買収し、中国の影は日に

日に色濃くなっている。だが、かえってそのために、台湾人アイデンティティーは馬政権下でいっそう高まった。隣の香港では、若者らが大規模な街頭行動で当たり前の選挙制度を求めても、訴えは実現していない。「民主化をかたくなに拒む中国」という印象を改めて台湾社会に与えている。総じて言えば馬政権の6年は、対中接近のペースが速すぎて危険だと、投票を通じて判定が下された。この台湾の民意こそが、中国・習近平（シーチンピン）政権が真摯（しんし）に向き合うべき相手である。

（「朝日新聞・社説 2014年12月4日」）

B

台湾の馬英九・国民党政権の性急な対中融和路線が、否定された。

先月末に行われた統一地方選で、国民党が大敗を喫した。22県市の首長選で、国民党のポスト数は、15から6に激減した。1998年以来無敗だった台北市長選では、党名誉主席の長男が、無所属新人に敗れた。野党の民進党のポストは、一気に6から13に増えた。馬総統は、大敗の責任を取り、党主席を辞任した。

選挙は、2012年に再選された馬総統の政権運営に評価を下す中間選挙の意味合いがあった。馬氏は2010年に、中国との事実上の自由貿易協定である「経済協力枠組み協定」を締結した。2期目に入ってからも、経済面での中台一体化を推し進めてきた。経済界はおおむね、中台の融和を歓迎したが、庶民の間では「格差が拡大した」との声が高まっていた。中国マネーの流入で住宅価格が大幅に緩和されることに反対し、学生らが立法院（国会）を占拠した。中国は台湾に対して、香港と同様の「一国二制度」による統一を呼びかけている。中国にのみ込まれることへの台湾住民の危機感は、民主化を求めてデモを繰り広げる香港の学生と通じるものがある。

今後の焦点は、2016年の次期総統選に移る。国民党が党勢を立て直すには、急ぎ過ぎた対中融和路線の修正が不可欠だろう。台湾独立の志向が強

い民進党が勢いづくのは間違いない。ただ、住民の圧倒的多数は、中台関係について、「統一でも独立でもない現状維持」を望んでいる。経済成長には、中国にある程度依存せざるを得ないのも事実である。現実的な対中政策を打ち出せるかどうかが、民進党の課題だ。台北市長選における無所属候補の当選は、2大政党への批判の表れと言える。国民党、民進党は共に、岐路に立っている。今回の選挙結果を受けても、経済面を足がかりにした中国の統一攻勢は変わるまい。台湾を取り込むことは、日米が主導する環太平洋経済連携協定（TPP）に対抗し、経済圏を拡大する上でも重要な意味を持つ。中台関係の動向は、日本を含む東アジア全体の安定にかかわる。情勢を注視する必要がある。

（「読売新聞・社説 2014年12月5日」）

63 AとBのどちらの記事にも触れられている内容はどれか。

1. 中国は台湾に、香港と同じ「一国二制度」による統一を呼びかけている。

2. 台北市長選で当選したのは、2大政党に属しない無所属候補者である。

3. 台湾と中国の関係の動向は、日本を含む東アジア全体の安定にかかわる。

4. 台湾から見て中国は、軍事的には敵だが経済的には依存する矛盾した関係にある。

64 今回、馬政権が完敗した理由の一つとして、Aの筆者とBの筆者はどのように報道しているか。

1. AもBも、対中関係による「格差の拡大」問題への不満が一因であるとしている。

2. AもBも、軍事的に中国に依頼しすぎたことが一因であるとしている。

3. Aは対中関係による「格差の拡大」問題への不満が、Bは軍事的に中国に依頼しすぎたことが一因であるとしている。

4. Aは軍事的に中国に依頼しすぎたことが、Bは対中関係による「格差の拡大」問題への不満が一因であるとしている。

65 台北市長選挙についてどちらにも書かれていないものはどれか。

1.国民党名誉主席の長男が、無所属新人に敗れた。

2.当選したのは無所属候補者で、2大政党への批判の表れと言える。

3.国民党を立て直すには、中国と香港の例を参考にするといい。

4.馬政権は、対中接近のペースが速すぎて危険だという考えが、投票に反映された。

問題12 次の文章を読んで、後の問いに対する答えとして最もよいものを、1・2・3・4から一つ選びなさい。

そもそもいしかわじゅん (注1) の漫画は楽しく分かり易い。いしかわじゅんは①おじさんのくせに柔軟だ。だが、本人もこぼしているように「意地っ張り」なのだ。この本はちょっとした事件から始まってなかなかに盛り上げるスリリング (注2) な物語でもあり、いしかわじゅんという生真面目な (注3) 中年男の意地を張った闘いの記録でもある。物語としては日常性から離れない視点で描かれていて、漫画家という職業の中ではメジャーでマイナーと呼ばれるいしかわ氏のポジティブ (注4) な暮らしぶりと、②そこで起きたちょっとした事件、となるだろうか。だがそれ以上に、すんなり頭と心に届く柔らかな文章で語られるいしかわじゅんという人間性がこの本では何より面白い。

いしかわじゅんの意地には根拠がある。ただの頑固者ではない。かつていしかわじゅんの演劇評論でぶったぎられた (注5) 私が③そう思う。普段のいしかわじゅんはとても細やかに気配りをする寛容で優しくて紳士なおじ様だが、ひとたび何か物を作る立場の眼鏡をかけると一変して厳しい。その厳しさは他人だけではなく自分にも同じように向けられる。きっと今までに一度くらいは「ああ、自分がもっといい加減な性格だったらなあ」とぼやいたことがあるに違いない。私はいしかわじゅんのそうした生真面目さに共感する。ただの生真面目なら面白みにはならないが、いしかわじゅんには本質を的確に見抜く大人らしい視点と、子供のような無邪気な行動力があって、そのバランスの中で最大限面白がりながら漫画を描いたり小説を書いたり役者をやったりコマーシャルタレントになったりしている。そうしてあれこれ面白がるから自分にまた厳しくなる。いろ

んなことをやっていろんな知識と経験があるからこそ、志が果てしなく高くなってい
く。そして「俺にできるんだからお前だってやってみたらいいじゃないか」と過酷な要
求を他人に向ける。「あいつら口で言ってるばっかりでちっともやろうとしないんだよ
なあ、どうしてだろうなあ、自分がやればそれで済むことなのになあ、わかんないんだ
よなあ」と淡々と嘆く。時には心底怒ってみせる。さぞかし、報われない怒りなのだろ
うが、それを決してやめないところが意地っ張りだ。老若男女の区別なくいい加減なこ
とをすれば、いしかわじゅんの鉄槌にポカリとやられる。だからいしかわじゅんを苦手
とする編集者も少なくないだろう。でも、いしかわじゅんの漫画や文章を苦手とする読
者がいるだろうか。好みはあっても、生理的に苦手とされるような個性ではないし、頭
のいい人にしかできない噛み砕いた表現は徹底して面白さを追っていて、生真面目な道
楽者の感性が随所に感じられる。

　私の顔をいしかわじゅんに描いてもらってTシャツを作ったことがあった。誰が見て
も私と分かり、誰が見てもいしかわじゅんだと分かる絵だった。美化するでもなく露悪
的にするでもなく、いしかわじゅんという生真面目な視線と道楽者のセンスがそう描
く。だから私はいしかわじゅんの鉄槌を信頼する。

（前川麻子『生真面目な中年男の一途な闘い』による）

（注1）いしかわじゅん：本名「石川潤」。漫画家、小説家、漫画評論家

（注2）スリリング：ハラハラ、ドキドキさせるさま

（注3）生真面目な：非常に真面目なこと

（注4）ポジティブ：積極的であるさま

（注5）ぶったぎられる：勢いよく切られること

66 ①おじさんのくせに柔軟だとあるが、どういうことか。
　　1.おじさんの体は本来硬いはずなのに、彼は柔らかいということ
　　2.おじさんの頭は本来硬いものなのに、彼は柔らかいということ
　　3.おじさんは本来生真面目であるべきなのに、彼は不真面目だということ
　　4.おじさんは本来何もしないで家にいるのに、彼はいろいろな職業をしているとい
　　　うこと

67 ②<u>そこ</u>というのはどこか。

　　1.漫画の中での場面

　　2.スリリングな物語の中

　　3.日常性から離れない視点

　　4.漫画家という身分での生活

68 ③<u>そう思う</u>とあるが、どう思うのか。

　　1.いしかわじゅんの意地には根拠があって、ただの頑固な人間ではない。

　　2.いしかわじゅんの描く作品は、すんなり頭と心に届く柔らかな文章だ。

　　3.いしかわじゅんは昔、演劇評論でわたしをぶったぎった嫌なやつではない。

　　4.いしかわじゅんはとても細やかに気配りをする寛容で優しいおじさんだ。

69 この文章は何について書かれたものか。

　　1.いしかわじゅんは他人のことを批評する、くだらない人間だ。

　　2.いしかわじゅんのような生真面目な人間は、必ず損をする。

　　3.いしかわじゅんという人間と彼の執筆した本に対する論評。

　　4.この文の筆者が書いた、いしかわじゅんの人生を描いた本の紹介。

問題13　次は、結婚紹介所の紹介相手リストである。下の問いに対する答えとして、最
　　　　　もよいものを1・2・3・4から一つ選びなさい。

70 女性の2番・久美子さんの条件に合う人は何人いるか。

　　1.6人　　　　　　2.7人　　　　　　3.8人　　　　　　4.9人

71 このリストにある男女各10人のうち、条件がぴったり合ってカップルになれそうなのはどれか。

　　1.男性1と女性10、男性7と女性3

　　2.男性10と女性8、男性6と女性6

　　3.男性5と女性5、男性8と女性1

　　4.男性7と女性3、男性10と女性8

結婚相手の紹介リスト

男性

	仮名	職業 （あれば職位など）	年収	相手に望む条件（外見や職業、性格など）
1	雄二さん	小学校教師 （算数）	650万円	大卒で、運動が好きな人がいいです。
2	拓也さん	公務員（郵便局）	800万円	無駄づかいしない女性をお願いします。
3	孝仁さん	医者（皮膚科）	1,200万円	明るくて、家庭的な女性なら、外見は問いません。
4	邦夫さん	サラリーマン （部長）	480万円	転勤が多いので、どこにでもついてきてくれる方希望。
5	進さん	塾講師 （国語・歴史）	600万円	お金にうるさくない、可愛い女性がいい。
6	康弘さん	モデル （雑誌など）	200〜800万円	収入が安定していなくても、だいじょうぶな方。身長170センチ以上を希望。
7	紀明さん	出版社（編集長）	790万円	読書と旅行が好きな女性。
8	隆さん	自営業 （自転車屋）	600万円くらい	40才以下なら誰でもOK。ちなみに、わたしは動物が大の苦手です。
9	孝明さん	会社経営 （ネット関連）	1,800万円	おとなしくて料理が上手な女性がいいです。外見はこだわりません。
10	博さん	タクシー運転手	420万円くらい	バツ一で子供が2人います。それでもよければ、お願いします。

女性

	仮名	職業 (あれば職位など)	年収	相手に望む条件（外見や職業、性格など）
1	愛子さん	ケーキ屋従業員	340万円	犬が好きな人希望。秋田犬を4匹飼っています。
2	久美さん	弁護士	1,600万円	年収も外見もこだわりません。「先生」と呼ばれる職業以外の人を希望。
3	恭子さん	大学講師 （スペイン語）	900万円	趣味は旅行とドライブと小説を読むこと。趣味の合う人がいいです。
4	香苗さん	エステティシャン	730万円	ハンサムで背が高くて、車と家をもっている人。
5	清子さん	美容師	390万円	年収1,000万円以上、身長180センチ以上の男性を希望。
6	緑さん	家事手伝い	なし	毎月定期的に貯金をして、将来をしっかり考えている方がいいです。
7	奈津美さん	サラリーマン （社長秘書）	840万円	年収1,500万円以上。料理が苦手なので、外食を許してくれる方。
8	奈々子さん	無職	0円 （貯金で生活）	子供が好きですが、産めません。それでもよければお願いします。
9	明菜さん	フリーター	35～280万円	ディズニーランドが好きなので、毎月いっしょに行ってくれる優しい男性。
10	恵子さん	公務員（市役所）	600万円	私は体が弱いので、健康でスポーツが得意な元気な人がいいです。

N1
聴解
（60点　60分）

受験番号　Examinee Registration Number	

名前　Name	

N1 聴解 解答用紙

受験番号 Examinee Registration Number

名前 Name

〈 注意 Notes 〉

1. 黒い鉛筆 (HB、No.2) で書いてください。（ペンやボールペンでは書かないでください。）
Use a black medium soft (HB or NO.2) pencil. (Do not use a pen or ball-point pen.)

2. 書き直すときは、消しゴムできれいに消してください。
Erase any unintended marks completely.

3. 汚くしたり、折ったりしないでください。
Do not soil or bend this sheet.

4. マークれい Marking examples

よい Correct	わるい Incorrect
●	⊗ ◌ ◍ ◎ ⊖ ◐

問題 1

	①	②	③	④
1	①	②	③	④
2	①	②	③	④
3	①	②	③	④
4	①	②	③	④
5	①	②	③	④
6	①	②	③	④

問題2

	①	②	③	④
1	①	②	③	④
2	①	②	③	④
3	①	②	③	④
4	①	②	③	④
5	①	②	③	④
6	①	②	③	④
7	①	②	③	④

問題3

	①	②	③	④
1	①	②	③	④
2	①	②	③	④
3	①	②	③	④
4	①	②	③	④
5	①	②	③	④
6	①	②	③	④

問題4

	①	②	③
1	①	②	③
2	①	②	③
3	①	②	③
4	①	②	③
5	①	②	③
6	①	②	③
7	①	②	③
8	①	②	③
9	①	②	③
10	①	②	③
11	①	②	③
12	①	②	③
13	①	②	③
14	①	②	③

問題 5

		①	②	③	④
1	(1)	①	②	③	④
	(2)	①	②	③	④
2	(1)	①	②	③	④
	(2)	①	②	③	④
3	(1)	①	②	③	④
	(2)	①	②	③	④
4	(1)	①	②	③	④
	(2)	①	②	③	④

<ruby>問題<rt>もんだい</rt></ruby>

問題1

　問題1では、まず質問を聞いてください。それから話を聞いて、問題用紙の1から4の中から、正しい答えを1つ選んでください。

1番 MP3-83

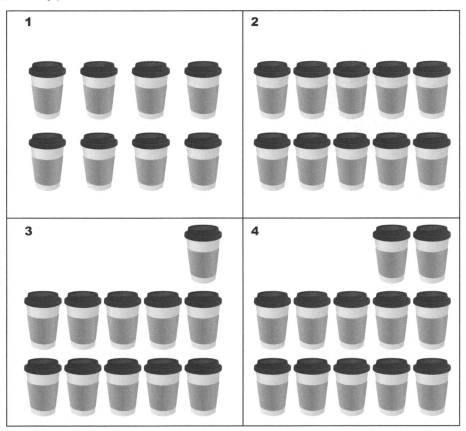

第三回模擬試題　聴解

2番 MP3-84))

第三回模擬試題 ∨∨ 聴解

4番 MP3-86))

1 社員の心がまえ

2 仕事の内容

3 コンピューターの使い方

4 コピー機の使い方

5番 MP3-87))

1 電話する

2 メールを出す

3 入金の確認をする

4 外出する

6番 MP3-88))

1 一か月8人の同じ派遣メンバーで

2 一か月6人の同じ派遣メンバーで

3 一週間ずつ4人の派遣を交代で

4 一週間ずつ2人の派遣を交代で

問題2

　問題2では、まず質問を聞いてください。そのあと、問題用紙の選択肢を読んでください。読む時間があります。それから話を聞いて、問題用紙の1から4の中から、正しい答えを1つ選んでください。

1番 MP3-89))

1 先生がお父さんとアメリカに行ったから
2 先生のお父さんが亡くなったから
3 先生が病気で倒れてしまったから
4 先生のお父さんがアメリカに行くから

2番 MP3-90))

1 ソフトの担当者に電話させる
2 ハードの担当者に電話させる
3 ソフトを大至急、点検する
4 ハードを大至急、点検する

3番 MP3-91

1 ゴルフバッグを相談なしで勝手に買ったから
2 弟の嫁と電話で内緒話をしていたから
3 毎月生活が厳しくて、とても困っているから
4 ゴルフバッグを買ってもらったことを内緒にしたから

4番 MP3-92

1 注文の品を、8日までに追加注文したいとのこと
2 注文の品を、予定通り納品してくださいとのこと
3 注文の品を、8日までに納品してくださいとのこと
4 注文の品を、8日までに納品できるか返事がほしいとのこと

5番 MP3-93

1 社長のあいさつ
2 来賓の祝辞（○○市・市長）
3 来賓の祝辞（大倉商事・社長）
4 乾杯のあいさつ

6番 MP3-94))

1 質問を恐れないこと

2 だらだらしないこと

3 聴衆の話を聞くこと

4 質疑応答しないこと

7番 MP3-95))

1 ブックフェアが中止になるかどうか

2 運送会社の車がまだ動くかどうか

3 事故で本が破れていないかどうか

4 本の陳列準備が間に合うかどうか

もんだい
問題3

　問題3では、問題用紙に何も印刷されていません。まず話を聞いてください。それから、質問と選択肢を聞いて、1から4の中から正しい答えを1つ選んでください。

― メモ ―

1番 MP3-96))

2番 MP3-97))

3番 MP3-98))

4番 MP3-99))

5番 MP3-100))

6番 MP3-101))

問題4
もんだい

問題4では、問題用紙に何も印刷されていません。まず文を聞いてください。それから、それに対する返事を聞いて、1から3の中から正しい答えを1つ選んでください。

― メモ ―

1番 MP3-102

2番 MP3-103

3番 MP3-104

4番 MP3-105

5番 MP3-106

6番 MP3-107

7番 MP3-108

8番 MP3-109 🔊

9番 MP3-110 🔊

10番 MP3-111 🔊

11番 MP3-112 🔊

12番 MP3-113 🔊

13番 MP3-114 🔊

14番 MP3-115 🔊

もんだい
問題5

問題5では長めの話を聞きます。この問題には練習はありません。

まず、話を聞いてください。それから、2つの質問を聞いて、それぞれ問題用紙の1から4の中から、正しい答えを1つ選んでください。

1番 MP3-116))) MP3-117)))

質問1

1 学生割引

2 学生証

3 保険証

4 無料チケット

質問2

1 くじ引き

2 ダンス大会

3 物の売り買い

4 カラオケ大会

2番 MP3-118))) MP3-119)))

質問1
しつもん

1 疲労を回復したい
　ひろう　かいふく

2 よく眠りたい
　　　ねむ

3 きれいになりたい

4 目の疲れをとりたい
　め　つか

質問2
しつもん

1 青
　あお

2 緑
　みどり

3 黄色
　き いろ

4 ピンク

質問1
しつもん

１ マウンテンバイクを押して歩く
お   ある

２ マウンテンバイクの速度を落とす
そく ど   お

３ マウンテンバイクから降りる
お

４ マウンテンバイクを捨てる
す

質問2
しつもん

１ 黄色
き いろ

２ 緑
みどり

３ 茶色
ちゃいろ

４ 黒
くろ

4番 ばん MP3-122))) MP3-123)))

質問1 しつもん

1 3万円 まんえん

2 28万円 まんえん

3 30万円 まんえん

4 50万円 まんえん

質問2 しつもん

1 野球のボール やきゅう

2 太陽 たいよう

3 お母さんの子宮 かあ しきゅう

4 地球 ちきゅう

N1

模擬試題解答、
翻譯與解析

N1 模擬試題　第一回　考題解析

考題解答

言語知識（文字・語彙・文法）・讀解

問題1（每小題各1分）
1 3　　2 3　　3 2　　4 4　　5 1　　6 4

問題2（每小題各1分）
7 1　　8 2　　9 2　　10 1　　11 2　　12 4　　13 3

問題3（每小題各1分）
14 4　　15 1　　16 1　　17 2　　18 4　　19 1

問題4（每小題各1分）
20 3　　21 1　　22 4　　23 2　　24 1　　25 4

問題5（每小題各1.5分）
26 4　　27 1　　28 2　　29 4　　30 1　　31 4　　32 2　　33 2　　34 2　　35 4

問題6（每小題各2分）
36 1　　37 1　　38 4　　39 3　　40 1

問題7（每小題各2分）
41 2　　42 4　　43 1　　44 2　　45 4

問題8（每小題各2分）
46 2　　47 4　　48 2　　49 1

問題9（每小題各2分）
50 3　　51 2　　52 4　　53 1　　54 3　　55 4　　56 1　　57 4　　58 2

問題10（每小題各2分）

| 59 | 3 | 60 | 3 | 61 | 4 | 62 | 1 |

問題11（每小題各2分）

| 63 | 2 | 64 | 2 | 65 | 3 |

問題12（每小題各3分）

| 66 | 4 | 67 | 2 | 68 | 2 | 69 | 3 |

問題13（每小題各4分）

| 70 | 1 | 71 | 3 |

....

註1：問題1～問題7為「言語知識（文字・語彙・文法）」科目，滿分為60分。

註2：問題8～問題13為「讀解」科目，滿分為60分。

....

◎自我成績統計

科目	問題	小計	總分
言語知識 （文字・語彙・文法）	問題 1	/6	/60
	問題 2	/7	
	問題 3	/6	
	問題 4	/6	
	問題 5	/15	
	問題 6	/10	
	問題 7	/10	
讀解	問題 8	/8	/60
	問題 9	/18	
	問題 10	/8	
	問題 11	/6	
	問題 12	/12	
	問題 13	/8	

第一回模擬試題解析 ∨ 考題解答

聽解

問題1（每小題各1.5分）

1番 4

2番 4

3番 1

4番 2

5番 3

6番 3

問題2（每小題各1.5分）

1番 3

2番 2

3番 3

4番 3

5番 2

6番 4

7番 2

問題3（每小題各1.5分）

1番 3

2番 1

3番 4

4番 3

5番 3

6番 3

問題4（1番〜11番，每小題各1分。12番〜14番，每小題各1.5分）

1番 2

2番 1

3番 1

4番 3

5番 2

6番 1

7番 1

8番 3

9番 1

10番 3

11番 1

12番 1

13番 2

14番 1

問題5（每小題各2分）

1番

質問1 1 　　 質問2 3

2番

質問1 2 　　 質問2 4

3番

質問1 4 　　 質問2 1

4番

質問1 2 　　 質問2 1

. . . .

註1：「聽解」科目滿分為60分。

. . . .

◎自我成績統計

科目	問題	小計	總分
聽解	問題 1	/9	/60
	問題 2	/10.5	
	問題 3	/9	
	問題 4	/15.5	
	問題 5	/16	

考題解析

言語知識（文字・語彙・文法）・讀解

問題1 ＿＿＿の言葉の読み方として最もよいものを、1・2・3・4から一つ選びなさい。（請從1・2・3・4中，選擇一個＿＿＿詞彙最正確的讀音。）

1 公害が人々の健康を脅かしている。

公害威脅人們的健康。

1. 脅かして（恐嚇、脅迫）

2. 疎かして（無此字。正確為「疎かにして」，意為「馬虎、粗心大意」）

3. 脅かして（恐嚇、威脅）

4. 驚かして（驚動、嚇唬）

2 汗をたくさんかいたので化粧が剥げてしまった。

因為流了許多汗，妝都脫落了。

1. ほげて（崩塌）　　　　　2. 遂げて（實現）

3. 剥げて（褪色、脫落）　　4. むげて（無此字）

3 あまりに突然のことで戸惑ってしまった。

事情太過突然，感到不知所措。

1. こまどって（無此字）　　2. 戸惑って（不知所措、困惑）

3. とわくって（無此字）　　4. とまよって（無此字）

4 前回の会議では活発な意見が交わされた。

前次的會議中交換了熱烈的意見。

1. かつたつ（無此字）　　　2. かっはつ（無此字）

3. 闊達（豁達）　　　　　　4. 活発（活躍的、活潑的）

5 詳細（しょうさい）は後（のち）ほどお知（し）らせします。

詳情稍後通知。

1.詳細（しょうさい）（詳情、詳細）　　　　2.しゃんさい（無此字）

3.笑止（しょうし）い（滑稽的、丟臉的）　　4.少子（しょうし）（少子）

6 犯人（はんにん）は人質（ひとじち）をとって立（た）てこもった。

犯人挾持人質後固守不出。

1.迅疾（じんしつ）（迅速）　　　　　　　2.ひとしつ（無此字）

3.尽日（じんじつ）（整日、最終日）　　　4.人質（ひとじち）（人質）

問題2　（　　　）に入（い）れるのに最（もっと）もよいものを、1・2・3・4から一（ひと）つ選（えら）びなさい。（請從1・2・3・4中，選擇一個填入（　　　）最適當的詞彙。）

7 家族（かぞく）の不祥事（ふしょうじ）に（　　　）の狭（せま）い思（おも）いをした。

因家族的醜聞而感到顏面無光。

1.肩身（かたみ）（面子、體面）　　　　　2.骨身（ほねみ）（全身、骨肉、骨髓）

3.親身（しんみ）（親人、骨肉）　　　　　4.細身（ほそみ）（細長）

8 彼（かれ）の（　　　）点（てん）はとてもユニークだ。

他的觀點非常獨到。

1.看（無此用法）　　　　　　　　　　　　2.視（し）（視点（してん），觀點）

3.思（無此用法）　　　　　　　　　　　　4.争（そう）（争点（そうてん），爭論的重點）

9 その件（けん）については社長（しゃちょう）の（　　　）を得（え）なければならない。

關於這件事，務必要獲得社長的諒解。

1.感想（かんそう）（感想）　　　　　　　2.了解（りょうかい）（理解、諒解）

3.確保（かくほ）（確保）　　　　　　　　4.認証（にんしょう）（認證）

10 現実を（　　　）別の方針を立てなさい。

根據現實訂定其他方針。

1.踏まえて（根據）　　　　　　　2.携えて（攜帶、偕同）

3.信じて（信任）　　　　　　　　4.添えて（附帶）

11 久しぶりに同級生に会って話が（　　　）。

和同學久別重逢聊得很起勁。

1.続いた（繼續）　　　　　　　　2.弾んだ（興致高昂）

3.盛んだ（盛大的、積極的）　　　4.飛んだ（飛翔、飄落、散播）

12 あらためて話し合いの場を（　　　）再検討しよう。

重新設立協商場合，再研究一次吧。

1.置いて（放置）　　　　　　　　2.預けて（寄放）

3.建てて（建造）　　　　　　　　4.設けて（準備、設立）

13 環境問題を扱った本が（　　　）出版されている。

探討環保議題的書籍相繼出版。

1.押し寄せて（蜂擁而至）　　　　2.奮闘して（奮鬥）

3.相ついで（相繼）　　　　　　　4.継続して（繼續）

問題3 ＿＿＿＿＿の言葉に意味が最も近いものを、1・2・3・4から一つ選びなさい。

（請從1・2・3・4中，選出一個與＿＿＿＿＿意義最相近的詞彙。）

14 とんこつラーメンのスープはこってりしている。

豚骨拉麵的湯非常濃郁。

1.甘辛い（甜甜鹹鹹的）　　　　　2.塩辛い（鹹的）

3.淡白だ（清淡的）　　　　　　　4.濃厚だ（濃郁的）

15 新しい首相は国民に**明朗な**政治を約束した。

新首相向國民承諾會有光明正大的政治。

1.**嘘のない**（沒有謊言的）　　　　2.**明るい**（明亮的）

3.**朗らかな**（晴朗的）　　　　　　4.**未来のある**（有未來的）

16 映画の撮影には**莫大な**費用がかかる。

電影的拍攝耗費莫大的費用。

1.**ぼうだいな**（龐大的）　　　　2.かだいな（過多的）

3.いだいな（偉大的）　　　　　　4.かんだいな（寬大的）

17 ほとんど勉強しなかったのだから、100点のはずがない。

因為幾乎沒有唸書，不可能拿一百分。

1.やけに（過於）　　　　　　　2.**ろくに**（充分地）

3.いやに（非常）　　　　　　　4.もろに（全面地）

18 彼は多くの人をだまして**大金持ち**になった。

他欺瞞許多人成了大富翁。

1.おだてて（奉承）　　　　　　2.おどして（威脅）

3.たずさえて（偕同）　　　　　4.**あざむいて**（欺騙）

19 こんな簡単な試験なら９０点は**堅い**。

如果考試這麼簡單的話，有把握九十分。

1.**確かだ**（確實的）　　　　　2.明確だ（明確的）

3.正確だ（正確的）　　　　　　4.認可だ（認定的）

問題4　次の言葉の使い方として最もよいものを、1・2・3・4から一つ選びなさい。（請從1・2・3・4中，選出一個以下詞彙語最適當的用法。）

20 もてる（受歡迎）

1.先生はいつも荷物がたくさんもてる。

→先生は重い荷物を持つことができる。（老師可以拿很重的東西。）

2.父は取引先のお客さんからひどくもてる。

→父は取引先のお客さんからとても人気がある。（爸爸非常受客戶的歡迎。）

3.彼は子供の頃から女性にとてももてる。（他從小就很受女性歡迎。）

4.京都ではお寺をたくさんもてる。

→京都にはお寺がたくさんある。（京都有很多寺廟。）

21 ぶらぶらする（無所事事）

1.兄は仕事もせずに毎日ぶらぶらしている。（哥哥不工作每天無所事事。）

2.恋愛中の男女はつねにぶらぶらしている。

→恋愛中の男女はつねにラブラブだ。（戀愛中的男女卿卿我我。）

3.女性は目的を持ってぶらぶらするのが好きだ。

→女性は目的を持たずぶらぶらするのが好きだ。（女生喜歡漫無目的地閒晃。）

4.この服はぶらぶらしていて私の体に合わない。

→この服はぶかぶかで私の体に合わない。（這衣服鬆垮垮地不合我體型。）

22 ながれる（停止、作罷）

1.新人はミスが多いので取引相手がながれた。

→新人はミスが多いので取引相手との関係が悪くなった。

（新進人員出了很多錯，所以和廠商的關係惡化了。）

2.あれから長い歳月がますますながれた。

→あれから長い歳月がながれた。（自那之後漫長的歲月流逝了。）

3.温泉につかったので疲れがながれた。

→温泉につかったので疲れが取れた。（因為泡了溫泉，所以疲勞全消。）

4.参加者が少ないため今回の会議はながれた。

（因為參加人數不足，這次的會議取消了。）

23 おさめる（學習、修習）

1.木村くんはこれまでの努力をおさめた。

→木村くんは努力して学問をおさめた。（木村同學努力學習了學問。）

2.兄はアメリカの大学で医学をおさめた。（哥哥在美國的大學裡修習醫學。）

3.私は毎日、日本語をきちんとおさめている。

→私は毎日、日本語をきちんと勉強している。（我每天好好學習日語。）

4.病人は栄養をしっかりおさめることが大事だ。

→病人は栄養をしっかり取ることが大事だ。（病人確實攝取營養很重要。）

24 はずれる（（目標）落空）

1.父からお金がもらえるはずが、あてがはずれてがっかりした。

（應該可以從爸爸那邊得到錢卻落空了，很失望。）

2.医師の判断がはずれて、祖母は亡くなってしまった。

→医師が判断を誤り、祖母は亡くなってしまった。（醫師誤判，結果祖母往生了。）

3.宝くじを買ったが、願いがはずれてしまった。

→宝くじを買ったが、はずれてしまった。（買了彩券，結果沒中。）

4.息子は政治家になるはずが、道をはずれて有名な歌手になった。

→息子は政治家になるはずが、道を変えて歌手になった。

（兒子本應當政治家，卻改變志向成為歌手。）

25 ほじゅうする（補充）

1.風邪をひいたので、薬と果物をほじゅうした。

→風邪をひいたので、栄養を補給した。（因為感冒，所以補充了營養。）

2.さっき言った意味が分からないので、ほじゅうしてください。

→さっき言った意味が分からないので、もう一度説明してください。

（由於不懂剛剛所說的意思，所以請再說明一次。）

3.テストの点数が足りないので、勉強時間をほじゅうした。

→テストの点数が足りないので、勉強時間を増加した。

（由於分數不夠，所以增加學習時間。）

4.コピー機のインクがなくなったので、ほじゅうしてもらった。

（因為影印機的墨水用盡，幫忙補充好了。）

問題5　次の文の（　　　）に入れるのに最もよいものを、1・2・3・4から一つ選びなさい。（請從1・2・3・4中，選擇一個填入（　　　）中最適當的詞彙。）

26 彼は独身（と思いきや）、結婚していた。

原以為他是單身，沒想到卻已經結婚了。

1.とはいえ（雖然是～卻～）　　　　2.ながらも（雖然～可是～）

3.と相まって（與～配合）　　　　4.と思いきや（原以為～卻～）

27 鈴木さんの解釈には（やや）疑問が残る。

鈴木先生的解釋還留有些許疑問。

1.やや（稍微、略微）　　　　2.よもや（未必、不至於）

3.すばやく（俐落的、敏捷的）　　　4.おろか（愚笨的）

28 女性なら女性（らしく）おしとやかにしなさい。

是女性的話舉止就該像女性般文雅。

1.のように（類似）　　　　2.らしく（像～的樣子）

3.のくせに（明明是）　　　　4.そうに（看起來像）

29 毎日勉強すれば（それなり）の効果はあるはずだ。

每天唸書的話，應該會有相對的效果。

1.それから（然後）　　　　2.それより（比起那個）

3.それまで（在那之前）　　　　4.それなり（相當的、相對應的）

30 この料理は日本（ならでは）の珍味だ。

這道料理是只有日本才有的難得美味。

1.ならでは（只有〜才〜）　　　　　2.ものなら（要是〜的話）

3.だけでは（只有）　　　　　　　　4.ばかり（大約、只有）

31 結婚する（としたら）どんな人がいいですか。

如果要結婚的話，什麼樣的人好呢？

1.というと（説到〜）　　　　　　　2.といえば（説到〜）

3.としては（做為〜）　　　　　　　4.としたら（如果要〜）

32 こんなめでたい日には、飲ま（ずにはいられない）というものだ。

在這麼值得慶祝的日子裡，不喝不行。

1.ずではたえられない（不〜的話受不了）

2.ずにはいられない（不〜的話不行）

3.ないことはない（並非不能）

4.ないまでもない（無此用法）

33 新しい先生は若い（ながらも）経験が豊富なことで知られている。

新的老師雖然年輕但是以經驗豐富而聞名。

1.ながらに（保持〜狀態）　　　　　2.ながらも（雖然〜可是〜）

3.ところで（即使）　　　　　　　　4.ところが（然而）

34 いまさら勉強してみた（ところで）100点は取れないだろう。

都這個時候了即使想要試著讀書，也拿不到一百分了吧。

1.としても（即使〜也〜）　　　　　2.ところで（即使）

3.にせよ（即使〜也〜）　　　　　　4.だけなら（如果只有）

35 うまくいくかどうかは（ともかく）、やってみよう。

姑且不論是否能夠順利進行，做看看吧。

1.ぬきに（除去〜）　　　　　　　　2.とにかく（總而言之）

3.なしでは（沒有〜的話）　　　　　4.ともかく（姑且不論）

問題6　次の文の　★　に入る最もよいものを、1・2・3・4から一つ選びなさい。

（請從1・2・3・4中，選擇一個填入　★　最適當的詞彙。）

36 透明な　ガラスを　通して　太陽の　光が　さしこんでいる。

太陽光穿過透明的玻璃射入。

1.太陽の（太陽的）　　　　　　　　2.ガラスを（玻璃）

3.光が（光線）　　　　　　　　　　4.通して（透過）

37 会社建て直しの　ためにも　なんらかの　手直しを　しないと　経営難に追い込まれる

ことになるだろう。

為了重建公司，倘若不做任何的修正的話，就會陷入經營困難的局面吧。

1.手直しを（修改）　　　　　　　　2.なんらかの（絲毫、任何的）

3.ためにも（為了）　　　　　　　　4.しないと（不做的話）

38 姉は　信じていた　恋人に　裏切られて　なげき　悲しんでいる。

姊姊被一向信任的情人背叛，憂愁悲傷。

1.信じていた（信任）　　　　　　　2.なげき（憂愁、嘆息）

3.恋人に（情人）　　　　　　　　　4.裏切られて（被背叛）

39 このデジカメは　性能は　もとより　デザインも　文句の　つけようがない。

這台數位相機性能不必說，連設計也沒什麼好挑剔的。

1.もとより（原本、不必說）　　　　2.性能は（性能）

3.デザインも（設計）　　　　　　　4.文句の（抱怨）

40 何事にも　積極的で　活発な　兄に　ひきかえ　弟はとても内気だ。

和什麼事都積極活潑的哥哥相反，弟弟非常靦腆內向。

1.兄に（哥哥）　　　　　　　　　　2.ひきかえ（相反）

3.積極的で（積極的）　　　　　　　4.活発な（活潑的、活躍的）

問題7 次の文章を読んで、41 から45 の中に入る最もよいものを、1・2・3・4から一つ選びなさい。（請閱讀以下文章，從1・2・3・4中，選擇一個放進41到45最適當的答案。）

同じ一日の同じ繰り返しだった。どこかに折り返しでもつけておかなければ間違えて41 しまいそうなほどの一日だ。

その日はずっと秋の匂いがした。いつもどおりの時刻に仕事を終え、アパートに帰ると双子の姿はなかった。僕は靴下をはいたままベッドに寝転び、ぼんやりと煙草を吸った。いろんなことを考えてみようとしたが、頭の中で何ひとつ形をなさなかった。僕はため息をついてベッドに起き上がり、しばらく向い側の白い壁を睨んだ。何をしていいのか見当もつかない。いつまでも壁を睨んでいるわけにもいくまい、と自分に言いきかせる。42 それでも駄目だった。卒論の指導教授がうまいことを言う。文章はいい、論旨も明確だ、だがテーマがない、と。実にそんな具合だった。久し振りに一人になってみると、43-a 自分自身をどう扱えばいいのかが上手くつかめなかった。

不思議なことだ。何年も何年も 43-b 僕は 44 一人で生きてきた。結構上手くやってきたじゃないか、それが思い出せなかった。二十四年間、すぐに忘れてしまえるほど短かい年月じゃない。まるで捜し物の最中に、何を捜していたのかを忘れてしまったような気分だった。いったい何を捜していたのだろう？栓抜き、古い手紙、領収書、耳かき？

あきらめて枕もとのカントを手に取った時、本のあいだからメモ用紙がこぼれた。双子の字だった。ゴルフ場に遊びに行きます、と書いてあった。僕は心配になった。僕と 45 一緒でなければゴルフ・コースに入らないように、と言いきかせてあったからだ。事情を知らないものには夕暮のゴルフ・コースは危い。何時ボールが飛んでくるかもしれないからだ。

（村上春樹『１９７３年のピンボール』による）

中譯

　　同樣的一天，重複同樣的事情。是就算從哪裡折返了，41 好像不做記號，就會弄錯的一天。

　　那天一直有秋天的味道。在如同平常的時間結束工作，回到公寓時，不見雙胞胎的蹤影。我穿著襪子直接躺到床上，呆呆地吸著菸。想去思考一些事情，但是腦子裡顯現不出任何影像。我嘆氣從床上起身，瞪著對面的白色牆壁好一陣子。找不到該做什麼事才好。自己告訴自己，不可以再這麼瞪著牆壁。42 就算那樣也不行。畢業論文的指導教授說得很好。文章好，申論主旨也明確，但是沒有主題。事實上真的就是那樣。好久沒有獨自一人過看看，結果卻是無法好好掌握該如何處置 43-a 自己。

　　真是不可思議的事情。這麼多年，這麼多年，43-b 我 44 獨自一人活了過來。不是做得相當好嗎？——居然想不出來有哪件事情。二十四年，不是可以立刻忘掉的短暫歲月。就像正

第一回模擬試題解析 ▽▽ 讀解

在找東西時，忘了在找什麼東西般的心情。到底在找什麼呢？開瓶器、舊的書信、收據、耳掘棒？

　　決定放棄，將枕邊的康德拿起時，從書裡面跑出筆記用紙。是雙胞胎的字。寫著去高爾夫球場玩。我開始擔心了。因為曾對他們說，45如果沒有跟我一起，不可以進入高爾夫球場。對搞不清楚狀況的人來說，黃昏的高爾夫球場是危險的。因為不知道什麼時候球會飛過來。

（取材自村上春樹的《1973年的彈珠玩具》）

41

1.しまったかのような（是不是像不小心～了的樣子）

2.しまいそうなほどの（看來好像就會～的）

3.しまうみたいなほどの（用法錯誤）

4.しまうのだろう（就會～吧）

42

1.そんなに（那樣地）　　　　　2.なるほど（原來如此）

3.しかるに（然而）　　　　　　4.それでも（就算那樣）

43

1.a自分自身 / b僕（a自己本人 / b我）　　2.a自分 / b僕自身（a自己 / b我自己）

3.a僕 / b自分自身（a我 / b自己本人）　　4.a僕 / b僕（a我 / b我）

44

1.自由に（自由地）　　　　　　2.一人で（獨自一人）

3.ぼんやり（呆呆地）　　　　　4.独身のまま（一直單身）

45

1.一緒だったら（如果一起的話）

2.一緒にいないなら（不是一起的話）

3.一緒でないと（不是一起的話）

4.一緒でなければ（如果沒有一起的話）

問題8　次の文章を読んで、後の問いに対する答えとして最もよいものを、１・２・３・４から一つ選びなさい。（請閱讀以下文章，針對後面的問題的回答，從１・２・３・４中選擇一個最適當的答案。）

　　冬に深川の家へ遊びに行くと、三井さんは長火鉢に土鍋をかけ、大根を煮た。土鍋の中には昆布を敷いたのみだが、厚く輪切りにした大根は、妻君の故郷からわざわざ取り寄せる尾張大根で、これを気長く煮る。

　　煮えあがるまでは、これも三井さん手製のイカの塩辛で酒をのむ。柚子の香りのする、うまい塩辛だった。大根が煮あがる寸前に、三井老人は鍋の中へ少量の塩と酒を振りこむ。そして、大根を皿へ移し、醤油を二、三滴落としただけで口へ運ぶ。大根を噛んだ瞬間に、「む……」①いかにもうまそうな唸り声をあげたものだが、若い私たちには、まだ大根の味がわからなかった。

（池波正太郎『食卓のつぶやき』による）

中譯

　　冬天去深川的家玩時，三井先生把陶鍋放到長方形火盆上，燉煮白蘿蔔。陶鍋裡雖然只鋪著昆布，但是切得一截一截厚厚的白蘿蔔，是從他妻子的故鄉，特別寄送過來的尾張白蘿蔔，正耐心燉煮它。

　　煮好之前，也是配三井先生親手做的醃花枝喝酒。是散發著柚子的香氣、美味的醃花枝。白蘿蔔快要煮好時，三井老人往鍋裡灑上少許的鹽與酒。然後，把白蘿蔔移到碟子上，僅滴上二、三滴醬油，就往嘴裡送。咬下白蘿蔔的瞬間，「嗯……」雖然傳達出有①多好吃的沉吟聲，但是對年輕的我們來說，那時還無法體會白蘿蔔的滋味。

（取材自池波正太郎的《餐桌上的嘮叨》）

46 筆者の内容と最も合うものはどれか。

1. 三井さんはとても料理が上手で、中でも大根が好きだった。
2. 今でこそうまいと思う大根の味が、当時はわからなかった。
3. 大根はやはり尾張から取り寄せたものが一番うまい。
4. 大根を煮るときは土鍋に昆布を敷き、醤油で煮込む。

中譯 和筆者內容最吻合的是哪一個呢？
　　1. 三井先生很會做菜，尤其最喜歡白蘿蔔。
　　2. 現在覺得好吃的白蘿蔔的滋味，當時是不懂的。
　　3. 白蘿蔔還是從尾張寄送來的最好吃。
　　4. 燉煮白蘿蔔時，要在陶鍋裡鋪上昆布，用醬油熬煮。

47 ①いかにもと最も同じ使い方のものはどれか。

1.彼女の新しい指輪は、**いかにも**特別に注文して作ったようである。

→彼女の新しい指輪は、**まるで**特別に注文して作ったようである。

2.次回のパーティーに参加するかどうか、**いかにも**悩まずにはあたらない。

→次回のパーティーに参加するかどうか、**いかにも**悩まずにはいられない。

3.教師であるからには、**いかにも**優秀でなくてなんだろう。

→教師であるからには、優秀でなくてはいけないとは限らない。

4.この携帯にはいろいろな機能がついていて、**いかにも**便利そうだ。

中譯 和①いかにも（非常的）最相同的使用方法的，是哪一個？

　　1.她的新戒指，簡直就像特別訂做的。

　　2.為了要不要參加下次的派對非常煩惱。

　　3.儘管是老師，未必一定要優秀。

　　4.這行動電話有很多功能，好像非常方便。

48 筆者の描く「三井老人」に最も近いものはどれか。

1.材料を惜しむけちな人

2.何事にもこだわりのある人

3.お酒を飲むのが好きな人

4.とてもわがままな人

中譯 和筆者所描述的「三井老人」，最接近的是哪一個呢？

　　1.珍惜材料小氣的人

　　2.什麼事情都堅持的人

　　3.喜歡喝酒的人

　　4.非常任性的人

49 この文章と最も似ている内容はどれか。

1.三井さんが大根を煮ている間、みんなでお酒をのんだ。

2.私たちは大根の煮物が食べたくて、三井さんの家に遊びに行った。

3.三井さんは大根を煮ながら、のんでいたお酒を土鍋に入れた。

4.私たちが三井さんの家につくと、すぐに大根を煮てくれた。

1.三井先生煮白蘿蔔期間，大家喝酒了。

2.我們很想吃燉煮的白蘿蔔，所以去三井先生家玩了。

3.三井先生一邊燉煮白蘿蔔，一邊把喝了的酒倒進陶鍋裡。

4.我們一抵達三井先生的家，他立刻為我們燉煮白蘿蔔。

問題9 次の文章を読んで、後の問いに対する答えとして最もよいものを、1・2・3・4から一つ選びなさい。（請閱讀以下文章，針對後面的問題的回答，從1・2・3・4中選擇一個最適當的答案。）

師走の雨は首筋に冷たい。傘を傾けながら歩く裏通り。そろそろ沈丁花の蕾もと思いつつ、傍らの植え込みをのぞくのも億劫で、①つい行き過ぎてしまう。

②この季節、決まって③脳裏をよぎる思い出がある。

亡父が末弟とともに、公団住宅で暮らしていた四十年も前のことだ。満開の沈丁花の間を抜け、住居の棟の入り口に近づくと、一本の木の根元にうずくまる人影があった。④目を凝らすと、それは父だった。

⑤「どうしたの？」と声をかけると、驚いたように立ち上がった父は、片手に小さなシャベルを持ち、少々照れたような表情で言った。

「今朝、金魚の元気がないので、お日様に当てようと鉢を窓際に置いておいたら、飛び出して下に落ちてしまったんだよ」

父は急いで階段を下り、窓の真下で泥まみれになって⑥死んでいる金魚を見つけたという。⑦不憫な（注1）ことをした、とあわてて部屋に戻って、マッチ箱を探して入れ、埋めてやったところだった。

私は黙って五階の窓を見上げた。八十歳も半ばを過ぎた老人が、コンクリートの階段を二度も上り下りしたとは……。

「ここなら、沈丁花の香りをかぐことができるし」。父は黒い土の上に目をやりつぶやいた。私は⑧急に目の奥が熱くなるのを感じた。以来、この花の季節になるといつもこの記憶がよみがえる。小さな命を惜しみ、その骸（注2）まで気遣った父を思い出すのだ。

仕事で私は、これまでに何百人もの明治生まれの人々を撮り続けてきた。ファインダーを通してのぞく人々の姿に、いつしか亡父の姿を重ねていることがある。

（笹本恒子「朝日新聞 2009年3月14日」による）

（注1）不憫な：かわいそうなこと、またその様子

（注2）骸：死体、亡きがら

中譯

　　陰曆十二月的雨，後頸部冷颼颼。斜打著傘一邊走著的後巷。雖然想著瑞香的花苞就要開，但覺得還要探頭看旁邊的草木很麻煩，①結果便走了過去。

　　②這個季節，有個一定會③橫過腦海的回憶。

　　那是亡父和么弟一起，住在國民住宅，都已經四十年前的事情。穿過滿開的瑞香花間，快到住家大樓入口時，在一棵樹底下，有個蹲著的人影。④凝神一看，那是父親。

　　⑤「怎麼了？」一出聲，好像嚇一跳站了起來的父親，單手拿著小鐵鍬，用有點害臊的表情說道。

　　「今天早上，因為金魚沒有精神，所以我把金魚鉢放到窗邊想讓它曬太陽，結果牠跳出來，就掉到下面了。」

　　據說父親急忙下樓，發現窗戶正下方滿身是泥⑥已經死掉的金魚。那正是⑦覺得很可憐（注1），慌慌張張地回到屋裡，找了火柴盒放進去，埋了牠的時候。

　　我靜靜抬頭看五樓的窗。都到了八十歲後半的老人，水泥的樓梯上上下下還爬了二次……。

　　「這裡的話，可以嗅到瑞香花香」。父親在黑色的土上瞄了一眼喃喃說道。我⑧突然覺得眼睛深處一熱。在那之後，只要一到這花的季節，這個記憶總會甦醒。回想起那珍惜小小生命，連那遺骸都擔憂的父親。

　　工作上，我到現在已持續拍了好幾百位明治時代出生的人。透過鏡頭所見的人們身影上，不知不覺總重疊著父親的影像。

（取材自笹本恒子的「朝日新聞 2009年3月14日」）

（注1）不憫な：很可憐的事情，或是其樣子
（注2）骸：死體、屍首

50 ①つい行き過ぎてしまうとあるが、なぜか。

　1.傍らにある植え込みが複雑に生えているから。

　2.大雨が降っていてぬれてしまうから。

　3.わざわざのぞき込むのがめんどうだから。

　4.年をとって忘れやすくなってしまったから。

中譯 文章中有提到①結果便走了過去，為什麼呢？

　　1.因為旁邊種的花草亂長一通。

　　2.因為下大雨全身濕透。

　　3.因為還要特地探過頭去看覺得麻煩。

　　4.因為年紀大了，變得容易忘事。

51 ②この季節とあるが、どんな季節か。

　　1.雨の多い梅雨の季節

　　2.十二月の寒い季節

　　3.春の花がたくさん咲く季節

　　4.金魚すくいなどお祭りの多い季節

中譯 文章中有提到②這個季節，是什麼樣的季節呢？

　　1.雨多的梅雨季節

　　2.十二月寒冷的季節

　　3.春花盛開的季節

　　4.有撈金魚活動等祭典很多的季節

52 ③脳裏をよぎるとあるが、似たような使い方の正しい文はどれか。

　　1.つらい思い出が心を通っていった。

　　　→つらい思い出が忘れられない。

　　2.父が買ってくれた自転車が脳をさえぎった。

　　　→父が買ってくれた自転車のことを思い出した。

　　3.不安な思いが脳裏を通り抜けた。

　　　→不安が脳裏を横切った。

　　4.遠い昔の記憶が頭を横切った。

中譯 文章中有提到③橫過腦海，類似的使用方法，正確的句子是哪一個呢？

　　1.無法忘記痛苦的回憶。

　　2.回想起爸爸幫我買腳踏車的事。

　　3.不安橫過腦海。

　　4.遙遠的記憶橫過腦海。

53 ④目を凝らすととあるが、筆者はどうして目を凝らしたのか。

1.木の根元に人影があったから。

2.人影だと思っていたら木だったから。

3.木の根元に人がたおれていたから。

4.真っ暗でよく見えなかったから。

中譯 文章中有提到④凝神一看，筆者為什麼要凝神看呢？

　　1.因為樹底下有人影。

　　2.因為以為是人影，結果是樹木。

　　3.因為有人倒在樹底下。

　　4.因為太黑看不清楚。

54 ⑤「どうしたの？」と声をかけると、驚いたように立ち上がったとあるが、驚いた理由として考えられるものはどれか。

1.シャベルをもっていたので恥ずかしかったから。

2.悪いことをしていたのでびっくりしたから。

3.突然、人の声がしたのでどきっとしたから。

4.筆者の声が大きかったのでぎょっとしたから。

中譯 文章中有提到⑤「怎麼了？」一出聲，好像嚇一跳站了起來，吃驚的理由應該是哪一個呢？

　　1.因為拿著小鐵鍬，覺得很不好意思。

　　2.因為做了壞事，所以嚇了一跳。

　　3.因為突然聽到人聲，所以嚇了一跳。

　　4.因為筆者的聲音太大，所以吃了一驚。

55 ⑥死んでいる金魚とあるが、金魚が死んでしまった理由はどれだと考えられるか。

1.陽の光で水温が上がり、金魚は熱さにがまんできなくなり飛び出したから。

2.五階の窓際においてあった金魚鉢が下に落ちてしまったから。

3.金魚鉢から飛び出したら、下が泥だったために呼吸ができなかったから。

4.鉢から飛び出した場所が五階という高さだったから。

中譯 文章中有提到⑥已經死掉的金魚，金魚死掉的原因應該是哪一個呢？

　　1.因為陽光讓水溫上升，金魚耐不住熱，所以跳了出來。

2.因為放在五樓窗邊的金魚鉢掉了下來。

3.因為從金魚鉢裡跳出來，下面都是泥巴，所以不能呼吸。

4.因為從鉢裡跳出來的地方，有五樓這樣的高度。

[56] ⑦不憫なことをしたとあるが、その理由に近いものはどれか。

1.自分が鉢を窓際に置かなかったら、金魚は死なずにすんだという思いから。

2.大事にしていた金魚を、自分の手で殺してしまったという恐怖心から。

3.金魚鉢の中ではなく、泥まみれになって死んでいた様子が哀れだったから。

4.娘に内緒で金魚鉢を外に置くべきではなかったという自責の念から。

中譯 文章中有提到⑦覺得很可憐，最接近的理由是哪一個？

1.因為覺得自己要是不把金魚鉢放在窗邊，金魚就不會死。

2.因為珍愛的金魚，被自己親手殺死這樣的害怕心理。

3.因為哀傷不是在金魚鉢裡，而是滿身是泥而死的模樣。

4.因為自責不應該背著女兒把金魚鉢放到外面。

[57] ⑧急に目の奥が熱くなるのを感じたとあるが、その理由はどれか。

1.年老いた父が階段を二度も上り下りしたことに驚き感銘を受けたから。

2.大事にしていた金魚が死んでしまい、悲しさで涙があふれたから。

3.たかが金魚のためにここまでする父の優しさに感心したから。

4.金魚の命を惜しみ、その死骸にまで気を遣った父の優しさに感動したから。

中譯 文章中有提到⑧突然覺得眼睛深處一熱，原因是哪一個呢？

1.因為驚於年老的父親還能上下樓二次而受感動。

2.因為珍愛的金魚死掉，不禁悲從中來，熱淚盈眶。

3.因為被不過是條金魚，就幫它做到這種程度的父親的體貼所感動。

4.因為被珍惜金魚生命，連其屍體都費心的父親的體貼所感動。

[58] この文章のタイトルとしてふさわしいものはどれか。

1.金魚と父と沈丁花

2.父を思い出す沈丁花

3.父が愛した沈丁花

4.沈丁花の思い出

中譯 適合這篇文章的篇名，是哪一個呢？

1. 金魚和父親和瑞香花

2. 回想起父親的瑞香花

3. 父親愛的瑞香花

4. 瑞香花的回憶

問題10 次の文章を読んで、後の問いに対する答えとして最もよいものを、1・2・3・4から一つ選びなさい。（請閱讀以下文章，針對後面的問題的回答，從1・2・3・4中選擇一個最適當的答案。）

「①水に流す」とは、今まであったことを、さらりと忘れ去ってしまうことである。過ぎてしまったことを改めて話にもち出したり、とがめ立てたりせず、無かったことにしようとする行為である。

われわれ日本人の行動様式をふりかえると、この「水に流す」傾向がきわめて強いことに気づかされる。善くも悪くも、過去に対してわだかまりがなく、済んでしまったことは仕方がないという気分が支配的である。

なにごとも「水に流す」日本人の心情は、他人の過去や失策を許容し、これからのことに行動を推し進めてゆく現実的な知恵でもある。一方、常に責任の所在がうやむやになり、いわゆる"なあなあ"(注1)の関係が生ずるもととともなる。

厳格な責任の追及、執拗な抗議といった行動はともすれば日本人の心情になじまず、②これに対し、ものごとにこだわらず、あっさりとした恬淡(注2)たる態度が好ましいものとして共感を生んできた。

過去にこだわらず、責めず、忘れ、許容し、許す——この日本人の行動様式はおだやかで優しい人間関係を維持するための知恵として、また肝要な人間性の美点として歓迎されてきたのである。

しかし、今日のように日本が世界の中で経済大国として浮上し、われわれ日本人が好むと好まざるとに関わらず、国際社会の歴史、文化、生活習慣と接触する機会が多くなる中で、この日本人の「水に流す」心情は、とかく無神経、無定見、無責任な行動を生み出すもの、トラブルの原因を生み出すものとして指摘されるようになってきた。

現代社会の構造が、「水に流す」これまでの日本人の心情とそぐわなくなってきているのかもしれない。

この本は、日本人の「水に流す」心情を、改めてふりかえり、その由来、現象、そして③その功罪を考えてみようとしたものである。

豊かな水資源を有する日本の風土から生まれた日本人の「洗浄志向」、穢れや罪も洗い流す「禊(注3)」という考え、モンスーン気候の恩恵により発達した稲作文化と、稲作の要と

なった水を中心とする共同体（村）の確立、水に神を見、水の流れを生活心情、さらには生きる哲学まで高めた精神文化、このような日本人の水との深い関わりの中から「水に流す」心情もまた育まれてきたにちがいない。

　そしてこの日本人の「水に流す」行動様式は今、どのような局面に立たされているか。これまでどおりの「水に流す」やりかたで、われわれの社会生活が維持できるのだろうか。

　人間関係の中で、またビジネス社会で、さらには国際社会の中で、今、日本人の「水に流す」慣習は改めて問い直されているのではなかろうか。

　日本人の水との歴史的、文化的関わりを核として、「水に流す」日本人の心情、行動様式を考えてみたい。

（樋口清之『日本人はなぜ水にながしたがるのか』による）

（注1）なあなあ：折り合いをつけ、いい加減にすませること
（注2）恬淡：無欲で執着しないこと
（注3）禊：水で体を清め、罪や穢れを洗い流すこと

中譯

　所謂「①付諸流水」，指的是把到現在為止的事情斷然地忘記。這是不再重提或苛責往事，把它當作沒有這回事的舉動。

　若回顧我們日本人的行為模式，可發現這種「付諸流水」的傾向非常強烈。不管是善是惡，對於過去，總是用不心存芥蒂、已經過去的事情多說無益這樣的心情來支配。

　凡事皆「付諸流水」的日本人的心情，也含有接納他人的過去或失誤、對未來的事情展開行動等現實上的智慧。但是另一方面，也經常會變成責任歸屬含糊不清，造成衍生所謂的"打馬虎眼"（注1）關係的根源。

　嚴格追究責任、執拗的抗議等行動，在某些時候並不適合日本人的心情，相對於②這些，還衍生出不拘泥事物、喜歡恬適淡泊（注2）的態度這些共同的感覺。

　對過去不拘泥、不責備、忘卻、容許、接受——這種日本人的行動模式，被當作為了要維持穩定、體貼的人際關係的智慧，以及被當作重要的、有人性的美德，備受歡迎至今。

　但是，像現在這樣，日本在世界上以經濟大國的身分浮上檯面，這和我們日本人喜不喜歡無關，而是在與國際社會的歷史、文化、生活習慣接觸機會變多之中，這種日本人「付諸流水」的心情，往往被指摘為是做出感覺遲鈍、沒有定見、沒有責任的行動，以及造成糾紛的原因。

　現代社會的構造，說不定不適合「付諸流水」這種日本人一直以來的心情。

　這本書，就是重新回顧日本人「付諸流水」的心情，希望試著去考量其由來、現象、還有③其功過的書。

　擁有豐富水資源的日本風土孕育出來的日本人的「洗淨志向」、連污穢或罪過也洗淨的

「禊（注3）」這樣的思考、因季風氣候之惠而發達的稻作文化、還有把成為稻作之要的水當成中心的共同體（村落）確立、在水中看到神、把水的流動當作生活心情、甚至提升到生存哲學的精神文化，從像這樣日本人和水的深遠關係中，一定還會孕育出「付諸流水」的心情。

此外，這種日本人的「付諸流水」的行動模式，現在呈現什麼樣的局面呢？以沿習至今的「付諸流水」的作法，能夠維持我們的社會生活嗎？

人際關係中，以及工商社會，甚至國際社會裡，現在，能不重新檢視日本人的「付諸流水」的習慣嗎？

希望能夠以日本人和水的歷史、文化層面的關係為核心，試著考量「付諸流水」的日本人的心情、行動模式。

（取材自樋口清之的《日本人為什麼想要付諸流水呢》）

（注1）なあなあ：和解、隨隨便便了結
（注2）恬淡（てんたん）：無欲、不執著
（注3）禊（みそぎ）：用水洗淨身體、流走罪惡或污穢

59 ①水（みず）に流（なが）すを具体的（ぐたいてき）に表（あらわ）している例（れい）はどれか。

1.同僚（どうりょう）の失敗（しっぱい）について会議（かいぎ）で話（はな）し合（あ）い反省（はんせい）すること

2.前回失敗（ぜんかいしっぱい）したことをうっかり忘（わす）れること

3.同僚（どうりょう）が犯（おか）したミスをなかったことにすること

4.仲間（なかま）が犯（おか）した罪（つみ）をもち出（だ）さないようにすること

中譯 具體地顯示①付諸流水的例子，是哪一個？

1.在會議中，就同事的失誤討論反省

2.不小心就忘記上次的失敗

3.把同事犯的錯當作沒事

4.不舉發同夥犯的罪

60 ②これは何（なに）を指（さ）しているか。

1.責任（せきにん）をなあなあにすること

2.責任追及（せきにんついきゅう）にこだわらないこと

3.責任（せきにん）の所在（しょざい）を確（たし）かにすること

4.日本人（にほんじん）らしく責任（せきにん）をとらないこと

中譯 ②這些指的是什麼？

　　1.把責任打馬虎眼過去

　　2.不堅持追究責任

　　3.明確認定責任所在

　　4.像日本人不承擔責任

61 筆者の考える③その功罪とはどんなことか。

1.功：過去をふりかえらず大胆に行動できる。
　罪：国際社会では、無神経で無責任な行動と思われる。
2.功：良好な人間関係が維持できる。
　罪：無責任な人が増え、社会生活が不安定になる恐れがある。
3.功：おだやかで優しい人間関係が維持できる。
　罪：いい加減な人間とみなされ、仕事がなくなる恐れがある。
4.功：日本人の好むおだやかな人間関係が維持できる。
　罪：責任の所在が不確かになり、人間関係がいい加減になる。

中譯 筆者認為的③其功過，指的是什麼事呢？

　　1.功：能夠不回顧過去，大膽地行動。
　　　過：在國際社會裡，被認為是感覺遲鈍、沒有責任的行動。
　　2.功：能夠維持良好的人際關係。
　　　過：有讓沒有責任感的人增加、造成社會生活不安定之虞。
　　3.功：能夠維持穩定、體貼的人際關係。
　　　過：有被認為是隨便的人，導致失去工作之虞。
　　4.功：能夠維持日本人喜歡的穩定的人際關係。
　　　過：變成責任歸屬不明確、人際關係很隨便。

62 日本人が「水に流す」心情を発達させてきた歴史的、文化的背景として、筆者があげているものはどれか。

1.水資源の豊かな気候風土と稲作文化による共同体
2.モンスーン気候がもたらした共同体と水神の哲学
3.水の中には神がいるという考えと豊かな水資源
4.稲作文化から生まれた「洗浄志向」と「禊」という考え方

中譯 若提到讓日本人「付諸流水」的心情發揚光大的歷史、文化背景，筆者舉出的是哪一個呢？

1.水資源豐富的氣候風土以及稻作文化造成的共同體

2.季風氣候帶來的共同體和水神的哲學

3.水中有神這樣的想法和豐富的水資源

4.從稻作文化中孕育出的「洗淨志向」和「禊」這樣的想法

問題11　次のAとBはそれぞれ別の新聞のコラムである。AとBの両方を読んで、後の問いに対する答えとして最もよいものを、1・2・3・4から一つ選びなさい。（以下的A和B，分別為不同報紙的專欄。請在閲讀A和B二文後，針對後面問題的回答，從1・2・3・4中選擇一個最適當的答案。）

A

国民の健康を守るため、たばこの税金を大幅に上げて、欧州諸国並みの価格にする。

厚生労働省の要請を受けて、政府税制調査会での議論が始まった。財源ではなく、健康問題としてたばこの増税が議論されるのは初めてのことだ。

国民の健康のためには、価格を上げて消費を減らすなどの対策が重要だ。だが、自民党政権下では、税収を確保したい財政当局やたばこ産業を背景にした政治家たちによって、消費減につながる対策は阻まれてきた。

日本人男性の喫煙率は約4割、女性は約1割で国際的にも非常に高い。その背景には、たばこ価格の安さがあるに違いない。20本入りたばこ1箱は、英国で約850円、フランスで約550円と、日本の300円に比べてはるかに高い。喫煙率を下げるには、価格を上げることが不可欠とされている。

日本も批准した世界保健機関（WHO）のたばこ規制枠組み条約でも、財政当局には、増税で価格が上がり消費が減れば、現在約2兆円の税収が減るとの心配が当然あるだろう。しかし、厚労省の科学研究によれば、たばこによる病気の治療費は毎年1兆3千億円、労働力の損失や火災による損害などを含めると、損失は7兆円に上る。人々が健康になることも考えれば、たばこ消費が減っても得られるものの方がはるかに大きい。

喫煙者の8割は禁煙を望んでおり、また1箱500円なら5割強、千円なら約8割の人がたばこをやめるという調査結果もある。

政府が日本たばこ産業の大株主であるのは、今の時代にふさわしいことだろうか。株を売却すれば、貴重な財源になるはずだ。

（「朝日新聞・社説　2009年11月8日」）

B

鳩山由紀夫首相を筆頭に、民主党の閣僚から2010年度の税制改正でたばこ増税を検討すべきだとの意見が相次いでいる。喫煙による健康への悪影響を抑える意味でも、割安な日本のたばこを欧米並みに高くして税収を得るのは妥当な考えだ。

日本で一般的な20本300円のたばこ1箱にかかる税金は、消費税を除き約175円。2009年度予算のたばこ税収は合計で約2兆円で、実質4割が国、6割が地方の財源となる。自民党政権下では2003年と2006年に増税をしたが、いずれも小幅だった。

厚生労働省によると1ドル＝90円換算でのたばこ価格はドイツが466円、フランス556円、英国843円、米ニューヨーク州が705円だ。日本もたばこ増税で1箱500～700円程度に上げれば、兆円規模の増収につながる可能性がある。

たばこは肺がんや心筋梗塞などの原因となる。たばこの害は吸う本人だけでなく、周囲にも及ぶ。たばこを高くして禁煙を誘導するのは合理的な考え方だ。

日本は価格や課税の措置でたばこの消費を減らそうとする世界の流れにも合う。日本の喫煙率は男性で約40％と英仏より10ポイント程度高い。たばこに対する負担が軽いことと無関係ではないだろう。

WHOの「たばこの規制に関する枠組み条約」を結んでいる。

葉たばこ農家や日本たばこ産業などへの影響も確かに耳の痛い話だ。愛煙家には確かに耳の痛い話だ。新政権は人々の健康を守る観点で、たばこ増税の議論を進めてほしい。

（「日経新聞・社説2009年11月3日」）

為了守護國民的健康，決定大幅提高香菸的稅金，與歐洲各國的價格同一水準。

接受了厚生勞働省的要求，政府稅制調查會的討論開始啟動。這是首次不是為了財源，而是就健康問題討論香菸的增稅。

為了國民的健康，藉由提高價格減少消費等對策是重要的。但是，在自民黨政權下，由於有那些為了確保稅收的財政當局、或是有香菸產業背景的政治家們，所以和減少消費有關的對策始終受阻。

日本男性的吸菸率約四成，女性約一成，在國際上也算是非常高的。在這樣的背景下，香菸的價格當然便宜。一包二十根的香菸，在英國約為八五〇日圓，法國約為五五〇日圓，和日本的三〇〇日圓相比，遠遠貴得多。

在日本也批准的世界衛生組織（WHO）的全球菸害防治架構公約中，也提出為了降低吸菸率，提高價格是不可或缺的。

對於財政當局而言，如果因增稅導致價格上昇消費減低的話，現在約二兆日圓的稅收將會減少，這樣的擔心，也是無可厚非的吧。但是，如果根據厚生勞働省的科學研究，因為菸害導致疾病的治療費，每年有一兆三千億日圓，若包含因為勞動力的損失或火災造成的損害等，損失甚至高達七兆三千億日圓。如果也考慮到人們的健康問題，那麼就算減少香菸消費，獲得的利益還是遠遠較多。

也有調查結果顯示，吸菸的人有八成希望戒菸，而倘若一包是五〇〇日圓的話超過五成、一千日圓的話大約八成的人要戒菸。

政府是日本香菸產業的大股東這種事，還符合現今時代潮流嗎？若能賣掉股份，應可成為重要財源。

（取材自「朝日新聞・社論2009年11月8日」）

B

由鳩山由紀夫首相為首，民主黨的內閣官僚相繼提議二〇一〇年度的稅制修改中，應檢討香菸增稅。這不僅有抑制吸菸對健康不良影響的意義，對把價格便宜的日本香菸提高到和歐美同水準以獲得稅收來說，也是妥當的考量。

在日本一般二十根三〇〇日圓的香菸，一包所課的稅金，扣除消費稅約一七五日圓。二〇〇九年度預估香菸稅收合計約二兆日圓，實質四成成為國家，六成成為地方的財源。雖然在自民黨政權下，二〇〇三年與二〇〇六年都曾增稅，但是都只是小幅度。

根據厚生勞働省一美元兌換九十日圓的香菸價格，德國是四六六日圓，法國是五五六日圓，英國是八四三日圓，美國紐約州是七〇五日圓。如果日本也增加香菸稅到一包五〇〇至七〇〇日圓程度的話，可望增收上兆日圓。

香菸是造成肺癌或心肌梗塞等的原因。香菸的危害，不僅僅是吸菸者本人而已，週遭的人也受波及。提高香菸價格來誘導禁菸，是合理的考量。這也符合世界的潮流。日本可藉由價格或課稅的措施，和致力於減少香菸消費的WHO「全球菸害防治架構公約」結合。日本吸煙率男性約百分之四十，比起英法約高出十個百分點。這和對香菸的負擔較輕，可說不無關係吧。

對喜歡吸菸的人這的確是不中聽的話。雖然對煙草農家或日本香菸產業的影響也還必須再觀望，但是以新政權守護人們健康的觀點來看，希望香菸增稅的討論能有進展。

（取材自「日經新聞‧社論 2009年11月3日」）

---

63 AとBのどちらの記事にも触れられている内容はどれか。

1. たばこを吸う人の 8 割が千円ならやめるという結果報告

2. たばこの税金を欧米並みにし、喫煙率を下げるという検討案

3. たばこによる病気の治療費を下げるための検討案

4. たばこは本人のみならず周囲にも悪影響を及ぼすという結果報告

中譯 A和B的報導都有觸及到的內容是哪一個？

1. 吸菸的人的八成表示若是一千日圓的話就戒菸的結果報告

2. 讓香菸稅金和歐美同一水準，以降低吸菸率這樣的檢討案

3. 為了降低因香菸罹患疾病的治療費的檢討案

4. 香菸不僅是本人，對週遭的人也造成不良影響這樣的結果報告

64 たばこ増税を検討することについて、Aの筆者とBの筆者はどのような立場をとっている
か。

1.AもBも、ともに批判的である。

2.AもBも、ともに賛成している。

3.Aは批判的であるが、Bは賛成している。

4.Aは賛成しているが、Bは批判的である。

中譯 有關檢討香菸增稅乙事，筆者A和筆者B是站在什麼樣的立場呢？

1.A和B，二者都批判。

2.A和B，二者都贊成。

3.A是批判，但B是贊成。

4.A是贊成，但B是批判。

65 たばこの価格を上げて消費を減らす対策がなされなかった理由はどれか。

1.愛煙家による猛烈な反対があったから。

2.日本たばこ産業による猛烈な反対があったから。

3.たばこの消費が減れば国や政治家たちが困るから。

4.たばこによる治療費が減れば国が困るから。

中譯 提高香菸價格以減少消費的對策，沒有實施的理由為何？

1.因為喜歡吸菸的人強烈反對。

2.因為日本香菸產業強烈反對。

3.因為若減少香菸消費，國家或政治家們會很困擾。

4.因為若減少因菸害的治療費，國家會很困擾。

問題12　次の文章を読んで、後の問いに対する答えとして最もよいものを、1・2・
3・4から一つ選びなさい。（請閱讀以下文章，針對後面的問題的回答，從
1・2・3・4中選擇一個最適當的答案。）

　さて日本人が、白人の米国人から英会話を習うときにしばしば起こることの第一は、相手
が容貌などの点で日本人でないために、自分と相手との間の社会的距離がつかみにくいの
で、安定した心理状態を保てなくなってしまうことです。その結果として、普段の自分と比
べて落ち着きがなくなったり、どぎまぎするなど、要するに上がってしまうのです。
　これは日本人の、社会的な場面における自己規定のしくみ、つまり「私は誰か、何者か」

という自分の①座標決定が、相手に依存する相対的なものであるためと考えられます。日本人は相手の正体、素性、具体的に言うと、だいたいの年齢、職業、社会的地位などが分かったとき、はじめてその特定の相手との具体的な関係で、自分の位置が決まるからです。

　私たちは平素の日常生活の中でも、見知らぬ他人とは、殆ど口をきかない、気安く言葉をかけたりしないのが普通ですが、②これも相手の正体が分からない、ということは、相手に関する細かな情報をもっていないため、どう対応したらよいかが決定できず、なるべく関わりをもつまいとするからです。

　この③素性が分からない、したがって相手の反応が予測できないという点では、顔かたちや行動様式の異なる外国人が、最も始末の悪い相手なのです。関係のない行きずりの外国人ならば、無視すればすむわけですが、会話の相手として自分の前にいる外国人は、無視することもその場から逃げ出すこともできないわけですから、自分の座標が決まらず、落ち着かなくなってしまうのです。

　しかも日本人は白人が先生だと位負け、つまり心理的に相手に呑まれ、圧倒されてしまうことが多いようです。それは日本人がいまでも無意識のうちに、白人に対する憧れや崇拝の気持をもっているためと考えられます。だからこちらがいばったり高圧的な態度をとったり、あるいは高飛車に出たりすることは殆どなく、反対に、何とか相手の気持を傷つけないよう、できる限り相手を立てようと下手に出ます。

　それと同時に、相手の言語である英語を間違えないようにと、非常に気をつかうのです。英語がそもそもできないからこそ習うのだから、間違ってもともとだという割り切った気持ではなく、間違っては申しわけない、恥ずかしい、きまりが悪いといった、相手との関係を友好的に維持するほうに気をとられるのです。ところが私たちが英語の本を一人で読んでいるときは、筆者に対してこのような気づかいをしません。目の前に生きた相手がいないからです。

（鈴木孝夫『日本人はなぜ英語ができないか』による）

中譯

　　提到日本人向白人的美國人學習英語會話時，最常發生的事情，首先就是由於對方的容貌等地方不是日本人，因為難以掌握自己和對方之間的社會距離，所以無法保持安定的心理狀態。其結果，是和平常的自己比較，變得無法定下心，或是慌張等，總而言之就是怯場了。

　　這可歸咎於因為日本人，在社會場合中自我規定的架構，也就是「我是誰、是什麼身分」這樣的自我①座標的設定，是依賴對方的相對設定。因為日本人要在知道對方的真面目、來歷，具體的說，就是大約的年齡、職業、社會地位等時，才會在和那特定對象的具體關係裡，決定自己的位置。

　　我們在平時的日常生活中，和不認識的人完全不說話、不輕易搭話，也是稀鬆平常的事，但是②這也是因為不知道對方的真面目，也就是沒有關於對方的詳細情報，所以無法決定如何對應是好，於是決定盡可能不要有瓜葛的緣故。

在這種③不知道來歷，從而無法預測對方這樣的觀點裡，長相或行動模式不同的外國人，是最不好應付的對象。如果是毫無關係經過身旁的外國人，只要視而不見就沒事，但若是被當作會話對象、就在自己面前的外國人，因為既不能視而不見也不能逃走，所以便無法決定自己的座標，進而變得無法靜下心來。

而且如果白人是老師，日本人似乎就會就自餒，也就是在心理上被對方生吞活剝，壓得死死的這樣的心態很多。這可歸結於因為日本人截至目前為止在無意識間，懷有對白人的憧憬或崇拜的心理。正是如此，日本人才會幾乎完全不擺架子、採取高傲的態度、或是出手強硬，相反的，是怎麼樣都希望盡量不要傷到對方的心，希望盡量尊重對方，禮讓對方。

與此同時，是非常在意希望不要說錯對方的語言，也就是英語。不但沒有本來就是不會英語才去學，所以出錯也是理所當然這樣斷然的心情，反而是被像出了錯對不起、不好意思、很尷尬這種，要和對方維持友好關係的事情分神。但是我們自己一個人閱讀英語的書時，卻不會對作者有這樣的憂慮。因為眼前沒有活生生的對方在。

（取材自鈴木孝夫的《日本人為何不會英語呢》）

66 ①座標決定とあるが、どのような決定か。
1.相手の正体や素性を社会的に位置づける決定
2.相手の年齢や職業、社会的地位の決定
3.自分と相手の関係を位置づけて規定する決定
4.自分と相手との具体的関係による位置決定

中譯 文章中有提到①座標的設定，是什麼樣的決定呢？
1.將對方的真面目或來歷，在社會上定位的決定
2.對方的年齡或職業、社會地位的決定
3.將自己和對方的關係定位，規定它的決定
4.根據自己和對方的具體關係的位置決定

67 ②これというのは何か。
1.日本人が日常生活の中で他人と口をきかないよう心がけていること
2.日本人はふだん見知らぬ人には気安く言葉をかけないこと
3.日本人は相手の素性を理解してから口をきくようにしていること
4.日本人が特定の相手との位置関係を決定しようとすること

中譯 所謂的②這，是什麼呢？
1.希望留意日本人在日常生活中和他人不說話

2.日本人平常對不認識的人，不輕易搭話

3.希望日本人了解對方來歷之後說話

4.希望日本人決定和特定對象的位置關係

68 ③素性が分からないことで日本人がとる行動または状態はどれか。

1.相手を無視してその場から逃げ出してしまう。

2.座標が決まらず、落ち着かなくなってしまう。

3.心理的に相手に呑まれ、圧倒されてしまう。

4.相手を立てようと下手に出てしまう。

中譯 ③不知道來歷時，日本人採取的行動或狀態是哪一個呢？

1.對對方視而不見，逃離那場合。

2.不決定座標，以致定不下心來。

3.在心理上被對方生吞活剝，被壓倒。

4.希望尊重對方，禮讓對方。

69 この文章で筆者が言いたいことは何か。

1.日本人は相手が白人だと心理的に呑まれてしまうが、そうでない場合は英語を上手に使うことができる。

2.日本人は相手の素性が分からないと自分の座標が決まらないため恥ずかしくなり、相手を立てようと下手に出てしまう民族である。

3.日本人の英会話学習にひそむ問題は、勉強の方法にあるのではなく日本人の心的構造にある。

4.日本人が英会話を習うときの問題点は、相手のことを崇拝し、尊重しすぎてしまう心理にある。

中譯 在這個文章中，筆者想說的是什麼呢？

1.日本人如果對方是白人的話，心裡上就會被壓過，如果不是那樣，英語就能靈活運用。

2.日本人若不知道對方來歷，就不決定自己的座標，所以是害羞、站在對方立場，會禮讓人家的民族。

3.日本人學習英語會話的隱藏問題，不在於學習的方法，而在於日本人心理的構造。

4.日本人學習英語會話時的問題點，在於太過於崇拜、尊重對方的心理。

問題13　次は、学生専用マンションの情報である。下の問いに対する答えとして、最もよいものを1・2・3・4から一つ選びなさい。（以下，是學生專用公寓資訊。請針對以下問題的回答，從1・2・3・4中選擇一個最適當的答案。）

70 台湾出身の陳さんは、新宿駅から徒歩10分以内のマンションを探している。広さにはこだわらないが、8万円以内を希望している。陳さんの希望に合う物件はいくつあるか。

1.2つ

2.3つ

3.4つ

4.5つ

中譯　台灣出身的陳同學，在找從新宿車站徒步十分鐘以內的公寓。不限大小，但是希望在八萬日圓以內。符合陳同學希望的物件有幾個呢？

1.二個

2.三個

3.四個

4.五個

71 アメリカ出身のジェシカさんは、料理をする場所と食事をする場所がそれぞれ分かれていて、敷金・礼金のない物件を探している。ジェシカさんの条件に合うものはどれか。

1.物件7、物件8

2.物件4、物件7、物件11

3.物件4、物件8、物件11

4.物件4、物件7、物件8、物件10

中譯　美國出身的潔西卡同學，在找做菜地方和用餐的地方是分開的、以及不需要押金和禮金的物件。符合潔西卡同學條件的是哪一個呢？

1.物件7、物件8

2.物件4、物件7、物件11

3.物件4、物件8、物件11

4.物件4、物件7、物件8、物件10

学生専用マンション情報

物件	沿線 / 最寄の駅	駅からの交通	家賃	敷金 / 礼金	専用面積	間取タイプ
1	JR山手線 / 新宿	徒歩15分	¥62,000	なし / なし	13.5 ㎡	ワンルーム
2	JR山手線 / 新宿	徒歩9分	¥77,000	¥77,000 / ¥154,000	20 ㎡	ワンルーム
3	JR山手線 / 新宿	徒歩7分	¥88,000	¥88,000 / ¥88,000	17 ㎡	1K
4	JR山手線 / 上野	徒歩18分	¥72,000	なし / なし	25.2 ㎡	1DK
5	JR山手線 / 渋谷	徒歩9分	¥100,000	¥100,000 / ¥100,000	24.1 ㎡	1DK
6	JR山手線 / 秋葉原	徒歩3分	¥67,000	なし / なし	10.5 ㎡	ワンルーム
7	東京メトロ銀座線 / 浅草	徒歩9分	¥72,000	なし / なし	18.5 ㎡	1K
8	東京メトロ千代田線 / 北千住	徒歩19分	¥63,000	なし / なし	15.9 ㎡	1DK
9	都営新宿線 / 新宿	徒歩7分	¥75,000	¥150,000 / ¥150,000	32.6 ㎡	1LDK
10	東京メトロ銀座線 / 表参道	徒歩23分	¥75,000	なし / なし	19 ㎡	ワンルーム
11	東京メトロ日比谷線 / 六本木	徒歩12分	¥210,000	なし / なし	27 ㎡	1LDK
12	東京メトロ銀座線 / 銀座	徒歩18分	¥77,000	¥77,000 / ¥77,000	13.4 ㎡	1K
13	東京メトロ日比谷線 / 築地	徒歩21分	¥97,000	¥97,000 / ¥174,000	19.5 ㎡	1LDK

ワンルーム：1部屋のみでキッチンなどの仕切りがないもの

1K：1部屋＋キッチン（＝台所；Kitchen）

1DK：1部屋＋ダイニングキッチン（＝食堂と台所；Dining Kitchen）

1LDK：1部屋＋リビングダイニングキッチン（＝居間と食堂と台所；Living Dining Kitchen）

學生專用公寓資訊

物件	沿線 / 最近的車站	從車站的交通	房租	押金 / 禮金	專用面積	房間配置類型
1	JR山手線 / 新宿	徒步15分	￥62,000	無 / 無	13.5㎡	一間房間的套房
2	JR山手線 / 新宿	徒步9分	￥77,000	￥77,000 / ￥154,000	20㎡	一間房間的套房
3	JR山手線 / 新宿	徒步7分	￥88,000	￥88,000 / ￥88,000	17㎡	1K
4	JR山手線 / 上野	徒步18分	￥72,000	無 / 無	25.2㎡	1DK
5	JR山手線 / 澀谷	徒步9分	￥100,000	￥100,000 / ￥100,000	24.1㎡	1DK
6	JR山手線 / 秋葉原	徒步3分	￥67,000	無 / 無	10.5㎡	一間房間的套房
7	東京大都會銀座線 / 淺草	徒步9分	￥72,000	無 / 無	18.5㎡	1K
8	東京大都會千代田線 / 北千住	徒步19分	￥63,000	無 / 無	15.9㎡	1DK
9	都營新宿線 / 新宿	徒步7分	￥75,000	￥150,000 / 150,000	32.6㎡	1LDK
10	東京大都會銀座線 / 表參道	徒步23分	￥75,000	無 / 無	19㎡	一間房間的套房
11	東京大都會日比谷線 / 六本木	徒步12分	￥210,000	無 / 無	27㎡	1LDK
12	東京大都會銀座線 / 銀座	徒步18分	￥77,000	￥77,000 / ￥77,000	13.4㎡	1K
13	東京大都會日比谷線 / 築地	徒步21分	￥97,000	￥97,000 / ￥174,000	19.5㎡	1LDK

一間房間的套房：只有一間房間，沒有廚房等隔間的房子

1K：1間房間＋廚房（＝Kitchen）

1DK：1間房間＋餐廳廚房（＝Dining Kitchen）

1LDK：1間房間＋客廳餐廳廚房（＝Living Dining Kitchen）

聽解

（M：男性、男孩　　F：女性、女孩）

問題1

問題1では、まず質問を聞いてください。それから話を聞いて、問題用紙の1から4の中から、正しい答えを1つ選んでください。

問題1，請先聽問題。接著請聽內容，然後從問題用紙1到4當中，選出一個正確答案。

1番 MP3-01))

女の人と男の人が携帯電話で話しています。女の人はどこで男の人を待ちますか。

F：もしもし、杉田です。

M：今どちらですか。

F：ちょっと早く駅についたので切符を買ってからぶらぶらしていたら、迷子になっちゃったみたいなんです。

M：それは大変だ。
　　近くにお店とか改札口とかありますか。

F：新聞とか飲み物を売ってる売店があります。

M：切符売り場近くの売店ですか、それとも改札口のそばにある売店ですか。

F：えっとー、ちょっと待ってください。
　　ああ、改札口のそばにある売店です。

M：ってことは、もう切符を買って中に入っちゃったってことですよね。

F：ええ。

M：じゃ、そこで待っていてください。
　　今すぐ行きますから。くれぐれも動かないように。

F：はい。

女の人はどこで男の人を待ちますか。

女人和男人用行動電話正在說話。女人在哪裡等男人呢？

F：喂、喂，我是杉田。

M：現在在哪裡呢？

F：因為比較早到車站，所以買完車票以後晃來晃去，結果好像迷路了。

M：那可糟啦。

　　附近有商店或剪票口嗎？

F：有賣報紙或是飲料的商店。

M：是賣票附近的商店，還是剪票口旁邊的商店呢？

F：這個嘛～，請稍等。

　　啊，是剪票口旁邊的商店。

M：也就是說，已經買好車票進到裡面囉？

F：是的。

M：那麼，請在那邊等。

　　我現在馬上過去。拜託妳別亂跑。

F：好的。

女人在哪裡等男人呢？

答案 4

にばん
2番 MP3-02))

おんな ひと おとこ ひと しょうひん う あ はな
女の人と男の人が、商品の売り上げアップについて話しています。
ふたり み はな
2人はどれを見ながら話していますか。

F：今月の営業成績、先月よりだいぶアップしたね。

M：今月は俺たち、だいぶがんばったからな。

F：うん。このまま行くと、うちの売り上げ成績、トップかも。

M：そうはいってられないよ。
　　噂によるとA社、宣伝費も大幅アップして、CMも作るらしいんだ。

F：でも、うちは値段の安さとおいしさで勝負でしょ。
　　ほら見て、このグラフ。

M：営業が先週出した、うちの商品を支持するお客さんのアンケート調査結果か。
　　これを見るとよく分かるな、俺たちの商品に足りないものが。

F：本当ね。あとはこの20パーセントの部分をいかにアップさせるかね。

ふたり み はな
2人はどれを見ながら話していますか。

女人和男人，就商品銷售額提高的事，正在說話。

二人是一邊看著哪個、一邊說話呢？

F：這個月的營業成績，比上個月提高很多呢。

M：因為這個月，我們很認真吧。

F：嗯。照這樣下去，我們的銷售成績，說不定會第一。

M：沒那麼好的事啦！

　　根據小道消息，A公司不但大幅提升宣傳費，好像還做了廣告。

F：可是，我們是用價格便宜和美味來輸贏的，不是嗎？

　　你看，這個圖表。

M：是營業上星期提出來、支持我們的商品的顧客問卷調查結果啊？

　　看這個就知道吧！我們的商品還不夠的地方。

F：真的耶。還有，要如何讓這個20％的部份提升呢。

二人是一邊看著哪個、一邊說話呢？

答案　4

**さんばん
3番** MP3-03))

おんな ひと おとこ ひと しけんかいじょう い ほうほう はな
女の人と男の人が、試験会場まで行く方法について話しています。
おとこ ひと しけんかいじょう なに い
男の人は、試験会場まで何で行くことにしましたか。

M：どうしてもっと早く起こしてくれなかったんだよ。
　　もう遅刻だよ。

F：何度も起こしたでしょ。
　　ほら、朝ごはん。食べないと力出ないわよ。

M：時間ないからいらない。
　　それより電車の時間、調べて！

F：電車じゃ間に合わないわよ。
　　ちょうどいい時間に来るとは限らないし。

M：そりゃそうだね。じゃ、バイクで行く。

F：バイクはだめ！急いでるときは、事故起こしやすいんだから。
　　タクシー呼ぶから、それまでごはん食べてなさい。

M：うん、そうする。

男の人は、試験会場まで何で行くことにしましたか。

女人和男人，就要去考試會場的方法，正在說話。
男人決定用什麼方法到考試會場呢？

M：為什麼不更早一點叫我呢！
　　已經遲到了啦！
F：不是已經叫了好幾次了嗎！
　　喂，早餐。不吃的話沒力氣喔！
M：沒時間了，不吃了。
　　比起那個，電車的時間，查一下！
F：電車的話來不及啦！
　　而且也不一定會在剛剛好的時間來。
M：說的也是。那麼，騎摩托車去。
F：不可以騎摩托車！因為一急就容易出車禍。
　　我來叫計程車，所以車來之前先吃飯。
M：嗯，就決定那樣。

男人決定用什麼方法到考試會場呢？
答案　1

4番 MP3-04))）

女の人がオフィスの清掃について男の人と話しています。
女の人は、このあとまず何をしなければなりませんか。

F：清掃派遣会社の者ですが。
M：あれっ、新しい人？
F：はい。今までの人はご家族が病気だとかで……。
M：そう。じゃ、よろしくね。
　　分からないことがあったら、僕に何でも聞いて。

F：ありがとうございます。
　　じゃ、早速ですが、このごみはどちらに処分したらいいですか。
M：そこに置いといてくれればいいよ。あとで担当の人が持ってってくれるから。
　　それより、台所がかなり汚れてるから、念入りに頼むよ。
F：そちらでしたら、もう済ませました。
　　ぴかぴかに磨いておきましたから、ご安心ください。
M：そう、それはよかった。コピー機の周りはもうやってくれたかな。
F：いえ、そちらはまだです。
M：じゃ、コピー機の周りをきれいにしてから、会議室のほうやってくれる？
　　今、まだ会議中だけど、もうすぐ終わるから。
F：分かりました。

女の人は、このあとまず何をしなければなりませんか。
1 台所をぴかぴかに磨く
2 コピー機の周りを掃除する
3 会議室を掃除する
4 外にごみを捨てに行く

女人就辦公室清掃，和男人正在說話。
女人之後非先做什麼不可呢？

F：我是清掃派遣公司的人。
M：咦，妳是新人？
F：是的。之前來的人因為家人生病……。
M：這樣啊。那麼，麻煩妳囉。
　　如果有不懂的地方，什麼都可以問我。
F：謝謝您。
　　那麼，馬上請教您，這個垃圾要丟到哪裡比較好呢？
M：放在那裡就可以了。因為等一下負責的人會拿走。
　　比起那個，因為廚房相當髒，所以麻煩仔細些！
F：那裡的話，已經處理完畢了。
　　刷洗得閃閃發亮了，所以請放心。
M：這樣啊，那太好了。影印機四周也已經弄好了吧。
F：不，那裡還沒有。
M：那麼，影印機四周打掃乾淨後，可以打掃會議室嗎？

現在，雖然還在開會，但是馬上會結束。

Ｆ：知道了。

女人之後非先做什麼不可呢？
1 將廚房刷洗得閃閃發亮
2 打掃影印機的四周
3 打掃會議室
4 到外面丟垃圾

ごばん
5番 MP3-05))

おんな ひと かぜ ち りょう おとこ ひと はな
女の人が風邪の治療について男の人に話しています。
おとこ ひと なに
男の人は、このあと何をすることになりましたか。

Ｆ：風邪、まだ治ってないみたいね。
Ｍ：そうなんだ。熱が３７度ちょっとあって、せきと下痢もひどいし。
Ｆ：きちんと食べてる？
Ｍ：食欲なんか、ぜんぜんないよ。
Ｆ：それじゃ、いつまでたっても治らないよ。
Ｍ：分かってるんだけど、食べるとすぐお腹が痛くなっちゃって。
Ｆ：白いお粥とか、りんごとかは？消化がいいから、負担にならないはずだよ。
Ｍ：昨日食べたけど、やっぱり下痢しちゃって。
Ｆ：それなら、生姜をすりおろして、熱いお湯に入れて飲むのは？
　　生姜なら、体も温めてくれるし。今すぐやってみて！
Ｍ：そうだね。とりあえずお風呂に入ってから、作ってみるよ。
Ｆ：だめだめ！
　　風邪ひいてるときにお風呂になんて入ったら、もっとひどくなっちゃうよ。
Ｍ：えー？知らなかった。

おとこ ひと なに
男の人は、このあと何をすることになりましたか。
1 タクシーで病院に行く
2 りんごをむいて食べる
3 生姜汁を作って飲む
4 お風呂に入って温まる

女人就治療感冒，正和男人說話。
男人之後要做什麼呢？

F：感冒，好像還沒好耶。

M：是啊。發燒還有三十七度多，咳嗽和拉肚子也很嚴重。

F：有好好吃東西嗎？

M：一點食慾都沒有啊。

F：如果這樣，再久也不會好喔。

M：知道歸知道，可是一吃肚子就會痛。

F：白稀飯、或者是蘋果呢？因為好消化，所以應該不會造成負擔喔。

M：昨天吃了，可是還是拉肚子了。

F：那麼，把生薑磨成泥，放到熱開水裡喝呢？
　　生薑還可以溫暖身子。現在就試試看！

M：也是啊。我先泡熱水澡，之後做來試試看囉。

F：不行、不行！
　　感冒的時候泡澡，會變得更嚴重喔。

M：咦～？我都不知道。

男人之後要做什麼呢？
1 搭計程車到醫院
2 削蘋果吃
3 做薑湯喝
4 泡澡暖身

ろくばん
6番 MP3-06))

おんな ひと おとこ ひと　　　　　　　　も　　い　　　　　　　　　　　　　　はな
女の人と男の人が、持って行くおみやげについて話しています。
おんな ひと　　　　　あと なに か
女の人は、あと何を買わなければなりませんか。

とう　　　ちゃ　す　　　　　　　　　　　ちゃ
F：お父さんはお茶が好きだから、お茶とおせんべいでいいよね。

　　　　　　　　　　　　　　　　はんとし　の
M：そうだね。こんなにあったら、半年は飲めるよ。

かあ
F：お母さんには……。

M：これはどう？
　　　　　　　　さむ　　　　　　　　　　　　あつ くつした よろこ
　　だいぶ寒くなってきたから、こういう厚い靴下、喜ぶんじゃないかな。

F：うん、そのつもりで買っておいたの。お母さん、あなたと同じで寒がりだもんね。

　でもこれだけでいいかしら。

M：十分だよ。お茶もあるし。

F：由紀ちゃんには……。

M：由紀には、おみやげなんていいよ。

F：そんなわけにはいかないわよ。由紀ちゃんだけないなんて。

M：じゃ、この母さんと色ちがいの靴下あげたら？

F：若い子は、こんなのだめよ。

　由紀ちゃん、甘いものが好きだから、ケーキ買ってくる。

　いちごがたくさんのってるチョコレートケーキ。

M：俺は生クリームのほうがいいな。

F：あなたの好みはどうでもいいの！

女の人は、あと何を買わなければなりませんか。

1 お茶とおせんべい

2 厚い靴下

3 チョコレートケーキ

4 生クリームケーキ

女人和男人，就要帶去的禮物正在說話。

女人之後非買什麼不可呢？

F：爸爸喜歡茶，所以帶茶葉和仙貝可以吧。

M：是啊。這麼多，夠喝半年吧。

F：給媽媽的呢……。

M：這個如何？

　變得滿冷的，所以這樣的厚襪子，應該會喜歡吧？

F：嗯，就是那樣想才買下來的。因為媽媽和我一樣，都怕冷呢。

　但是只有這樣可以嗎？

M：很夠了啦！還有茶葉耶。

F：給由紀的呢……。

M：由紀不用禮物吧。

F：哪有這回事啊。怎麼可以只有由紀沒有。

M：那麼，送她和媽媽一樣但顏色不同的襪子呢？

F：年輕女孩，送這個不行啦！

《》第一回模擬試題解析

聽解

《》— 203 —

由紀喜歡甜食，所以買蛋糕去。
放很多草莓的巧克力蛋糕。
M：我喜歡鮮奶油的。
F：我管你喜歡什麼！

女人之後非買什麼不可呢？
1 茶葉和仙貝
2 厚襪子
3 巧克力蛋糕
4 鮮奶油蛋糕

　　問題2では、まず質問を聞いてください。そのあと、問題用紙の選択肢を読んでください。読む時間があります。それから話を聞いて、問題用紙の1から4の中から、正しい答えを1つ選んでください。

　　問題2，請先聽問題。之後，閱讀問題用紙的選項。有閱讀時間。接著請聽內容，從問題用紙1到4中，選出一個正確答案。

いちばん
1番 MP3-07))

おんな　ひと　おとこ　ひと　どうりょう　そうべつかい　　　　　　はな
女の人と男の人が同僚の送別会について話しています。
そうべつかい　なんにち　き
送別会は何日に決まりましたか。

F：岡田さんの送別会をしようと思うんだけど、いつがいいかな。
M：来週の水曜日はどう？
　　みんな水曜日ならけっこう都合がつくみたいだから。
F：来週の水曜日？10日か……。
　　部長が出張で中国に行くって言ってなかったっけ。
M：あっ、そうだった。8日に発つ予定だったような気がする。
　　それなら、次の水曜日はどうかな。
F：部長、日本に戻って来てる？
M：上海に4泊、大連に2泊、四川に1泊って言ってたと思うけど……。

F：ってことは、15日に帰国だから問題ないね。

M：それじゃ、その日に決定だ。

F：みんなにはあたしから声かけとく。

M：よろしく！

送別会は何日に決まりましたか。

1 10

2 15

3 17

4 24

女人和男人就同事的送別會，正在說話。

送別會決定哪一天呢？

F：我想舉辦岡田先生的送別會，但是不知道什麼時候好。

M：下星期三如何？

　　因為大家好像星期三的話，時間比較方便。

F：下星期三？十日嗎……？

　　部長不是說，要到中國出差？

M：啊，對耶。我記得是預定八日出發。

　　這樣的話，再下一個星期三如何呢？

F：部長，能回日本了嗎？

M：他好像說，上海四晚、大連二晚、四川一晚的樣子……。

F：也就是說，因為是十五日回國，所以沒問題囉。

M：那麼，就決定那一天。

F：我來跟大家說。

M：拜託了！

送別會決定哪一天呢？

1 10

2 15

3 17

4 24

2番 MP3-08

オフィスで女の人と男の人が話しています。
男の人はどうして課長に叱られたと言っていますか。

F：どうしたの？元気がないけど。

M：さっき課長に呼ばれて、たっぷり説教されちゃったんだ。

F：何かあったの？

M：先週の会議のときに整理するように言われてた資料あるだろ、すっかり忘れちゃっててさ。

F：それでお説教？

M：いや、ちがうんだ。その資料が課長の手元にあってさ。

F：どういうこと？

M：この間の飲み会で、俺、すごく酔っ払っちゃってさ、その資料を飲み屋においてきちゃったらしいんだよね。それで、飲み屋のおかみさんが会社に電話くれたらしくって。

F：それは、やばいね。大事な資料をどこかに置いてきちゃっただけでも問題なのに、その場所が飲み屋だもんね。

M：そういうこと。

F：ま、でもいつまでも落ち込んでるひまなんてないんじゃない？
　　早く資料の整理を済ませて、完璧なのを課長に提出しなきゃ！

M：うん、そうする。

男の人はどうして課長に叱られたと言っていますか。
1 今日中に資料を提出しなかったから
2 資料を飲み屋に忘れてきたから
3 飲み屋でお酒を飲んだから
4 資料をなくしてしまったから

辦公室裡，男人和女人正在說話。男人說他為什麼被課長罵了呢？

F：怎麼了？無精打采的。

M：剛剛被課長叫去，老老實實被訓了一頓。

F：有什麼事嗎？

M：上個星期開會時，不是有份資料要我整理嗎？我忘得一乾二淨。

F：所以才說教？

M：不是，是別的。那份資料在課長手上。

F：怎麼一回事？

M：之前喝酒的聚會，我，喝得爛醉，好像把那份資料放在酒店啦。據說後來，酒店的老闆娘
　　好像打電話到公司。

F：那可慘啦。光是把重要的資料放到哪裡，就已經是問題了，地點居然還是酒店哪。

M：正是如此。

F：唉，不過哪有閒工夫一直情緒低落呢？
　　不早日整理完資料、將完美的東西提給課長可不行！

M：嗯，就這麼辦。

男人說他為什麼被課長罵了呢？
1 因為今天之內沒有提出資料
2 因為把資料忘在酒店裡了
3 因為在酒店裡喝了酒
4 因為資料不見了

さんばん
3番 MP3-09))

日本語学校の先生が、留学生たちに旅館の風呂場の使い方について話しています。
先生は、してはいけないことは何だと言っていますか。

F：こんにちは。みなさんは日本語もずいぶん上手になりましたから、安心してすべて日本
　　語で話しますね。でも、分からないところがあったら、遠慮しないで、すぐに手をあげ
　　て聞いてください。じゃ、進めます。これから入浴するわけですが、まずはきちんと体
　　を洗ってから、浴そうに入ってください。それからタオルは浴そうの中に入れないこ
　　と。そうそう、頭の上にタオルを乗せている日本人がいるかもしれません。真似してみ

るのも、おもしろいですよ。それから一番大事なことですが、大声でおしゃべりしない
ようにしてください。周りの人の迷惑になりますから、なるべく小さな声で話しましょ
う。

先生は、してはいけないことは何だと言っていますか。
1 頭の上にタオルを乗せること
2 体を洗ってから入ること
3 大声でおしゃべりすること
4 浴そうの中で泳ぐこと

日本語學校的老師，正跟留學生們說，有關旅館浴池的使用方法。
老師說，不可以做的事情是什麼呢？

F：午安。由於各位的日語已經相當好了，所以我就安心地全部都用日語說囉。不過，如果有
　　不懂的地方，請不用客氣，立刻舉手發問。那麼，我往下說。接下來，因為要入浴，首先
　　請確實清洗身體，然後再進浴池。還有就是毛巾不可以放到浴池裡。對了、對了，有些日
　　本人可能會把毛巾放在頭上。模仿看看，也很有趣喔！還有最重要的事情，是請不要大聲
　　說話。因為會給身邊的人添麻煩，所以盡可能小聲說話吧。

老師說，不可以做的事情是什麼呢？
1 把毛巾放在頭上
2 洗完身體後進去
3 大聲說話
4 在浴池中游泳

4番 MP3-10 🔊

女の人と男の人が、取引先の入金状況について話しています。
女の人は、このあと何をしますか。

M：まいったよ。
F：どうしたんですか？
M：井崎商事からの入金なんだけど、いまだに入ってなくてさ。

Ｆ：えー、まだなんですか？

Ｍ：うん、先週からメールでお願いしてただろ。
　　しょうがないから、昨日はファックスまで送ってさ。
　　困っちゃうよ、部長からは毎日聞かれるし。

Ｆ：今週の月曜日には入ってるって返事でしたよね。

Ｍ：うん。こうなったら直接電話するしかないか。
　　あっ、でも、俺、これから銀座と新宿店行かなきゃならないんだった。

Ｆ：私、代わりにやっておきましょうか？

Ｍ：お願いできるかな。

Ｆ：もちろん。あそこの担当者とは何度か話したことあるから、まかせといて！

Ｍ：助かるよ。

女の人は、このあと何をしますか。

1 メールを出す
2 ファックスを送る
3 電話をする
4 銀座と新宿店に行く

女人和男人，就往來廠商的進帳情況，正在說話。

女人之後，要做什麼呢？

Ｍ：傷腦筋耶。

Ｆ：怎麼了嗎？

Ｍ：井崎商事的款子，還沒有進來啊。

Ｆ：咦～，還沒嗎？

Ｍ：嗯，從上個星期開始，就用電子郵件拜託了不是嗎？
　　因為沒辦法，昨天甚至還傳了真。
　　很困擾耶！而且每天都被部長問。

Ｆ：有回覆說，這個星期一會進來不是嗎？

Ｍ：嗯。事到如今，只能直接打電話了吧？
　　啊，可是，我，等一下不去銀座和新宿的店不行。

Ｆ：我，來代替你處理吧？

Ｍ：可以拜託妳嗎？

Ｆ：當然。我和那裡的承辦人說過好幾次話，所以交給我！

Ｍ：得救了。

女人之後，要做什麼呢？
1 發郵件
2 送傳真
3 打電話
4 去銀座和新宿的店

5番 MP3-11))

学校で女の人と男の人が話しています。
男の人は、どうして忘れ物をしたと言っていますか。

F：また寝坊？

M：どうしよう。英語の辞書、忘れてきちゃった。

F：それって、この間先生に借りたやつ？

M：うん。今日ぜったいに返すように言われてたんだけど、
　　今朝、母親とけんかしちゃってさ。

F：どうして？

M：大学に行けってうるさくてさ。
　　俺は、アメリカに行って音楽を勉強したいんだって言ったら、泣き出すし……。
　　ほんと、困っちゃうよな。

F：そっか。でも親には理解しがたいかもね。

M：それは俺だって分かってるつもりだけどさ、ああいう言い方されると、ついね。
　　それで朝ごはんも食べずに、家を出たら、辞書のことなんてすっかり忘れちゃってさ。

F：しょうがないよ。先生にきちんと謝って、明日持ってくればいいじゃない。

M：そうだね。

男の人は、どうして忘れ物をしたと言っていますか。
1 朝寝坊したから
2 母親とけんかしたから
3 将来について話し合っていたから
4 朝ごはんを食べていたから

學校裡女人和男人正在說話。
男人說為什麼忘了東西呢？

F：又睡過頭了？

M：怎麼辦？我忘了英文字典。

F：那個，就是之前跟老師借的東西？

M：嗯。有說今天一定要還，可是今天早上和我媽媽吵架了。

F：為什麼？

M：就是一直嘮叨要我上大學。

我一開口說，要去美國學音樂，她就開始哭……。

真的，很傷腦筋耶。

F：這樣啊。不過，對父母親來說，可能很難理解呢。

M：那件事，我也想體諒啊，可是被用那種說話方式，真的忍不住就～。

所以，連早餐也沒吃，就出了家門，

字典的事情，也忘得一乾二淨了。

F：那就沒辦法了。好好地跟老師道歉，明天再帶來不就好了。

M：也是啊。

男人說為什麼忘了東西呢？
1 因為睡過頭
2 因為和母親吵架
3 因為談論到將來
4 因為吃了早餐

ろくばん
6番 MP3-12))

男の人が、新人の入社パーティーで話しています。
男の人が、これからここでする仕事はどんなことだと言っていますか。

M：今年7月にこちらに配属されました田村です。新人とはいっても、他の若い人たちから比べたら、もうおじいさんみたいなもので、ここにいるのがちょっと恥ずかしい気分です。私は、今年でちょうど50になります。今まではわが社のタイやシンガポール、香港工場を転々とし、今年、こちらに戻ってきました。タイやシンガポールでは商品開発

や設備設計を担当し、香港では顧客管理を主にやっていました。営業も経験しましたから、いわゆる「何でも屋」みたいなものです。こちらでは技術者の教育をまかされることになりましたが、ほとんど新人みたいなものですので、いろいろ教えていただければと思っています。どうぞよろしくお願いします。

男の人が、これからここでする仕事はどんなことだと言っていますか。
1 商品開発と設備設計
2 営業
3 顧客管理
4 技術者教育

男人在新人的入社宴會裡說著話。
男人正在說，之後在這裡的工作是什麼樣的工作呢？

M：我是今年七月被分發到這裡的田村。雖說是新人，和其他年輕人們比較起來，我好像是爺爺級的人，所以在這裡，覺得有點不好意思。我，今年剛好五十了。在這之前，輾轉在我們公司的泰國、或是新加坡、香港工廠，今年，回到了這裡。在泰國和新加坡時，我擔任商品開發或是設備設計，在香港，則是從事以顧客管理為主的工作。因為也做過營業，所以像是個所謂「什麼都可以做」的人。在這裡，我被交辦技術人員的教育工作，由於完全像是個新人，所以請各位多加指導。麻煩大家了。

男人正在說，之後在這裡的工作是什麼樣的工作呢？
1 商品開發和設備設計
2 營業
3 顧客管理
4 技術人員教育

7番 MP3-13

男の人が、パソコンのサービスセンターに電話をしています。
サービスセンターでは、このあとどうすると言っていますか。

M：すみません、パソコンの調子が悪いんですが。

F：かしこまりました。
　　どのような状態かご説明いただけますか。
M：音楽とかの音がまったく聴こえないんです。
F：そうですか。そうしますと、ソフトに問題があると考えられますので、
　　ソフトの担当者におつなぎします。少々お待ちください。
　　　（……）
　　申しわけございません。只今、ふさがっているようですので、
　　折り返しご連絡させるようにいたしますが……。
M：いつ頃になりますか。
F：このあとすぐに、お電話差し上げられると思います。
M：そうですか。じゃ、お願いします。
F：かしこまりました。

サービスセンターでは、このあとどうすると言っていますか。
1 専門家が直接修理に行く
2 ソフトの担当者が電話する
3 ハードを点検する
4 ソフトを点検する

男人正打電話給電腦服務中心。
服務中心說，之後要如何呢？

M：對不起，我電腦有問題。
F：知道了。
　　能說明是怎樣的狀態嗎？
M：完全聽不到音樂等的聲音。
F：這樣啊。如果是這樣，可能是軟體有問題，
　　所以我轉接給軟體的承辦人。請稍等。
　　　（……）
　　對不起。現在好像忙線中，
　　所以我會讓他立刻回電……。
M：大約什麼時候呢？
F：我想之後馬上可以回電。
M：這樣啊。那麼，就麻煩了。
F：知道了。

服務中心說，之後要如何呢？

1 專家會直接去修理

2 軟體承辦人會打電話

3 檢查硬體

4 檢查軟體

もんだいさん
問題3

　問題3では、問題用紙に何も印刷されていません。まず話を聞いてください。それから、質問と選択肢を聞いて、１から４の中から正しい答えを１つ選んでください。

　問題3，問題用紙上沒有印任何字。請先聽內容。接著，請聽問題和選項，然後從1到4中，選出一個正確答案。

いちばん
1番 MP3-14))

かいしゃ　けんしゅうじぎょうぶ　たんとうしゃ　はな
会社の研修事業部の担当者が話しています。

F：新入社員のみなさん、入社おめでとうございます。さて、このたび入社に先立ち、新入社員研修会を行います。日にちは4月１６日と１７日の２日間で、午前10時に現地集合となっています。宿泊先ですが、箱根の藤ホテルをとってあります。宿泊費は会社のほうで負担します。また、自宅から現地までの往復交通費ですが、後日精算となりますので、とりあえず各自で払っておいてください。ちなみに、ホテルの部屋に設置してある電話の料金や冷蔵庫内の飲み物代は、各自負担となります。

けんしゅう　じこふたん
この研修で、自己負担しなければならないのはどれですか。

しゅくはくひ
1 ホテルの宿泊費

おうふく　こうつうひ
2 往復の交通費

へや　でんわりょうきん
3 部屋の電話料金

せんもんか　けんしゅうひ
4 専門家の研修費

公司研修事業部的承辦人說著話。

F：各位新進同仁，歡迎各位進入公司。在進入公司之前，會舉辦新入員工研修會。日期是四月十六日和十七日這二天。早上十點在現場集合。住宿的地點，已經訂好箱根的藤飯店。住宿費用由公司負擔。另外，從自己家裡到現場的往返交通費，由於日後會結算，所以請各位先支付。附帶說明，飯店房間裡的電話費，或者是冰箱裡的飲料費，是各自負擔。

這個研修，自己一定要負擔的是哪一項呢？
1 飯店的住宿費
2 來回的交通費
3 房間的電話費
4 專家的研修費

にばん
2番 MP3-15))

ある大学の教授が話しています。

M：最近気になっている日本語についてお話します。おととい、ある有名な新聞で目にした言葉なんですが「子供にお金をあげました」とあります。みなさん、分かりますか、どこが問題か。ほかにも「猫にえさをあげる」「花に水をあげる」のような言葉もよく目にします。私たちは学校で、目下や生物に対しては「あげる」ではなく、「やる」を使うと教わりました。それに桃太郎の歌でも「やりましょう、やりましょう、ついて行くならやりましょう」ではありませんか。小学生のときこれが正しい日本語だとして習って、もう６０年です。東京では大多数が「あげる」支持だということを知っていても、こういう言葉は認めたくないという気持ちがやはり強いですね。

（樺島忠夫『日本語はどう変わるか』を参照にして）

この教授が認めたくない日本語はどんなものですか。
1 目下や生物に「あげる」を使うこと
2 目下や生物に「やる」を使うこと
3 桃太郎の歌にある「あげる」の使い方
4 桃太郎の歌にある「やる」の使い方

某大學的教授正在說話。

M：談談最近在意的日語的事情吧！前天，在某個知名的新聞裡看到的語彙，就是「子供にお金をあげました（獻給小孩錢了）」。各位，知道嗎？哪裡有問題呢？其他，還有「猫にえさをあげる（獻給貓飼料）」、「花に水をあげる（幫花獻上水）」這樣的語彙也常看到。我們在學校有學過，對晚輩或者是生物，使用的不是「あげる（獻給）」，而是「やる（給）」。而且桃太郎的歌曲裡面，不是也有「やりましょう、やりましょう、ついて行くならやりましょう（給你吧！給你吧！跟著去的話，就給你吧）」嗎？從小學時就把這個當成正確的日語學習，已經六十年了。就算知道東京大多數人都支持用「あげる（獻給）」，但是這樣的語彙，不想認同的心情還是很強烈呢。

（參考樺島忠夫《日文會變成如何呢》）

這位教授不想認同的日語是哪一個呢？
1 對晚輩或生物，使用「あげる（獻給）」
2 對晚輩或生物，使用「やる（給）」
3 桃太郎歌曲裡「あげる（獻給）」的使用方法
4 桃太郎歌曲裡「やる（給）」的使用方法

さんばん 3番 MP3-16))

おんな ひと かいぎ ぞうさんたいせい ほうこく
女の人が会議でパソコンの増産体制について報告しています。

F：ノートパソコンを増産するにあたりまして、部品の供給と労働者の確保が問題となっていましたが、本日は、その調査結果をご報告いたします。えー、まず、部品の製造業者ですが、今回、評判のいい3社と契約を結ぶことができました。ですので、供給能力に問題はないと思われます。次に労働者の手配についてですが、派遣社員を含め、200人ほど確保しました。ですので、半年は問題がないはずです。ただ、半年後に、他社の新工場が稼動するそうで、そうなると労働者がかなり移る可能性が心配されます。いかにして労働者を確保していくかが、今後の課題だと思います。

かいけつ もんだい なん
まだ解決していない問題は何ですか。
ぶ ひん せいさんのうりょく
1 部品の生産能力
ぶ ひん きょうきゅうもと かく ほ
2 部品の供給元の確保

女人在會議中，就電腦增產體制，正報告中。

F：正值電腦增產之際，零件的供給以及勞動工人的確保已成為問題，所以今天，報告其調查結果。嗯～，首先，有關零件的製造業者，這次，和三家評價高的公司簽了約。所以，認定供給能力是沒有問題的。接著是有關勞動工人的安排，包含派遣員工，可確保二百人左右。所以，半年應該沒有問題。只是，由於半年後，聽說別家公司的新工廠將開始啟動，如此一來，便要擔心勞動工人可能移轉。我想如何確保勞動工人，是今後的課題。

還沒有解決的問題是什麼呢？
1 零件的生產能力
2 零件供應來源的確保
3 新工廠的建設問題
4 今後勞動力的確保

よんばん
4番 MP3-17))

りょうり せんせい はな
料理の先生が話しています。

F：今日はカレーライスを作るわけですが、その前にちょっとしたお話です。私の母は料理がとても上手なんですが、中でもカレーは絶品で、母がカレーを作り始めると、みんなが自然に集まってきてなんだかそわそわしてしまうんですね。近所の人もよく食べに来ました。今日はそんな母の作る懐かしいカレーを作りたいと思います。まずは、肉を軽く炒めてフライパンから出したら、玉ねぎとにんじんを炒めます。そして水を入れた鍋に入れて、10分くらい煮てください。それからじゃがいもを入れてくださいね、じゃがいもってすごく溶けやすいですから。カレーのルーを入れるときは、火を止めてからにしてくださいね。最後に醤油をちょっと入れたらできあがりです。簡単でしょう。

じゃがいもはいつ入れますか。
1 肉といっしょに
2 肉のあと他の野菜といっしょに

3 肉や他の野菜をしばらく煮てから
4 火を止める直前に

料理的老師正在說話。

F：今天要做咖哩飯，在那之前稍微聊一下。我母親的料理非常厲害，其中又以咖哩為絕品，所以只要我母親開始做咖哩，大家便自然而然靠過來，不知為什麼就是靜不下來。附近的人也常常過來吃。今天我想做出那樣的母親做的、教人懷念的咖哩。首先，把肉輕輕炒過之後，從平底鍋中取出，接著炒洋蔥和紅蘿蔔。然後請放到裝了水的鍋子裡，約煮十分鐘。接下來，也把馬鈴薯放進去喔，因為馬鈴薯很容易溶化。放咖哩湯塊時，請熄火再放喔。最後再加一點醬油便大功告成。很簡單吧！

什麼時候放馬鈴薯呢？
1 和肉一起
2 肉之後，和其他蔬菜一起
3 肉和其他蔬菜煮了一會兒以後
4 熄火之前

5番 MP3-18

高校の先生が話しています。

F：今日はまず電気の話をしましょう。みんなは電気はどうやって作るか知ってますか。そうですね、今、杉田くんが言った火力発電がありますね。つまり石油を燃やして発電する方法ですね。他には？そうです。川をせき止めてダムを作って発電する水力発電ですね。そして最後に、原子の力を使って発電する原子力発電です。この3つです。日本は山国で雨が多いですから、昔は水力発電が盛んでしたが、徐々に火力、原子力発電が中心になってきました。現在では約5割を石油に頼る方法を使っていますが、世界の資源は限られていますから、ますます原子力発電に頼ることになりそうですね。ただ、原子力発電には放射能などの問題などがあって、安全面ではまだ討論されているんです。

安全面に問題があるのはどれですか。
1 水力発電

2 火力発電
3 原子力発電
4 石油発電

高中的老師正在說話。

F：今天先談談電的事情吧！各位知道電是如何製造的嗎？沒錯，有現在杉田同學說的火力發電。也就是燃燒石油來發電的方法囉。其他呢？沒錯。把河川堵住蓋水壩來發電的水力發電。還有最後，是使用原子能來發電的核能發電。就是這三種。日本由於是多山的國家，雨量充沛，所以古早以前盛行水力發電，但是漸漸地以火力、核能發電為中心。現在雖然約有五成是採取仰賴石油的方法，但是世界的資源有限，所以似乎越來越依賴核能發電了。只是，核能發電有放射能等問題，所以安全面還有待討論。

安全面有問題的是哪一個呢？
1 水力發電
2 火力發電
3 核能發電
4 石油發電

ろくばん
6番 MP3-19)))

南米にいる記者が報道しています。

M：日本ではほとんど報道されていないようですが、こちら南米では、安い牛肉を生産するために、森林がどんどん破壊されていると言われています。どういうことなのかといいますと、１９６０年前後から、森林は半分以上減少し、その反面、牧場が倍に増えました。そして、それらの牧場で生産された牛肉はアメリカに輸出され、ここ３０年で４倍も増えたそうです。理由は、価格が国内産の半分と安いためなんですが、このように森林の面積が激減している一方で、植林はまったく進んでいません。これらの環境破壊によって、あと10年もしないうちに森林は姿を消してしまうといっても過言ではないのです。

記者は、何について報道していますか。
1 牛肉の価格設定について
2 牛肉の問題性について
3 環境破壊について
4 牧場倍増計画について

在南美的記者正在報導。

M：日本好像幾乎沒有報導的樣子，但這裡的南美，據說為了生產便宜的牛肉，森林漸漸遭到破壞。這是怎麼一回事呢？從一九六〇年前後，森林減少了一半以上，相反的，牧場卻倍增了。而且，據說在這裡牧場生產的牛肉，被輸出到美國，在這三十年之內，增加了四倍之多。雖然理由，是價格只有國內產的半價這種比較便宜的原因，但是像這樣森林面積銳減的另一面，造林計畫卻完全沒有進展。按照這樣的環境破壞。不出十年森林便會消失，也不會言過其實。

記者，是正就何事在報導呢？
1 就牛肉的價格設定
2 就牛肉的問題性
3 就環境破壞
4 就牧場倍增計畫

問題4では、問題用紙に何も印刷されていません。まず文を聞いてください。それから、それに対する返事を聞いて、1から3の中から正しい答えを1つ選んでください。

問題4，問題用紙上沒有印任何字。請先聽文章。接著，請聽其回答，然後從1到3中，選出一個正確答案。

いちばん
1番 MP3-20))

F：これ、つまらないものですが、よかったらどうぞ。

M：1 そうですね。

　　2 いつもすみません。

　　3 つまらないものですね。

F：這個，不成敬意的東西，如果不嫌棄，請收下。

M：1 對啊。

　　2 常常收您禮物，不好意思。

　　3 真是不成敬意的東西呢。

にばん
2番 MP3-21))

M：ほら、もう直ったよ。

F：1 さすがね。

　　2 早くしてよ。

　　3 もういい加減にして。

M：看，已經修好了喔。

F：1 不愧是你啊。

　　2 快一點啦。

　　3 有分寸一點。

3番 MP3-22))

F：ほら、また水が出っぱなし。

M：1 代わりに止めといてよ。

2 もうやったよ。

3 とっくに出しちゃったよ。

F：看，又讓水一直流了！

M：1 幫我關起來啦。

2 已經做了喔。

3 早就交了啦。

4番 MP3-23))

F：あなたのおごりなら、もっと高いお店にしよっと。

M：1 そろそろ給料日だね。

2 おかげさまで。

3 調子がいいんだから。

F：你請客的話，當然要更貴的店啊。

M：1 發薪日又快到了呢。

2 託您的福。

3 真勢力眼。

5番 MP3-24))

M：田中さん、今日二日酔いで来られないんだって。

F：1 よかったですね。

2 それは大変ね。

3 おつかれさま。

M：聽說田中先生今天宿醉來不了。

F：1 太好了。

2 那很慘耶。

3 辛苦了。

F：資料整理くらいなら、私がやっておきますよ。

M：1 そうしてもらうと助かるよ。

2 そうだといいね。

3 いいかどうかは分からないよ。

F：只是整理資料之類的話，我來處理喔。

M：1 真能如此，就是幫我大忙了。

2 要是這樣就好啦。

3 這樣好不好，我也不知道啊。

M：今日は苦情の電話が多くて、本当に大変だったよ。

F：1 おつかれさまです。今日はゆっくり休んでください。

2 仕事がたくさんあるのはいいことですね。

3 これからもがんばってください。

M：今天客訴的電話多，真是累壞了啊。

F：1 辛苦了。今天請好好休息。

2 有這麼多工作，真是好啊。

3 以後也請努力。

8番 MP3-27

M：あれっ、クーラーが止まってる。
F：1 今日はだいぶ暑いですね。
　　2 もう止めましょうか。
　　3 道理で暑いわけだ。

M：咦，冷氣停了。
F：1 今天相當熱呢。
　　2 要關起來嗎？
　　3 怪不得這麼熱。

9番 MP3-28

M：最近、忙しそうだけど、だいぶもうかってるんでしょ。
F：1 そんなことないよ。
　　2 いやんなっちゃうよ。
　　3 いいじゃない、それでも。

M：最近雖然很忙，但是賺了不少吧！
F：1 沒那回事啦！
　　2 變得很討厭耶。
　　3 有什麼不好嗎？就算那樣。

10番 MP3-29

M：息子さん、大学に合格したんだって？
F：1 そうなの。どうせまた同じよ。
　　2 そうなの。またそのうちにね。
　　3 そうなの。もううれしくって。

M：聽說妳兒子大學合格了？
F：1 對啊。反正還是一樣啦。
　　2 對啊。再找時間喔。
　　3 對啊。真的好高興呢。

11番 MP3-30))
じゅういちばん

F：おかげさまで、仕事が見つかりました。
M：1 それはよかった。
　　2 それはお気の毒。
　　3 それは大変だ。

F：託您的福，找到工作了。
M：1 那真是太好了。
　　2 那真是太可憐了。
　　3 那真是太慘了。

12番 MP3-31))
じゅうにばん

M：最近、景気はどう？
F：1 さっぱりよ。
　　2 あっさりよ。
　　3 きっぱりよ。

M：最近，景氣如何？
F：1 慘澹哪。
　　2 淡泊哪。
　　3 乾脆哪。

１３番 MP3-32))

M：もうこれがぎりぎりの値段ですね。
F：1 もっと安くなりませんか。
　　2 そこをなんとかお願いします。
　　3 そうしていただけますか。

M：這已經是最底限的價格了。
F：1 可以再算便宜一點嗎？
　　2 拜託再幫忙想想辦法。
　　3 能夠那樣嗎？

１４番 MP3-33))

M：顔色が悪いけど、どうかした？
F：1 ちょっと気分がすぐれなくて。
　　2 お酒、もう1杯くれる？
　　3 ふだんあまり化粧しないから。

M：妳的臉色不好，怎麼了嗎？
F：1 有點不舒服。
　　2 酒，可以再來一杯嗎？
　　3 因為平常不太化妝。

問題5

問題5では長めの話を聞きます。この問題には練習はありません。

まず、話を聞いてください。それから、２つの質問を聞いて、それぞれ問題用紙の１から４の中から、正しい答えを１つ選んでください。

問題5，是長篇聽力。這個問題沒有練習。

首先，請聽內容。接著，請聽二個提問，並分別在問題用紙的1到4中，選出一個正確答案。

1番 MP3-34)) MP3-35))

空港のアナウンスが流れています。

F1：本日は全国的に梅雨前線に覆われ、いくつかの空港でフライトに影響が出ています。北九州行きの１便ですが、空港の視界が悪いため欠航となりました。それから、熊本行きの１便は霧で着陸できない場合、鹿児島に向かうという条件がついています。また、この便は出発が2時間遅れの10時15分を予定しています。その他、広島、大分行きも空港の天候が悪いため着陸できない場合は、他の空港へ向かうか東京へ引き返すという条件がついています。また今後、天候調整を予定している便につきましては、各航空会社の案内係に直接おたずねください。関東方面は現在のところ、平常運行となっております。

M：ってことは熊本まで飛ぶか分からないってこと？
F2：そうみたいね。しかも出発、2時間遅れだって。
M：新幹線か高速バスで行こうか？
F2：そのほうが確実みたいね。
M：よし、新幹線にしよう！

質問1
北九州行きの便は、現在どうなっていますか。
1 視界が悪いため欠航
2 東京へ引き返す
3 2時間遅れで出発
4 平常運行

質問2
熊本行きの便は、現在どうなっていますか。
1 視界が悪いため欠航
2 東京へき返す
3 2時間遅れで出発
4 平常運行

機場正在廣播。

F1：今天全國被梅雨前線所壟罩，有幾個機場的航班受到影響。往北九州的第一航班，因機場視線不良而停飛。接著，往熊本的第一航班，若因霧無法著陸，則將飛往鹿兒島。另外，這個航班將延遲二小時，預定十點十五分出發。其它往廣島、大分的航班也因為機場天候不佳，若無法著陸，將飛往其他機場或飛回東京。還有之後，預定因天氣做調整的航班，請直接詢問各航空公司的櫃檯。關東方面現在，則是正常起飛。

M：也就是說，到熊本的不知道飛不飛囉？
F2：好像這樣耶。而且說，要延後二小時出發。
M：搭新幹線或高速巴士去吧？
F2：那樣可能比較牢靠呢。
M：好！就搭新幹線吧！

問1
往北九州的航班，現在變成怎樣呢？
1 因為視線不好，所以停飛
2 返回東京
3 晚二個小時出發
4 正常起飛

問2
往熊本的航班，現在變成怎樣了呢？
1 因為視線不好，所以停航
2 返回東京
3 晚二個小時出發
4 正常起飛

びょういん かんごし けんこうしんだん さい ちゅういじこう せつめい
病院で看護士さんが健康診断の際の注意事項を説明しています。

F1：今日の検査は以上です。明日は胃と腸の検査になりますので、朝10時にはこの階の受
付に来ていてください。それから、今夜8時以降は食べたり飲んだりしないように。
お茶も水も飲んじゃだめですよ。どうしても喉が渇くようなら、ティッシュペーパー
を水でぬらして、唇を拭く程度にしてください。あと、寝る前にこの下剤を飲んでく
ださい。明日の朝、おなかがからっぽになっていないと検査できませんので、忘れず
に飲んでくださいね。そうそう、女性の方にお願いですが、お化粧はしないで来てく
ださい。

F2：8時以降は何も食べちゃいけないんだって。
　M：つらいな。帰ったらビールでも、飲んで寝るしかないね。
F2：飲み物もだめって、さっき言ってなかったっけ？
　M：言ってたかも。それじゃ、喉が渇いたらどうしたらいいんだ？
F2：それもさっき説明があったでしょ。

しつもんいち
質問1
けんさ とうじつ おんな ひと きんし なん
検査の当日、女の人が禁止されているのは何ですか。
したぎ ちゃくよう
1 下着の着用
けしょう
2 お化粧
ちゃくよう
3 アクセサリーの着用
くるま うんてん
4 車の運転

しつもんに
質問2
はちじ いこう のど かわ
8時以降、喉が渇いたらどうしたらいいですか。
ね
1 がまんして寝る
あめ
2 飴をなめる
みず すこ の
3 水を少し飲む
くちびる
4 唇をぬらす

醫院裡，護士正說明健康檢查時的注意事項。

F1：今天的檢查到此為止。由於明天要做胃和腸的檢查，所以請在早上十點之前到這個樓層
的櫃檯。另外，今天晚上八點以後不可以吃或喝東西。茶和水也不行喝喔。無論如何都
覺得渴的話，請用水沾濕面紙，僅到擦拭嘴唇的程度。還有，睡覺前請吃這個瀉藥。明
天早上，因為肚子沒有空空的，就不能檢查，所以別忘了要吃藥喔。對了、對了，麻煩
女性請不要化妝來。

F2：她說八點以後不可以吃任何東西耶。
　M：很難受耶。回家以後，只能喝喝啤酒就去睡了。
F2：喝的東西也不行，她剛剛沒說嗎？
　M：可能說了吧。那，口渴了要怎麼辦啊？
F2：這個剛剛不是也說明了嘛！

問1
檢查當天，女性被禁止的是什麼呢？
1 穿內衣
2 化妝
3 戴飾品
4 開車

問2
八點以後，如果口渴了，該如何呢？
1 忍耐去睡覺
2 舔糖果
3 喝一點點水
4 沾溼嘴唇

さんばん
3 番 MP3-38)) MP3-39))

お店の女性が新しい化粧品について説明しています。

F1：これはアメリカで、今一番売れている化粧水です。さっぱりタイプとしっとりタイ

プ、美白タイプ、そして肌ひきしめタイプの４種類があります。人によって肌質が異なりますので、自分に合ったタイプのものをお選びください。４０歳以上の女性におすすめなのは、この肌ひきしめタイプです。アメリカでは雑誌にも度々掲載されているヒット商品です。つけた瞬間肌がひきしまり、少なくとも10歳は若返ります。白い肌になりたい方には、もちろんこちらの美白タイプがおすすめです。このモデルさんのお顔、見ていてくださいね。ほらっ、あっという間に色白になったでしょう。じつはこの化粧水、男性にもかなり売れてるんですよ。特にこのさっぱりタイプ。あぶらっぽい肌は、女性に嫌われますからね。

M：買うんなら、さっぱりタイプにしたら？一番安いから。

F2：どうせ買うんなら肌ひきしめタイプでしょ。10歳も若返るんだってよ。

M：まったく。それなら、俺も買おうかな。さっぱりタイプ。

F2：いいんじゃない？肌、だいぶあぶらっぽいもんね。ついでに肌ひきしめタイプのもつけたら？若返るよ！

M：それはいいよ。

質問１
この女の人はどのタイプの化粧水がほしいですか。

1 さっぱりタイプ

2 しっとりタイプ

3 美白タイプ

4 肌ひきしめタイプ

質問2
この男の人はどのタイプの化粧水を買おうと考えていますか。

1 さっぱりタイプ

2 しっとりタイプ

3 美白タイプ

4 肌ひきしめタイプ

商店的女性正就新的化妝品做說明。

F1：這是在美國，現在賣得最好的化妝水。有清爽型和滋潤型、美白型，還有緊緻肌膚型四種。因為肌膚因人而異，所以請選擇合適自己類型的產品。推薦四十歲以上女性的，是這個緊緻肌膚型。這是在美國雜誌上也被報導多次的暢銷商品。抹上去的瞬間，肌膚立

刻緊縮，至少可以年輕十歲。而想要成為白皙肌膚的人，當然是推薦這個美白型。請看看這位模特兒的臉喔。看！是不是瞬間變白了呢！其實這個化妝水，也相當受男性歡迎喔！尤其是這個清爽型。因為油膩膩的臉，會被女性討厭喔。

M：如果要買，這個清爽型如何？因為最便宜。

F2：反正都要買了，還是緊緻肌膚型吧！可以年輕十歲耶！

M：真受不了妳。這樣的話，我也買吧！清爽型的。

F2：不錯啊！因為你的臉，還相當油呢。順便再塗緊緻型的如何？可以變年輕喔！

M：那個就不用了。

問1

這個女人想要哪種類型的化妝水呢？

1 清爽型

2 滋潤型

3 美白型

4 緊緻肌膚型

問2

這個男人在考慮買哪一種類型的化妝水呢？

1 清爽型

2 滋潤型

3 美白型

4 緊緻肌膚型

4番 MP3-40))) MP3-41)))

先生が遠足に出かける格好について話しています。

F1：明日は歩きやすい靴をはいてきてください。運動靴じゃなくてもかまいませんが、新しい靴じゃなく、はき慣れた靴にしてください。それからバッグですが、できれば背負うタイプのリュックが理想ですが、なければ肩にかけられるものにしましょう。たくさん歩きますから、手には何も持たないほうがいいと思います。そうそう、帽子はぜったい忘れないでください。夏は日射病にかかりやすいですからね。それから、女

の子はスカートじゃないほうがいいですよ。不便ですから。虫よけスプレーは学校で用意するので、持ってこなくてもいいです。お弁当も出ますので、必要ありません。

M：楽しみだね。

F2：うん。私、リュック持ってないけど、このバッグでだいじょうぶかな。

M：だいじょうぶだよ。肩にかけられるから。

F2：よかった。でも、帽子持ってないから、買わなくちゃ。

M：僕、たくさん持ってるから、貸してあげるよ。

F2：本当？ありがとう。

質問1

女の子は遠足にどんなバッグを持って行きますか。

1 背負えるリュック

2 肩にかけるバッグ

3 手で持つハンドバッグ

4 腰につけるウエストバッグ

質問2

男の子は女の子に何を貸してあげますか。

1 帽子

2 運動靴

3 虫よけスプレー

4 上着

老師就遠足的裝扮說著話。

F1：明天請穿好走的鞋子。不是運動鞋也沒有關係，但是請不要穿新鞋，要穿走得慣的鞋。還有包包，可以的話，後背型的背包是最理想的，但是沒有的話，就背可以掛在肩上的包包吧！因為要走很多路，所以我覺得最好手上什麼東西都不要拿。對了、對了，請絕對不要忘記帽子。因為夏天容易中暑喔。還有，女生最好不要穿裙子喔。因為不方便。除蟲噴霧學校會準備，所以不帶來也沒關係。也會給便當，所以不用帶。

M：好期待喔。

F2：嗯。我沒有背包，這個包包沒問題吧？

M：沒問題啦！因為可以掛在肩上啊。

F2：太好了。可是，我沒有帽子，所以不買不行。

M：我，有很多喔，借給你喔。

F2：真的？謝謝。

問1

女孩要背什麼樣的包包去遠足呢？

1 可以背的背包

2 掛在肩上的包包

3 用手拿的手提包

4 繫在腰上的腰包

問2

男孩要借給女孩什麼東西呢？

1 帽子

2 運動鞋

3 防蟲噴霧

4 上衣

考題解答

言語知識（文字・語彙・文法）・讀解

問題1（每小題各1分）
`1` 3　　`2` 1　　`3` 2　　`4` 2　　`5` 1　　`6` 4

問題2（每小題各1分）
`7` 1　　`8` 2　　`9` 3　　`10` 3　　`11` 4　　`12` 1　　`13` 3

問題3（每小題各1分）
`14` 3　　`15` 2　　`16` 2　　`17` 1　　`18` 3　　`19` 4

問題4（每小題各1分）
`20` 4　　`21` 2　　`22` 2　　`23` 4　　`24` 1　　`25` 1

問題5（每小題各1.5分）
`26` 1　　`27` 2　　`28` 3　　`29` 4　　`30` 1　　`31` 2　　`32` 3　　`33` 3　　`34` 2　　`35` 3

問題6（每小題各2分）
`36` 1　　`37` 1　　`38` 2　　`39` 1　　`40` 1

問題7（每小題各2分）
`41` 3　　`42` 2　　`43` 3　　`44` 1　　`45` 2

問題8（每小題各2分）
`46` 3　　`47` 1　　`48` 2　　`49` 4

問題9（每小題各2分）
`50` 3　　`51` 1　　`52` 3　　`53` 1　　`54` 4　　`55` 4　　`56` 2　　`57` 4　　`58` 3

問題10（每小題各2分）
59 4　　60 1　　61 3　　62 1

問題11（每小題各2分）
63 2　　64 3　　65 1

問題12（每小題各3分）
66 4　　67 1　　68 4　　69 2

問題13（每小題各4分）
70 2　　71 4

註1：問題1～問題7為「言語知識（文字・語彙・文法）」科目，滿分為60分。
註2：問題8～問題13為「讀解」科目，滿分為60分。

◎自我成績統計

科目	問題	小計	總分
言語知識（文字・語彙・文法）	問題 1	/6	/60
	問題 2	/7	
	問題 3	/6	
	問題 4	/6	
	問題 5	/15	
	問題 6	/10	
	問題 7	/10	
讀解	問題 8	/8	/60
	問題 9	/18	
	問題 10	/8	
	問題 11	/6	
	問題 12	/12	
	問題 13	/8	

問題1（每小題各1.5分）

1番 2

2番 3

3番 2

4番 4

5番 2

6番 3

問題2（每小題各1.5分）

1番 4

2番 3

3番 4

4番 4

5番 3

6番 3

7番 1

問題3（每小題各1.5分）

1番 2

2番 3

3番 4

4番 4

5番 4

6番 1

問題4（1番～11番，每小題各1分。12番～14番，每小題各1.5分）

1番 3

2番 1

3番 3

4番 3

5番 2

6番 1

7番 1

8番 2

9番 1

10番 2

11番 1

12番 3

13番 1

14番 2

問題5（每小題各2分）

1番

質問1 3　　　質問2 3

2番

質問1 1　　　質問2 2

3番

質問1 4　　　質問2 2

4番

質問1 2　　　質問2 1

....

註1：「聽解」科目滿分為60分。

....

◎自我成績統計

科目	問題	小計	總分
聽解	問題 1	/9	/60
	問題 2	/10.5	
	問題 3	/9	
	問題 4	/15.5	
	問題 5	/16	

考題解析

問題1 ＿＿＿＿の言葉の読み方として最もよいものを、1・2・3・4から一つ選びなさい。（請從1・2・3・4中，選擇一個＿＿＿＿詞彙最正確的讀音。）

1 言葉を<u>慎み</u>なさい。

謹慎發言！

1.つたみ（無此字）　　　　　　　2.<u>親</u>しみ（親近）

3.<u>慎み</u>（慎重）　　　　　　　4.とおとみ（無此字）

2 この辺一帯はだいぶ<u>廃れて</u>しまった。

這一帶已相當荒廢。

1.<u>廃れて</u>（荒廢、過時）　　　2.はいれて（無此字）

3.すこぶれて（無此字）　　　　4.<u>落</u>ちぶれて（落魄）

3 彼は最後まで自分の意志を<u>貫いた</u>。

他直到最後都貫徹自己的意志。

1.かんぬいた（無此字）　　　　2.<u>貫いた</u>（貫徹）

3.<u>突抜</u>いた（穿透）　　　　　4.<u>書抜</u>いた（摘錄）

4 論文がなかなか<u>捗らず</u>困っている。

論文怎麼樣都進展得不順利，很困擾。

1.<u>憚</u>らず（不避諱、不顧忌）　2.<u>捗らず</u>（進展不順利）

3.かばからず（無此字）　　　　4.しかどらず（無此字）

5 彼女は客を煽てるのが上手だ。

她很會奉承客人。

1.煽てる（奉承、煽動）　　　　　　　2.企てる（計畫）

3.あげてる（無此字）　　　　　　　　4.のせてる（無此字）

6 そろそろ桜の花が綻びる季節だ。

差不多是櫻花綻放的季節。

1.あからびる（無此字）　　　　　　　2.かきわびる（無此字）

3.はからびる（無此字）　　　　　　　4.綻びる（綻放）

問題2　（　　　）に入れるのに最もよいものを、1・2・3・4から一つ選びなさい。（請從1・2・3・4中，選擇一個填入（　　　）最適當的詞彙。）

7 自宅での老人（　　　）には専門的知識を要する。

在家照護老人需要專門知識。

1.介護（照護）　　　　　　　　　　　2.保護（保護）

3.護衛（護衛）　　　　　　　　　　　4.護身（防身）

8 長い外国生活で、最近よく祖国への（　　　）にかられる。

長年在國外生活，最近常常湧起對於祖國的鄉愁。

1.鄉感（無此用法）　　　　　　　　　2.鄉愁（鄉愁）

3.鄉念（無此用法）　　　　　　　　　4.鄉想（無此用法）

9 社員が一同となり問題の（　　　）に努力している。

和公司同事一起努力解決問題。

1.解釈（解釋）　　　　　　　　　　　2.摘手（無此用法）

3.解決（解決）　　　　　　　　　　　4.摘発（揭發）

10 裁判官は二人の争いごとを（　　　）する義務がある。

法官有義務調停二人的爭執。

1.調節（調節）　　　　　　　　　　　2.調度（日常用具）

3.調停（調停）　　　　　　　　　　　4.調和（調和）

11 相手の立場を（　　　）して結論を下した。

考量對方的立場作出結論。

1.設置（設置）
2.設備（設備）
3.配置（配置、部署）
4.配慮（關懷、考慮）

12 これは科学者たちが試行（　　　）を重ねて完成させた作品である。

這是科學家們反覆試驗屢經錯誤所完成的作品。

1.錯誤（錯誤）
2.錯乱（錯亂）
3.運行（運行）
4.運転（駕駛、操作）

13 かかった費用は二億円と（　　　）される。

推測所耗的費用是二億日圓。

1.猜疑（猜測）
2.推理（推理）
3.推定（推測）
4.予知（預知）

問題3　＿＿＿の言葉に意味が最も近いものを、1・2・3・4から一つ選びなさい。

（請從1・2・3・4中，選出一個與＿＿＿意義最相近的詞彙。）

14 雨の日に出かけるのはわずらわしくて嫌いだ。

在雨天出門又麻煩又討厭。

1.しつこくて（纏人的）
2.ややこしくて（複雜的）
3.めんどくさくて（麻煩的）
4.うとましくて（厭煩的）

15 彼はあくどい手を使って、大金をもうけた。

他使用卑鄙的手段賺取大量的錢財。

1.めざましい（驚人的、出色的）
2.ずるがしこい（奸詐狡猾的）
3.すがすがしい（清爽的）
4.みぐるしい（丟臉的、骯髒的）

16 彼女はせつない胸の内を明かすと涙を流した。

她說出傷痛的內心後流下了眼淚。

1.つまらない（無聊的）
2.つらい（痛苦的、勞累的）
3.こころづよい（有信心、膽子壯的）
4.あっけない（不盡興的、草率的）

17 親はみな我が子にはすこやかに成長してほしいと願うものだ。

做父母的都希望自己的孩子能夠健壯地成長。

1.げんきに（健康活潑地）　　　　　2.なごやかに（溫和地、和睦地）

3.しなやかに（柔軟地、溫柔地）　　4.きよらかに（清澈地、純潔地）

18 時間はたっぷりあるのだから、あせることはない。

時間還很充裕，不用焦急。

1.ぎっしり（滿滿的）　　　　　　　2.やまもり（盛得滿滿的）

3.たくさん（很多）　　　　　　　　4.じっくり（慢慢的）

19 兄はドイツの大学院で学業にはげんでいる。

哥哥在德國的研究所鑽研著學業。

1.行っている（舉行著）　　　　　　2.進めている（進行著）

3.携わっている（從事著）　　　　　4.努力している（努力著）

問題4　次の言葉の使い方として最もよいものを、1・2・3・4から一つ選びなさい。（請從1・2・3・4中，選出一個以下詞彙語最適當的用法。）

20 みはからう（斟酌、估計）

1.優秀なエンジニアをみはからって計画を進めた。

　→優秀なエンジニアを選抜して計画を進めた。（選拔優秀的工程師推展計畫。）

2.見たところ、みはからって問題にする点は全くない。

　→見たところ、これといって問題にする点はない。

　（乍看之下，沒有什麼值得一提的問題。）

3.もうすぐ新しい大臣をみはからう時期である。

　→もうすぐ新しい大臣を選ぶ時期である。（過不久就是選新總理的時期了。）

4.食事が済んだころをみはからって訪れるべきだ。（應該估算在用餐結束時造訪。）

21 うわまわる（超過）

1. この病院は最新の設備をうわまわることで知られている。

→この病院は最新の設備を備えていることで知られている。

（這家醫院以備有最新設備而聞名。）

2. 今回のテストの平均点は８０点をうわまわるだろう。

（這次的考試平均分數大概超過八十分吧。）

3. これは今までの努力をうわまわる見事な結果だ。

→これは今までの最高点をうわまわる見事な結果だ。

（這是超越目前為止的最高點的了不起成果。）

4. 社長は会社の方針をうわまわるよう指示を出した。

→社長は会社の方針を変更するよう指示を出した。

（社長提出改變公司方針的指示。）

22 かさむ（增多、增大）

1. こんなにもたくさん入れると箱がかさんでしまう。

→こんなにもたくさん入れると箱が歪んでしまう。（放這麼多進去，箱子會歪斜。）

2. 今月は食費と交際費がかさんで赤字だ。

（因為這個月的餐飲費與交際費增加，超支了。）

3. 父は木をかさんですてきな犬小屋を作った。

→父は木を重ねてすてきな犬小屋を作った。（父親堆疊木頭做了很漂亮的狗屋。）

4. 雨が続くと洗たく物がかさんで困る。

→雨が続くと洗たく物がたまって困る。

（雨只要連續下，要洗的衣服就會堆積如山傷腦筋。）

23 ふまえる（根據）

1. きっぱりとした態度をふまえて判断を下した。

→きっぱりとした態度で決断を下した。（用斷然的態度下決斷。）

2.子供には愛情をふまえて接するべきである。

　　→子供には愛情を持って接するべきである。（對小孩應該懷抱著愛去對待。）

3.お金がたまったら新しい家をふまえる予定だ。

　　→お金がたまったら新しい家を構える予定だ。（打算存好錢的話，要蓋新家。）

4.現実をふまえて方針を立てなければ必ず失敗する。

　　（不根據現實立定方針的話一定會失敗。）

24 ナンセンス（無聊、荒謬）

1.最近のドラマはナンセンスなストーリーのものが多くて嫌だ。

　　（最近的連續劇很多荒謬的故事，我不喜歡。）

2.話し相手がいないのはじつにナンセンスである。

　　→話し相手がいないのはじつにつまらないものだ。

　　（沒有說話的對象其實是很無聊的。）

3.問い詰められてナンセンスな気持ちになった。

　　→問い詰められて嫌な気持ちになった。（被追問到很煩。）

4.彼女は恋人と別れて、ナンセンスな気分に陥っている。

　　→彼女は恋人と別れて、悲しい気分に陥っている。

　　（她和戀人分手，陷入悲傷的情緒。）

25 ポジション（職位）

1.自分のポジションをしっかり守ることが大切だ。

　　（確實堅守自己的崗位是很重要的。）

2.この仕事について将来のポジションを語りなさい。

　　→この仕事について将来のビジョンを語りなさい。

　　（請說說看對這份工作未來的展望。）

3.医学というポジションから外れた行為はやめなさい。

　　→常識から外れた行為はやめなさい。（不要做反常的行為！）

4.これからは企業ポジションを高める必要があるだろう。

→これからは企業の活力を高める必要があるだろう。

（今後有必要提升企業的活力吧。）

問題5　次の文の（　　　）に入れるのに最もよいものを、1・2・3・4から一つ選びなさい。（請從1・2・3・4中，選擇一個填入（　　　）中最適當的詞彙。）

26 彼女は洗濯は（おろか）、掃除もしたことがない。

她別說是洗衣服了，就連打掃都沒做過。

1.おろか（別說～更遑論～）　　　　2.よそに（漠視）

3.かねて（難以）　　　　　　　　　4.すなわち（即是）

27 事実に（そくして）考えるべきではないだろうか。

難道不應該依據事實來考量嗎？

1.いたって（到了～的階段）

2.そくして（依據）

3.あいまって（與～結合，使用「名詞とあいまって」接續）

4.はんして（和～相反）

28 会社に勤める（かたわら）小説を書くことを忘れなかった。

一面在公司上班，一面也沒忘記寫小說。

1.そばから（才剛～就～）　　　　　2.ながら（一邊～一邊～）

3.かたわら（一面～一面～）　　　　4.てぢか（手邊的、常見的）

29 早くやればいい（ものを）、何をぐずぐずしているのだろう。

快去做不就好了，卻在磨磨蹭蹭些什麼？

1.こととて（因為～所以～）　　　　2.ところが（然而）

3.なしに（沒有～）　　　　　　　　4.ものを（可是卻～）

30 日本へ留学することに父が反対することは、想像に（**かたくない**）。

父親會反對到日本留學的事，不難想像。

1.**かたくない**（不難）　　　　2.たえがたい（難以忍受）

3.なしえない（無法成為）　　　4.ありえない（不可能）

31 娘はかばんを置くや（**いなや**）、外に飛び出していった。

女兒一丟下書包，就飛奔出去了。

1.ながらに（保持〜狀態）　　　2.**いなや**（剛〜就〜）

3.ばかりに（只因為）　　　　　4.いかんに（取決於）

32 近い（**とはいえ**）、最低でも歩いて３０分はかかる。

雖然說近，但走路最少也要花三十分鐘。

1.ともなると（一旦〜理所當然就〜）

2.ときたら（說到〜）

3.**とはいえ**（雖說〜但是〜）

4.とばかり（顯出〜的樣子）

33 昔は、ご飯は一粒（**たりとも**）残さず食べなさいと言われたものだ。

從前，總被說吃飯時連一顆飯粒也不可以留下。

1.あればこそ（正因為有）　　　2.なしには（如果沒有）

3.**たりとも**（即使〜也〜）　　4.はおろか（不用說〜連〜）

34 母はお客さんを駅まで送り（**がてら**）、買い物をして帰ってきた。

媽媽送客人到車站，順便購物再回家。

1.ついで（順路、順便）　　　　2.**がてら**（同時、順便）

3.ずくめ（淨是〜）　　　　　　4.いたって（到達〜）

35 さんざんみんなに迷惑をかけたあげく、あの（**しまつだ**）。

給大家添了這麼多麻煩，結果竟然至此。

1.いかんだ（如何）　　　　　　2.いたりだ（至極）

3.**しまつだ**（結果竟然）　　　4.かぎりだ（限度）

問題6　次の文の　★　に入る最もよいものを、1・2・3・4から一つ選びなさい。

（請從1・2・3・4中，選擇一個填入　★　最適當的詞彙。）

36 最近の子供は　読書が　嫌いで　雑誌さえ　ほとんど　読まないそうだ。

聽說最近的小孩不喜歡讀書，連雜誌都幾乎不看了。

　1.雑誌さえ（連雜誌）　　　　　　　2.読書が（讀書）

　3.嫌いで（不喜歡）　　　　　　　　4.ほとんど（幾乎）

37 こんな病院に入院したら　治る　どころか　かえって　ひどくなる　だろう。

要是住進這種醫院，別說是治癒，反而還會更嚴重吧。

　1.かえって（反而）　　　　　　　　2.どころか（別說是）

　3.治る（痊癒）　　　　　　　　　　4.ひどくなる（變嚴重）

38 このあたりは　週末とも　なると　若者が　おおぜい　集まってくる。

這一帶每到週末，就會聚集很多年輕人。

　1.週末とも（週末）　　　　　　　　2.若者が（年輕人）

　3.おおぜい（許多）　　　　　　　　4.なると（一到了～、一成為～）

39 あの時の　うれしさと　いったら　言葉では　言い表せない　ほどだった。

提到當時的高興之情，簡直無法用言語來表達的。

　1.言葉では（用言語）　　　　　　　2.うれしさと（高興、歡喜）

　3.言い表せない（表達、說明）　　　4.いったら（提到）

40 試験が　終わった　とたん　あまりに　ほっとして　倒れそうになった。

考試結束的瞬間太過放鬆，好像快暈厥了。

　1.あまりに（太過～）　　　　　　　2.ほっとして（放鬆）

　3.とたん（～的瞬間）　　　　　　　4.終わった（結束）

問題7　次の文章を読んで、41から45の中に入る最もよいものを、1・2・3・4から一つ選びなさい。（請閱讀以下文章，從1・2・3・4中，選擇一個放進41到45最適當的答案。）

　　いちど、こんなことがあった。
　　ジョージが父親と後楽園球場のナイターに行ったときに手に入れたという、長嶋茂雄のサインボールを持って来た。それはすべての子供らにとって、めまいの41するような宝物だった。
　　とりわけ長嶋の熱狂的ファンだった武志が、そのボールで野球をしようと言い出した。42-aジョージはしぶしぶ承知した。
　　初めて使う硬球は打球が速すぎてとても少年たちの手に負えなかった。しまいには英夫の打ち上げたファウル・フライが、広く無造作に積まれた石組のどこかに消えてしまった。
　　ボールの値打はみんなが知っているから、野球などそっちのけであたりが薄暗くなるまで探したが、とうとう見つからなかった。しゃくり上げて泣くジョージを、英夫は家まで送って行った。
　　しかしあくる日、誘いに寄った武志の部屋の勉強机の下に、ボールが転がっているのを英夫は発見した。店員さんが誕生日のプレゼントにくれたものだと武志は言い張ったが、そんなことは嘘に決まっていた。42-b武志の青ざめた笑顔は忘れられない。
　　その日も、野球が終わってから、ジョージはひとりで石組の上を歩き回って、ボールを探していた。よほど武志を問い詰めてやろうと英夫は思ったが、机の下に隠してあったボールが、43それだという証拠はなかった。
　　いや、証拠もなにも、武志の不実はわかりきっていた。もし彼があらかじめ長嶋茂雄のサインボールを持っていたなら、友人たちに公開しないはずはなかった。英夫を臆病にさせたものは、粗暴で、自分より頭ひとつも体の大きい、声も物腰も中学生に見える武志への畏怖だった。証拠がないと、英夫は自分自身の良心に言いきかせていただけだ。
　　ボールの所在について、ジョージに忠告した記憶はない。しかし、他に目撃した者がいたのか、44それともジョージに何らかの確信があったのか、数日後、二人の間に激しい諍い(注1)が起こった。
　　朝に顔を45合わせたとたん、ジョージが血相を変えて武志を詰問したのだ。
　　「僕のサインボールを盗ったの、武志くんだろう」
　　用意していた台詞をやっと口にするように、ジョージは言った。細い背中が強者に抗う(注2)恐怖でふるえていた。

（浅田次郎『見知らぬ妻へ』中の「かくれんぼ」による）

（注1）諍い：言い争うこと
（注2）抗う：逆らう、抵抗する

中譯

有過一次，這樣的事情。

喬治帶來了據說是和父親去後樂園的夜間球賽時到手的長嶋茂雄的簽名球。那對所有的孩子們來說，是 41 像會頭暈目眩的寶物。

尤其是長嶋的狂熱粉絲武志，開口說要用那顆球打棒球。 42-a 喬治勉為其難答應了。

第一次使用硬球，打出來的球速度太快，不是少年們的手所能承擔的。結果英夫打飛上去的高飛界外球，在寬廣、隨便搭造的石頭堆裡的某處消失了。

因為大家都知道球的價值，所以也不管什麼棒球了，就在附近一直找到天黑，然而怎麼都找不到。而抽噎哭泣的喬治，就由英夫送回家。

但是第二天，英夫在邀請下到了武志房間，卻發現武志的房間書桌下，球就擱在那裡。武志強辯是店員送給他的生日禮物，但那絕對是謊言。 42-b 武志那慘白的笑臉，教人無法忘懷。

那一天，棒球結束後，喬治也一個人在石堆上來回走動，找尋著球。英夫雖然想好好地詰問武志，但是並沒有藏在桌子底下的球 43 就是那顆球的證據。

不，不管證據還是怎樣，武志他說謊，是再明白也不過了。如果他一開始就有長嶋茂雄的簽名球，不可能不向朋友們公開。讓英夫變得膽小的，是對粗暴、有著比自己高一個頭的巨大身軀、不管是聲音還是處世看起來都像國中生的武志的畏懼。如果沒有證據，英夫只能說給自己的良心聽。

有關球的所在，他不記得給過喬治忠告。但是，不知道是有其他的目擊者， 44 還是喬治有了什麼實證，幾天後，二人之間起了激烈的爭執 (注1)。

早上 45 一碰面，喬治就臉色大變，詰問起武志。

「偷了我的簽名球的，是武志吧！」

好像把準備好的台詞終於說出口似地，喬治說道。瘦小的身影因對抗 (注2) 強者的恐懼，正顫抖著。

（取材自淺田次郎《給不認識的妻子》中的〈捉迷藏〉）

（注1）諍い：爭論
（注2）抗う：違逆、抵抗

41

1.するそうな（據說會～的）

2.するまじき（無此用法；「あるまじき～だ」意為「不該有的～、不相稱的～」）

3.するような（像會～的～）

4.するべく（為了～、為了能夠～）

42

1.a武志 / b武志（a武志 / b武志）

2.aジョージ / b武志（a喬治 / b武志）

3.aジョージ / b英夫（a喬治 / b英夫）

4.a武志 / bジョージ（a武志 / b喬治）

43

1.そうではない（不是那樣的）

2.そうかもしれない（說不定是那樣的）

3.それだという（就是那個的）

4.それにちがいない（一定是那樣的）

44

1.それとも（還是）　　　　　　　2.それなのに（儘管～但是）

3.それで（於是）　　　　　　　　4.それから（然後）

45

1.合(あ)わせまいと（為了不讓（他們）碰面）

2.合(あ)わせたとたん（一碰面）

3.合(あ)わせるがごとく（就像讓（他們）碰面）

4.合(あ)わせるかたがた（見面順便～）

問題8　次の文章を読んで、後の問いに対する答えとして最もよいものを、1・2・3・4から一つ選びなさい。（請閱讀以下文章，針對後面的問題的回答，從1・2・3・4中選擇一個最適當的答案。）

それでは、そもそも、魚は眠るのだろうか。

現在の睡眠研究で「睡眠」と定義される状態は、人間および高等動物に見られるような、睡眠時の脳波の変化に基づくものである。魚の大脳はとても小さいので、脳波を測定しても、睡眠と覚醒の区別がわかるほどの変化を示さない。①したがって、魚は人間や高等動物と同じような睡眠はとらない、ということであり、現在の定義上では、「魚は眠らない」ということになる。

しかしながら、見かけの行動で「眠っているのかもしれない」と思えるものはたくさんある。魚にはまぶたがないので、人間のように目を閉じて眠る姿は確認できないが、ヒレをからだにぴったりとつけてじっと動かずにいるなど、特定の睡眠姿勢をとるものも多い。

（早坂修・小林裕子『眠りの悩みが消える本』による）

中譯

那麼，魚究竟會睡覺嗎？

現在的睡眠研究中，被定義為「睡眠」的狀態，是以人類以及高等動物所見般、在睡眠時腦波的變化為基準的東西。由於魚的大腦非常小，所以就算測量腦波，也無法顯示出能夠知道睡眠和清醒的差別的變化。①因此，就因為魚不需要像人類或高等動物般的睡眠，所以現在的定義上，變成「魚是不睡覺的」。

然而，有很多情況，是看外表的舉動，就能覺得「說不定在睡覺」。雖然魚沒有眼瞼，無法像人類那樣確認閉目睡眠之姿，但是像魚鰭緊貼身體一直不動等等，採取這樣特定的睡眠姿勢的魚也是很多的。

（取材自早坂修・小林裕子《消除睡眠煩惱的書》）

46 筆者がここで最も言いたいことは何か。

1.魚が眠らないと定義づけられる理由は、魚はまぶたを全く閉じないからである。

2.魚の脳波を測定した結果、睡眠と覚醒の区別があったことから、魚は眠るのだと判断できる。

3.魚が眠らないというのは、定義上のことであって実際は眠っているのかもしれない。

4.睡眠の定義は人間の立場に立ったものであり、動物一般に用いることはできない。

中譯　作者在這裡最想說的是什麼呢？

1.魚被定義為不睡覺的理由，是因為魚的眼瞼完全沒有閉起來的緣故。

2.測量魚的腦波的結果，因為有睡眠和清醒的差別，所以可以判斷魚是有睡眠的。

3.魚之所以不睡眠，那是定義上的問題，實際上說不定是有睡眠的。

4.睡眠的定義是站在人類的立場所定的東西，動物不能等同視之。

47 ①したがってと最も同じ使い方のものはどれか。

1.当方に過失はない。したがって、賠償するつもりはない。

2.父は部長になった。したがって、アメリカに行くことになった。

→父は部長になった。それから、アメリカに行くことになった。

3.今日はあいにくの雨だ。したがって、予定どおり試合を行う。

→今日はあいにくの雨だ。しかし、予定どおり試合を行う。

4.都市が拡大した。したがって、問題を解決した。

→都市が拡大した。しばらくして問題を解決した。

中譯 和①したがって（於是、所以）最相同的用法，是哪一個呢？

1.我們這邊沒有過失。所以，不打算賠償。

2.父親成為部長。然後，決定去美國了。

3.今天不巧下雨。但是，依照預定舉行比賽。

4.城市擴展了。暫時解決了問題。（前後文無關連，因此無法用接續詞。）

48 筆者の述べる魚の「睡眠姿勢」に合うのはどれか。

1.まぶたを閉じて浮かんでいる状態

2.体を動かす器官を使わず停止している状態

3.目を閉じヒレをからだにつけている状態

4.横になってじっとしている状態

中譯 符合作者所述之魚的「睡眠姿勢」，是哪一個呢？

1.把眼瞼合起來，漂浮著的狀態

2.不使用讓身體擺動的器官的停止狀態

3.閉目，將魚鰭貼著身體的狀態

4.橫躺一直不動的狀態

49 「魚は眠っている」と断言できない理由はどれか。

1.魚の脳は小さすぎて、脳波が測定できないから。

2.眠っているかどうかは、人間を基準にして判断するから。

3.見た目には動かないが、脳波は活発に動いているから。

4.魚にはまぶたがないので、見た目には判断できないから。

中譯 無法斷言「魚在睡覺」的理由，是哪一個呢？

　　1.因為魚的腦子太小，所以無法測定腦波。

　　2.因為是不是在睡覺，是以人類為基準來判斷。

　　3.因為表面上雖然沒有動，但是腦波卻是活潑地動著。

　　4.因為魚沒有眼瞼，所以不能以外表來判斷。

問題9　次の文章を読んで、後の問いに対する答えとして最もよいものを、1・2・3・4から一つ選びなさい。（請閱讀以下文章，針對後面的問題的回答，從1・2・3・4中選擇一個最適當的答案。）

　書き出しから句点（。）までがあまりに長い文は、①読みにくいものです。文の長さはどのくらいが適当なのか。これは一概には決められませんし、②決めるべきものでもないでしょう。多少長めでも読みやすい文があるし、短くても難解な文があります。

　たとえば野坂昭如『火垂るの墓』の冒頭の文は三百字ほど続きますが、一度も句点がない。相当に長い文ですが、③決して読みにくくはない。④まぎれもなくそれは、野坂独自の文体です。これだけ長い文を書いてしかも読者をあきさせないのは、いわば名人芸です。

　文の長さは個人差があります。自分の呼吸にあった長さを工夫するのがいちばんですが、⑤平明な文章を志す場合は、より長い文よりも、より短い文を心がけたほうがいい。

　私は、新聞の短評を書いていたころ、⑥文の長さの目安を平均で三十字から三十五字というところに置いていました。この本のようなデスマス調では、少し長めになるでしょう。平均というのはあくまでも平均です。⑦五十字の文の次は十五字の文にする。むしろでこぼこ(注1)があったほうがいい。長い文のあとに短い文を入れる。ある場面では短い文を重ねる。そういう呼吸は、好きな文章を選んで書き写すことで身についてゆくものでしょう。

　新聞の一面のトップ記事なんかを読んでいきますと、書き出しから句点までが百三十字を超える文があります。文の長さの平均が七十を超えることがあります。記事には長ったらしい固有名詞がいくつも出てきます。百字以上も句点がない文がいくつも続くと、いかにも「重い」という感じになります。

（辰濃和男『文章の書き方』による）

（注1）でこぼこ：凹凸があること

中譯

　　從句子一開始到句點（。）太長的句子，①就是難讀的東西。句子的長度究竟要多長才是適當的呢？這不能一概而論，而且②也不是應該決定的東西吧！因為有稍微有點長但是卻很好讀的句子，也有雖然短但卻難解的句子。

　　像野坂昭如的《螢火蟲之墓》開頭的句子就連續長達三百個字，但是連一個句點都沒有。雖然是相當長的句子，但是③一點都不會不好閱讀。④確實，那就是野坂獨自的文體。要寫這麼長的句子而且還不會讓讀者厭煩的，可說是名人的技藝了。

　　句子的長度也有個人差異。下功夫寫成符合自己呼吸的長度是最好的，但⑤立定要寫簡明扼要的文章時，要留心與其寫得有點長，還不如稍微短一點的較好。

　　我，在寫新聞短評的時候，⑥把句子長度的標準訂為平均三十字到三十五字之間。像這本書這樣的デスマス（敬語體）的寫法，就會變得有點長吧！所謂的平均到底還是平均。⑦五十個字的句子接下來就要寫十五個字。還不如有長有短 (注1) 的較好。長的句子後面放短的句子。某些時候要重複短的句子。那樣的呼吸，藉由選擇喜歡的文章然後抄寫它，是可以學起來的東西吧！

　　如果閱讀報紙頭版的頭條新聞，會發現有從句子開始到句點為止超過一百三十個字的句子。有句子平均長度超過七十個的。在報導中出現好幾個冗長的專有名詞。如果連續好幾個一百個字以上卻沒有句點的文章，就會變得怎麼樣都「沉重」的感覺。

（取材自辰濃和男《文章的寫法》）

（注1）でこぼこ：凹凸不平、不均衡、參差不齊

50 ①読みにくいものですとあるが、何について述べているか。

　1.難解な文章について

　2.いい文章、悪い文章について

　3.文章の長さについて

　4.書き出しの言葉について

中譯 文章中有①就是難讀的東西，是就何者的敘述呢？

　1.就難解的文章

　2.就好的文章、壞的文章

　3.就文章的長度

　4.就句子一開始的文字

51 ②決めるべきものでもないでしょうとあるが、何について述べているか。

1.適当な文の長さについて

2.読みやすい文章について

3.長い文章の書き方について

4.いい文章の書き方について

中譯 文章中有②也不是應該決定的東西吧，是就何者的敘述呢？

　　1.就適當的句子的長度

　　2.就好閱讀的文章

　　3.就長的文章的寫法

　　4.就好的文章的寫法

52 ③決して読みにくくはないとあるが、どうして読みにくくならないのか。

1.作家がおもしろい文章を書いているから。

2.作家が長い文章で読者を引きつけているから。

3.作家独自の文体テクニックがあるから。

4.作家が簡単な言葉で書いているから。

中譯 文章中有③一點都不會不好閱讀，為什麼不會變得不好閱讀呢？

　　1.因為作家寫著有趣的文章。

　　2.因為作家用長的文章吸引著讀者。

　　3.因為有作家獨自的文體技巧。

　　4.因為作家寫著簡單的文字。

53 ④まぎれもなくとあるが、これと同じ正しい使い方の文はどれか。

1.日本が高齢化社会を迎えたというのは、まぎれもない事実である。

2.今日は仕事が忙しく、家に帰るのがまぎれもなく遅くなってしまった。

　→今日は仕事が忙しく、家に帰るのが非常に遅くなってしまった。

3.新しい先生はまぎれもない英語を上手に扱うことで知られている。

　→新しい先生は美しい英語を上手に扱うことで知られている。

4.会議の際、校正をまぎれもなく正しく迅速に行う方法を話し合った。

　→会議の際、校正を完璧に正しく迅速に行う方法を話し合った。

中譯 文章中有④まぎれもなく（確實），和這個相同的正確用法的句子，是哪一個呢？

　　1.日本已迎向高齡化社會，這是確鑿的事實。

　　2.今天工作忙，回家變得非常地晚。

　　3.新老師以說出一口漂亮的英語而聞名。

　　4.會議時，討論了完美、正確、迅速執行校對的方法。

54 ⑤平明な文章を志す場合は、どうしたらいいと述べているか。

　　1.句読点をたくさん入れるよう心がける。

　　2.呼吸と同じように句点を入れるよう心がける。

　　3.長ったらしい固有名詞を使わないよう心がける。

　　4.なるべく短めの文を書くよう心がける。

中譯 ⑤立定要寫簡明扼要的文章時，是敘述要怎樣比較好呢？

　　1.要留心放很多標點符號。

　　2.要留心放入和呼吸一樣的標點符號。

　　3.要留心不要使用冗長的專有名詞。

　　4.要留心盡量寫較短的句子。

55 ⑥文の長さの目安を平均で三十字から三十五字というところに置いていましたとあるが、その理由はどれだと考えられるか。

　　1.筆者の勤める新聞社では、短評を書くときこのような規則があったから。

　　2.筆者は、平明な文章を書くことを常に心がけていたから。

　　3.筆者は、あまりに長い文章だと読者があきてしまうと考えているから。

　　4.筆者は、句点までがあまりに長い文は読みにくいと考えているから。

中譯 文章中有⑥把句子長度的標準訂為平均三十字到三十五字之間，其理由，是考量哪一個呢？

　　1.因為在作者任職的報社，寫短評時有這樣的規矩。

　　2.因為作者，經常留意書寫簡明扼要的文章。

　　3.因為作者，考量太長的文章會讓讀者生厭。

　　4.因為作者，考量到句點為止太長的句子不好閱讀。

56 ⑦五十字の文の次は十五字の文にするとあるが、その理由に近いと思えるものはどれか。

1.三十字から三十五字の平均的長さの文を目指しているから。

2.でこぼこがあったほうが変化があっておもしろいから。

3.これが筆者独自の文体であり、名人芸だから。

4.人の呼吸と似ていて文章にリズムが生まれるから。

中譯 文章中有⑦五十個字的句子接下來就要寫十五個字，可認為和其理由最近的答案，是哪一個呢？

　　1.因為立定要三十個字到三十五個字的平均長度的句子。

　　2.因為有長長短短這樣的變化比較有趣。

　　3.因為這是作者獨自的文體，是名人的技藝。

　　4.因為和人的呼吸相似的文章會生出韻律感。

57 この文章の全体から得られる結論はどれか。

1.文の長さが百三十字を超えても、重くなるとは限らない。

2.新聞記事の場合は、三十字から三十五字を心がけるべきである。

3.文章は長かったり短かったりするほうが楽しいし読みやすい。

4.文章は短いほうが読みやすいが、適当な長さというものはない。

中譯 可以從這篇文章的整體得到的結論是哪一個呢？

　　1.就算句子的長度超過一百三十個字，但也未必會變沉重。

　　2.新聞報導的話，應留心三十個字到三十五個字。

　　3.文章有時長有時短，會比較有樂趣又好閱讀。

　　4.文章短的會比較好閱讀，但是沒有所謂適當的長度。

58 この文章のタイトルとしてふさわしいものはどれか。

1.おもしろい文とは

2.私の好きな文章

3.文の長さについて

4.気をつけたいこと

中譯 符合這篇文章的標題的，是哪一個呢？

　　1.所謂有趣的文章

　　2.我喜歡的文章

　　3.關於句子的長度

　　4.希望注意的事情

問題10 次の文章を読んで、後の問いに対する答えとして最もよいものを、１・２・３・４から一つ選びなさい。（請閱讀以下文章，針對後面的問題的回答，從１・２・３・４中選擇一個最適當的答案。）

　私が応えているのは、精神病と書く書かないの論争ではない。日本人がニヤニヤと馴れあっているという彼女の持論でもない。出版社が金を稼ぐために、今度の取材をやっていると言われたことでもない。ウィーンに行かないと言い出したことでもない。

　①それはマリアが言った「②事実などないのだ」という言葉だった。「自分から見た事実と、大崎さんから見た事実と誰かから見た事実があるだけで、それはどれも本当の意味で事実ではない」

　その言葉が私の不安を煽っていた。

　それは自分が常日ごろ、考えていたことだからでもあった。

　事実などない。

　あるいはないに等しい。もしこの取材で事実があるとすれば、日実が生まれた年月日と死んでしまったということ、極論すればそういうことになる。生年月日にしたって、それは記憶として残されているものであって、それが事実と違うという例はいくらでもある。極端にいえば日実が正臣の子供であるのかどうかの確認も取っていないし、また取りようもない。戸籍上はそうであることを確認できるだろう。しかし、当然のことながらそんなことはしていないし、またする必要もない。私は日実が正臣の子供であることを事実と認定して、話を聞き、そしてこの取材を進めている。それはまさに私側から見た事実にすぎない。

　したがって一つの事象をなるべく多くの人から証言を取っていく作業は欠かせないが、しかしそれにも当然のことながら限界がある。この仕事をしていて、人間がある事実をいかに様々に見ているのかということは実感してきた。ある人はあいつは嘘つきだと言うし、ある人は誠実で親切だと言う。

　残された手紙やファックスだって、それがその人の事実を伝えているとは限らない。状況によって、あるいは相手との関係性によって、人間は自分でも思ってもみないことを書いてしまうことがある。テレビのインタビューもしかり、カメラを回した瞬間に被写体はいつも通りのそのままの自分でいることは難しくなってしまう。

　③マリアにとっての事実を私は知り得ない。

　なぜならば、それを知った瞬間からそれは形を変え、私にとっての事実にもなるからだ。

　神のように、天上から何もかもを見ることはできない。鳶にすらなれない。しかし、だからといって事実に自分が迫れないのかといえば、私はそれを諦める気にもなれない。私側から見えた事実が、それがたとえ絶対的な事実とはいえないまでも、その尻尾を摑まえているということだってあり得るだろう。

　尻尾を摑まえることができるのなら、もっと大きな部分を摑まえている可能性もある。

私は眠ることができずに、ひたすらビールを呷り続けた。

そして、こう思った。

本当に「事実などない」のだろうかと。

私はそうは思わない。

渡辺日実と千葉師久がドナウ(注1)に身を投げたことは事実である。ただ、我々は何ヶ月も過ぎた今も、きっとそのことさえも、うまく説明できないでいるだけなのだ。

（大崎善生『ドナウよ、静かに流れよ』による）

（注1）ドナウ：ドナウ川のこと

中譯

　　我強烈感受著的，不是寫或不寫精神病的爭論。也不是她一貫堅持的日本人總是曖昧含糊的論調。也不是被說出版社是為了賺錢，才做這次的採訪。也不是開口說不去維也納的事。

　　①那是瑪麗亞所說的「②沒有什麼事實」這樣的話。「只有自己看到的事實，和大崎先生看到的事實，和其他某個人看到的事實，那些不管哪一個真正的意義都非事實」。

　　那些話語燃起我的不安。

　　因為那也是我平常，就曾在思考的事情。

　　沒有什麼事實。

　　或者是等於沒有。如果這次的採訪有事實的話，那就是日實出生的年月日和已經死亡這樣的事，極端探討的話，就是變成那樣。就算是出生年月日，那也是當成記錄被留下來的東西，那些也有好多是和事實相違的例子。極端地來說，不但沒有去做日實是否為正臣小孩的確認，而且連想去做都沒有。戶籍上應該可以確認是那樣的事情吧！但是，不但覺得是理所當然所以沒有去做那樣的事情，而且也沒有做的必要。我把日實是正臣的小孩認定為事實，接著聽他說，然後進而採訪。那些都只不過是我這邊所見的事實而已。

　　因此，雖然一件事情的相貌，要盡量聽取多數人證言的作業是不可欠缺的，但那也是雖說理所當然但卻有所限度。從事這個工作，才實際感受到，人們如何多樣地看待某些事實。如果有人說那個傢伙愛說謊，就有人說他誠實又親切。

　　被留下來的信或傳真，那些不一定傳達著那個人的事實。根據狀況不同，或者是根據和對方的關係性，人們有時會寫出自己連想都沒去想的事情。如同電視的採訪，在攝影機轉動的瞬間，被攝影者變得很難像平常那樣的自己。

　　③我無法得知對瑪麗亞來說的事實。

　　為什麼呢？因為從得知那件事情的瞬間起，那件事情就已變形，也變成我所認定的事實了。

　　不能像神一樣，從天上什麼都看得見。連老鷹都變不了。但是即使如此，就算自己是否無法迫近事實，我也不會有放棄它的念頭。我這邊能看到的事實，就算那不能說是絕對的事實，

新日檢N1
模擬試題 + 完全解析

但也能夠抓住事實的尾巴吧！

如果抓得住尾巴的話，那麼就有抓住更大部份的可能性。

我睡不著，只一味地持續大口地喝啤酒。

然後，如此想著。

真的「沒有什麼事實」嗎？

我不那麼覺得。

渡邊日實和千葉師久投身於多瑙河(注1)的事情是事實。只不過，一定是我們在都已經經過了好幾個月的現在，連那件事情，都還無法好好地說明而已。

（取材自大崎善生《多瑙河呀，靜靜地流啊》）

（注1）ドナウ：指多瑙河

59 ①それは何を指しているか。

1.マリアの悩んでいること

2.マリアが言ったこと

3.筆者が書きたいこと

4.筆者が応えていること

中譯 ①那指的是什麼呢？

　　1.瑪麗亞煩惱著的事情

　　2.瑪麗亞所說的事情

　　3.作者想寫的事情

　　4.作者強烈感受著的事情

60 ②事実などないというのはどういう考えからか。

1.我々が言う事実というのは、それぞれの側から見た事実であり、本当の意味での事実ではないという考えから。

2.筆者は立場上、正臣の話す事実を認定して、話を聞き、取材を進めることしかできないという考えから。

3.日本人はニヤニヤと馴れあっているだけで、本音を言い合わないため、事実が見えないという考えから。

4.精神病なのに、それを隠しておかなければならない出版社の立場は変だというマリアの考えから。

中譯 所謂的②沒有什麼事實，是從什麼樣的考量來的呢？

1.是「所謂我們所說的事實，是來自我們各自所見之事實，並非真正的事實」這樣的考量來的。

2.是「作者在立場上，只能認定正臣說的事實，接著聽他說，然後進而採訪」這樣的考量來的。

3.是「日本人只會曖昧含糊，不說真心話，所以看不到事實」這樣的考量來的。

4.是「明明是精神病卻非隱瞞不可的出版社的立場，真是莫名奇妙」這些瑪麗亞的考量來的。

61 ③マリアにとっての事実を私は知り得ないとあるが、それはなぜか。

1.事実を聞いた瞬間、筆者の書きたい通りに書いてしまうので、聞かないようにしているから。

2.状況や互いの関係性によって、人間は自分でも思ってもみないことを書いてしまうことがあるから。

3.事実を聞いた瞬間からそれは形を変えて、筆者にとっての事実にもなってしまうから。

4.被写体はカメラを回した瞬間に、そのままの自分ではいられなくなってしまうものだから。

中譯 文章中有③我無法得知對瑪麗亞來說的事實，那是為什麼呢？

1.因為聽到事實的瞬間，就會寫成像作者想寫的那樣，所以不想去問。

2.因為根據狀況或相互的關係性，人們寫出自己想都沒去想的事情。

3.因為從聽到事實的瞬間開始，那件事情就已變形，也變成了作者認為的事實。

4.因為被攝影者在攝影機轉動的瞬間，變得無法像原來那樣的自己。

62 この文章の中でいっている「事実」について、筆者が最終的に出した「事実」というのはどんなことか。

1.私側から見えた「事実」は絶対的な「事実」とはいえないが、それでも「事実」であることに変わりはない。ただ、それを説明できるかできないかだけなのである。

2.我々は神や鳶ではないのだから、天上から何もかもを見てそれが「事実」だと判断することは不可能である。しかし、「事実」を想像することはできる。

3.「事実」は一つの事象をなるべく多くの人から証言を取っていく細かい作業から生まれるものであり、すべては筆者次第である。

4.渡辺日実と千葉師久がドナウに身を投げたことが「事実」であり、それを周囲が受け入れたかどうかによって判断されるものが「事実」である。

中譯 有關這篇文章中所說的「事實」，作者最後歸結出的「事實」是什麼樣的事情呢？

1.我這邊能看到的「事實」雖不能說是絕對的「事實」，但那就是「事實」這樣的事是不變的。只是，能或不能為它做說明而已。

2.因為我們不是神或老鷹，所以不可能從天上什麼都去看，然後判斷那是「事實」。但是，去想像「事實」是可以的。

3.「事實」是一件事情的相貌盡量聽取多數人的證言的瑣碎作業所生成的東西，這些全憑作者。

4.渡邊日實和千葉師久投身多瑙河是「事實」，依據周圍的人能不能接受這件事被判斷的就是「事實」。

問題11

次のAとBはそれぞれ別の新聞のコラムである。AとBの両方を読んで、後の問いに対する答えとして最もよいものを、1・2・3・4から一つ選びなさい。（以下的A和B，分別為不同報紙的專欄。請在閱讀A和B二文後，針對後面問題的回答，從1・2・3・4中選擇一個最適當的答案。）

A

学研ホールディングスは3日、小学生向け学年別雑誌の「学習」と「科学」を来年3月をもって休刊すると発表した。

「学習」は1946年、「科学」は1957年にそれぞれ創刊された。家庭に直接届けられる便利さと、九九を歌って覚えるカセットテープや、生物や物理の教材などの付録人気にも支えられ、1979年の最盛期には合わせて670万部（2誌6学年の合計）まで部数を伸ばした。

しかし、少子化や主婦層の在宅率の低下、子供たちの価値観の多様化などの影響で「最近は部数が最盛期の10分の1を大きく下回る状態」（同社）が続いていた。「学年別総合雑誌が時代のニーズに合わなくなった」と判断し、休刊を決めたという。

「科学」は、来年2月発売の3月号が最終号になる。2006年に年4回発行の季刊誌になった「学習」は、今月発売の冬号が最終号になるが、来年3月まで販売を続ける。

小学館も10月、学習雑誌「小学五年生」「小学六年生」の休刊を発表している。

筆者はこの雑誌の付録が好きで、楽しみながら勉強した経験を持つだけに、この決定は残念でならない。

（「朝日新聞」2009年12月3日」）

B

学研ホールディングス（東京）は3日、小学生向け学年別学習雑誌の「学習」と「科学」を今年度いっぱいで休刊すると発表した。

「学習」は、同社前身の学習研究社の創業（1946年）以来、同社の基幹を担ってきた。近年、少子化やインターネットの普及などで、両誌の発行部数は低迷していた。

季刊「学習」は冬号（12月発売）で、月刊「科学」は3月号（来年2月発売）で休刊する。

両誌は、全国に広がる代理店の女性販売員らによる訪問販売で部数を伸ばしてきた。九九を歌って覚えるカセットテープや、カブトエビなど生き物教材の付録が人気を呼び、ピークの1979年頃には、発行部数は両誌で計670万部に上ったが、現在は当時の10分の1以下だという。

学研ホールディングス広報室では「子供たちの価値観が多様化し、学年別の総合雑誌が時代のニーズに合わなくなった」としている。実際、インターネットがこれだけ普及し、子供たちの質も変わっている今、時代の変化には逆らえないのが現状だろう。

（読売新聞2009年12月4日）

中譯

A

學研持股公司三日發表，以小學生為對象的學年別雜誌「學習」和「科學」，將於明年三月停刊。

「學習」於一九四六年、「科學」於一九五七年分別創刊。由於有可以直接寄送到家的便利性，以及唱九九乘法就能背起來的錄音帶、或是生物和物理教材等附錄支撐人氣，在一九七九年的鼎盛期，合計起來，本數擴增到六百七十萬本（二本雜誌六個學年合計）。

然而，由於少子化或是主婦層在家率低下、孩子們價值觀多樣化等的影響，「最近本數大幅滑落至鼎盛期十分之一的狀態」（同公司）持續著。據說因判斷「學年別的綜合性雜誌，已變得不符合時代所需」，所以決定停刊。

「科學」明年二月發售的三月號，將是最終號。而從二〇〇六年變成每年發行四期的季刊「學習」，本月發售的冬季號將是最終號，但是會持續販賣到明年三月。

小學館也在十月，發表學習雜誌「小學五年級」「小學六年級」停刊。

正因為筆者喜歡這個雜誌的附錄，有過快樂學習的經驗，所以對此決定特別感到遺憾。

（取材自「朝日新聞2009年12月3日」）

B

學研持股公司（東京）三日，發表了以小學生為對象的學年別學習雜誌「學習」和「科學」將於今年底停刊。

「學習」自該公司前身之學習研究社創業（一九四六年）以來，擔負該公司基幹至今。近幾年，由於少子化或網路的普及，二本雜誌的發行本數低迷。

季刊「學習」將於冬季號（十二月發售），月刊「科學」將於三月號（明年二月發售）停刊。

二本雜誌，因廣布全國的代理店女性銷售員們的拜訪販售讓本數擴增。唱九九乘法就能背起來的錄音帶，或是恐龍蝦（Triopsidae）等活生生的教材等附錄招來人氣，據說鼎盛期的一九七九年左右，發行本數攀升到六百七十萬本，但現在是當時的十分之一以下。

學研持股公司廣報室表示「孩子們的價值觀多樣化，學年別的綜合性雜誌已變得不符合時代所需」。事實上，網路如此普及、孩子們的資質也起了變化的現在，時代的變化是無法違逆的才是現狀吧。

（取材自「讀賣新聞2009年12月4日」）

63 AとBのどちらの記事にも触れられている内容はどれか。

1.発行部数の低迷は少子化とインターネットの普及が原因

2.発行部数の低迷は時代の移り変わりと少子化が原因

3.雑誌売り上げの低迷は学校の授業体制が変わったことが原因

4.雑誌売り上げの低迷は少子化と主婦層の在宅率低下が原因

中譯 A和B的報導都有提到的內容是哪一個呢？

1.發行本數的低迷，原因為少子化和網路的普及

2.發行本數的低迷，原因為時代的轉變和少子化

3.雜誌營業額的低迷，原因為學校授課體制的改變

4.雜誌營業額的低迷，原因為少子化和主婦層在家率低下

64 雑誌が休刊することについて、Aの筆者とBの筆者はどのような立場をとっているか。

1.AもBも、ともに残念がっている。

2.AもBも、ともに仕方のないことと感じている。

3.Aは残念がっているが、Bは仕方のないことと感じている。

4.Aは仕方のないことと感じているが、Bは残念がっている。

中譯 有關雜誌停刊，A的作者和B的作者，持有什麼樣的立場呢？

1.A和B，二者皆覺得遺憾。

2.A和B，二者皆感到無可奈何。

3.A覺得遺憾，但是B感到無可奈何。

4.A感到無可奈何，但是B覺得遺憾。

65 最盛期に両誌発行部数が６７０万部もあった理由として、挙げられていないものはどれか。

1.子供の数がたくさんいて教材が不足していたから。

2.訪問販売の便利さが主婦層に受けたから。

3.生き物教材などの付録が子供たちに人気だったから。

4.歌って覚える九九のカセットテープが好評だったから。

中譯 鼎盛期二本雜誌的發行本數會有六百七十萬本的理由中，沒有提到的是哪一個？

1.因為孩子的人數太多，教材不足。

2.因為拜訪販賣的便利性為主婦層所接受。

3.因為活生生的教材等附錄受到孩子們的歡迎。

4.因為唱歌記住九九乘法表的錄音帶受到好評。

問題12 次の文章を読んで、後の問いに対する答えとして最もよいものを、
１・２・３・４から一つ選びなさい。（請閱讀以下文章，針對後面的問題的回答，從１・２・３・４中選擇一個最適當的答案。）

　　余暇は人生八十年を豊かなものにしていくための最大の課題であり、職場中心に偏った生活から、時間的にも空間的にも「個人の生活」「個人の時間」をより重視するバランスのとれた生活への転換をはかることこそ、豊かな人間を生み出す貴重な時間なのである。怠けろ、というのではない。バランスを取ろう、というのだ。

　　外側から管理される他律的な時間と自律的な時間の比率を考え、自律的に自己表現を図る時間つまり内的な時間を拡大すること、それがポイントであり、①これなくして個性と創造性の豊かな日本社会を生み出す原動力はないのである。いま日本に欠けているのは、ほかでもない、この個性と創造性とではないか。

　　くり返しになるのをおそれずに、余暇の充実についてあえて申すならば、いま必要なことがふたつある。ひとつは、わが国の近代化の過程で圧倒的に形成されてきた産業・経済優先の社会システムが、さまざまな形で余暇の充実を阻害してきているので、こういった日本社会の仕組みや構造や資源の分配などを生活優先、余暇重視の視点から見直すことである。

　　日本には真に異議申し立てを行える野党がないから、日米構造協議でアメリカに野党の代

わりをしていただいている、という説があるけれども、これなどは②まことに情けない話ではないか。自分たちのシステムを自分たちで変えていけない社会や国は、自立した独立国とはいえない。

　余暇の充実について必要な第二のことは、システムの見直しを図る一方で、現在の日本の余暇環境があまりにも貧弱極まりないのであるから、ハードおよびソフトの両面から改善につとめるべきことである。③余暇充実のための開発といえば、全国挙げてゴルフ場造りとパチンコ店しかないとは情けない。

　余暇環境にはいろいろな分野があるのだけれども、土地価格も一因であるところの空間の不足、情報の不足、人材の不足、あらゆる面で不足だらけ。居住地に近い地域での余暇環境の充実が急務だが、都市公園の整備水準が低いことをはじめ、劣悪な状況にあることは誰しもの認めるところであって、いま進められている全国のいわゆるリゾート開発は、あとまわしにすべきものなのだ。ましていわんや自然環境を破壊するリゾート開発はすべきではない。むしろ自然を積極的に創り出していくべきだ。

　ゴルフ場について一言申しそえれば、面積あたりの利用者が少なく、それでいて使用面積が大きく、自然に与える負荷が大きい。そのうえあまりにお手軽な投資手段なのだ。

　各地に美術館や文化会館が造られていることは、よろこばしい。こういったハコ（ハード・ウェア）に、ソフトを入れなくてはならぬ。ソフトは、生活文化の自発的・創造的精神から生ずる。そしていまの日本に最も欠けているのは、これなのである。

（小塩節『ドイツの都市と生活文化』による）

中譯

　　閒暇是為了要讓人生八十年變豐富的最大課題，正因為是考量從偏頗於職場為中心的生活中，到不管是在時間上還是空間上都取得更重視「個人生活」「個人時間」的均衡生活的轉換，所以是孕育出富裕的人類的寶貴時間。並不是倡議偷懶怠惰，而是要取得均衡。

　　考量從外部被管理的他律時間和自律時間的比率，自律地謀求自我表現時間，也就是擴大內在時間，那個就是重點，如果沒有①這個，就沒有孕育個性和創造性的富裕日本社會的原動力。現在日本正欠缺的，不是別的，不就是這個個性和創造性嗎？

　　如果不害怕重複，讓我膽敢就閒暇的充實來發表意見的話，現在有二件必要的事情。一個是，由於我國近代化過程，而被壓倒性形成的產業、經濟優先的社會系統，以各式各樣的形式阻礙了閒暇的充實，所以這樣的日本社會的組織或構造或資源分配等等，要從生活優先、重視閒暇的角度來重新檢視。

　　由於在日本沒有真的能夠提出異議的在野黨，所以在日美構造協議上，雖然有美國取代在野黨一說，但是像這樣，不②真是情何以堪嗎？自己的系統，卻不能靠自己來改變的社會或國家，不能稱為自立的獨立國家。

　　有關閒暇的充實所必要的第二件事情，就是在謀求重新檢視系統之外，由於現在日本的閒

暇環境極為貧乏，所以應該從硬體和軟體二方面致力於改善。若提到③為了充實閒暇的開發，舉國上下只有建造高爾夫球場和柏青哥店，還真教人難為情。

閒暇環境，雖然有各式各樣的領域，但是土地價格也是原因之一，空間的不足、情報的不足、人才的不足、各方面全都不足。雖然離居住地較近區域的閒暇環境的充實是當務之急，但是從都市公園整備水準的低落，到惡劣的狀況是誰都這麼認為來看，現在進行中的全國所謂的休閒娛樂開發，應該暫緩處理。況且破壞自然環境的休閒娛樂開發，也不是應該的。倒不如積極地去創造自然才對。

有關高爾夫球場一言以蔽之，就是單位面積的使用者少，但是卻是使用面積大，對自然的負荷也大。而且，是太過隨便的投資手段。

在各地建造美術館或文化會館，是最令人欣喜的事了。在這樣的盒子（硬體設備）裡，不投入軟體不行。軟體，是從生活文化的自發的、創造的精神中衍生出來的。而現在的日本最欠缺的，就是這個。

（取材自小鹽節《德國的都市和生活文化》）

66 ①これはどれか。

1.日本社会を生み出す原動力にすること
2.バランスある生活へ転換すること
3.職場中心の偏った生活をすること
4.内的な時間を拡大すること

中譯 ①這個，是哪一個呢？

1.決定孕育日本社會的原動力
2.轉換為平衡的生活
3.以職場為中心的偏頗生活
4.擴大內在的時間

67 ②まことに情けない話とあるが、どのような話か。

1.日本には真に異議申し立てを行える野党がないため、アメリカに野党の代わりをしてもらっているという話
2.今の日本には個性と創造性とが欠けているため、他国に頼らなければならないという話
3.自分たちのシステムを自分たちで変えていけない社会や国は、自立した独立国とはいえないという話

4.日本では産業・経済優先の社会システムが、余暇の充実を阻害してきたという話

中譯 文章中有②真是情何以堪，是怎樣的事呢？

1.由於在日本沒有真的可以提出異議的在野黨，所以美國代替了在野黨這樣的事

2.由於現在的日本欠缺個性和創造性，所以非仰賴他國不可這件事

3.自己的系統卻不能靠自己來改變的社會或國家，不能稱為獨立的國家這件事

4.在日本，產業、經濟優先的社會系統阻礙了閒暇的充實這件事

68 ③余暇充実のための開発とあるが、どのような開発のことか。

1.ハードとソフトの開発

2.土地と空間、人材などの開発

3.公園とリゾート地の開発

4.ゴルフ場とパチンコ店の開発

中譯 文章中有③為了充實閒暇的開發，是怎樣的開發呢？

1.硬體和軟體的開發

2.土地和空間、人才等的開發

3.公園和休閒娛樂地的開發

4.高爾夫球場和柏青哥店的開發

69 この文章で筆者が言いたいことは何か。

1.今の日本社会はアメリカに頼りすぎて自立していないため、個性もなければ創造性もない情けない状況にある。

2.日本社会の仕組みや構造や資源の分配などを生活優先、余暇重視の視点から見直し、余暇環境を充実させるべきである。

3.豊かな人間を生み出すには、充実した余暇環境が必要であり、日本に現在欠けているリゾート開発を積極的にすべきである。

4.各地に美術館や文化会館、リゾート地、ゴルフ場などを造り、誰もが気軽に余暇を楽しめるようすべきである。

中譯 在這篇文章中，作者想說的是什麼呢？

1.現在的日本社會由於太仰賴美國、不自立，所以呈現既沒個性又沒創造力的情何以堪狀態。

2.日本社會的組成或構造或資源分配等等，必須從生活優先、重視休閒時間的角度重新檢視，讓閒暇環境更充實。

3.要孕育出富裕的人類，充實的閒暇環境是必要的，所以應該積極地從事日本現在正欠
缺的休閒娛樂開發。

4.應該在各地建造美術館或文化會館、休閒娛樂地、高爾夫球場等，讓誰都可以輕易地
享受閒暇。

問題13 次は、ある求人情報誌に掲示された情報である。下の問いに対する答えとして、最もよいものを1・2・3・4から一つ選びなさい。（以下，是某徵人情報雜誌上刊載的情報。請針對以下問題的回答，從1・2・3・4中選出一個最合適的答案。）

70 大学を出ていない専門学校卒業の男性、斉藤さん（３２歳）が応募できる仕事はいくつあるか。

1.4つ

2.5つ

3.6つ

4.7つ

中譯 沒有上大學、專門學校畢業的男性齊藤先生（三十二歲），能應徵的工作有幾個呢？

　　1.四個

　　2.五個

　　3.六個

　　4.七個

71 東京の大学を卒業し、先月までパソコンのソフト会社で働いていた女性、岡田さん（３５歳）が転職を考えている。給料は、１か月の家賃が10万円なのでその３倍はほしいそうだ。職場は関東地方に限る。彼女の条件に合う仕事はどれか。

1.パソコンソフト会社のエンジニア

2.老舗和菓子屋の店長

3.生命保険会社の営業

4.美容サロンのエステティシャン

中譯 東京的大學畢業，上個月為止在電腦軟體公司工作的女性岡田小姐（三十五歲），正考慮換工作。薪資由於一個月的房租是十萬日圓，所以希望是其三倍。工作地點限關東地區。符合她的條件的工作是哪一個呢？

　　1.電腦軟體公司的工程師

　　2.和菓子老店的店長

　　3.人壽保險公司的業務

　　4.美容沙龍的美容師

求職情報

	募集社種	職種・職位	勤務地	月収	募集条件や求める人物など
1	法律事務所	秘書	東京・大阪	２８万円〜	大卒以上。経営や財務の仕事にも柔軟に対応でき、やる気・協調性・向上心がある方。
2	旅行会社	コンサルタント・チーフ	東京・大阪	２２万円〜	専門・短大卒以上。業界未経験者歓迎。
3	学習塾	講師	東京	１９万円〜	大卒以上。教員免許必要なし。子供が好きなこと。
4	アパレル会社	管理職	東京・福岡	２７万円〜	業界・実務未経験者歓迎。アパレル系の基礎スキルや婦人服の商品企画に従事した経験がある方優遇。
5	老舗和菓子屋	店長	京都	３４万円〜	学歴は関係なし。明るくて人と接するのが好きな方希望。
6	パソコンソフト会社	エンジニア	北海道・仙台・新潟・福島	３７万円〜	専門の知識を使ったアプリケーション開発経験が二年以上ある方。協調性を持った方が望ましい。
7	WEB関連ネット会社	WEBデザイナー	東京	２６万円〜	専門・短大卒以上。経験やスキル以上に向上心のある方希望。自由な発想で、どんなことにも好奇心もって取り組める方歓迎。
8	自動車会社	プログラマー	東京・埼玉・海外（台北・ホーチミン）	３６万円〜	大卒以上。システム開発、プログラミング経験者のみ。

第二回模擬試題解析 ≫ 言語知識（讀解）

募集社種	職種・職位	勤務地	月収	募集条件や求める人物など
9 生命保険会社	営業	東京・栃木	１６万円〜 ２９万円	大卒以上。物事をプラス思考に考えられるポジティブな方、または「お客さまのために」を第一に考えられる方を希望。
10 大手出版社	編集	東京	１７万円〜	短大卒以上。とにかく本を読むのが好きな方。
11 美容サロン	エステティシャン	東京・大阪	３５万円〜	女性に限る。学歴不問。向上心を持ち、前向きに努力できる方希望。明るくて、美容に関心を持っていればなおよい。
12 有名薬局店	薬剤師	青森・東京・広島・福岡	４９万円〜 １２０万円	薬や医療に関する知識をお持ちの方で、その方面の大学を出ている方。経験者は給与の優遇あり。

求職資訊

	應徵公司類別	職種‧職位	工作地點	月收	應徵條件或徵求人才等
1	法律事務所	秘書	東京‧大阪	28萬日圓～	大學以上畢業。對經營或財務工作也能柔軟對應，有幹勁、協調性、上進心者。
2	旅行社	顧問‧主管	東京‧大阪	22萬日圓～	專門學校‧短期大學以上畢業。歡迎無業界經驗者。
3	補習班	講師	東京	19萬日圓～	大學以上畢業。不需教師執照。喜歡小孩。
4	服裝公司	管理職	東京‧福岡	27萬日圓～	歡迎無業界、實務經驗者。曾從事過服裝業之基礎技藝或女裝之商品企劃等有經驗者，待遇從優。
5	和菓子老店	店長	京都	34萬日圓～	學歷無關。希望能開朗接待客人者。
6	電腦軟體公司	工程師	北海道‧仙台‧新潟‧福島	37萬日圓～	擁有運用專業知識之應用程式開發經驗二年以上者。希望有協調能力者。
7	WEB關連網路公司	WEB設計師	東京	26萬日圓～	專門學校‧短期大學以上畢業。比起經驗或技藝，希望有上進心者。歡迎想法活潑、對任何事物皆能懷著好奇心去面對者。
8	汽車公司	電腦程式設計師	東京‧埼玉‧海外（台北‧胡志明市）	36萬日圓～	大學以上畢業。限有系統開發、程式設計經驗者。
9	人壽保險公司	營業	東京‧栃木	16萬日圓～29萬日圓	大學以上畢業。希望能正面思考、個性積極者，以及能以「客人所需」為第一考量者。
10	大型出版社	編輯	東京	17萬日圓～	短期大學以上畢業。總之喜歡閱讀者。

	應徵公司類別	職種・職位	工作地點	月收	應徵條件或徵求人才等
11	美容沙龍	美容師	東京・大阪	35萬日圓～	限女性。學歷不限。希望有上進心、能積極努力者。個性開朗、對美容有興趣者更佳。
12	知名藥局	藥劑師	青森・東京・廣島・福岡	49萬日圓～120萬日圓	擁有醫藥或醫療相關知識、畢業於該領域之大學者。有經驗者待遇從優。

（M：男性、男孩　　F：女性、女孩）

問題1では、まず質問を聞いてください。それから話を聞いて、問題用紙の1から4の中から、正しい答えを1つ選んでください。

問題1，請先聽問題。接著請聽內容，然後從問題用紙1到4當中，選出一個正確答案。

いちばん
1番 MP3-42))

おんな　ひと　おとこ　ひと　　　　　　　　　　はな
女の人と男の人がコンビニで話しています。
おんな　ひと　なんばん　たな　　　　　　　　い
女の人は何番の棚のものをかごに入れましたか。

F：すみません、ボールペンを探しているんですが……。

M：ボールペンですか。えっとー、それでしたら、そこに棚が2つあるでしょう。
　　みぎがわ　たな　いちばんした
　　その右側の棚の1番下にあります。

F：あー、ありました。
　　あっ、それと、カップラーメンはどこですか。

M：ボールペンのすぐ上の棚にあるはずなんですが……。
　　あっ、そうだ。昨日から安売りだったんで、売り切れちゃったみたいですね。

F：そうですか。じゃ、仕方ないですね。
　　あとは……（メモを見ている）セロテープと電池はありますか。

M：セロテープは左の棚の2段目で、
　　電池はボールペンのあった棚の2つ上にありますよ。

F：ありました。ありがとうございます。

おんな　ひと　なんばん　たな　　　　　　　　い
女の人は何番の棚のものをかごに入れましたか。
いち　に　なな　しょうひん
1 1と2と7の商品
いち　さん　なな　しょうひん
2 1と3と7の商品
さん　なな　はち　しょうひん
3 3と7と8の商品
さん　ろく　なな　しょうひん
4 3と6と7の商品

女人和男人在超商說著話。

女人把幾號架上的東西放進籃子裡呢？

F：對不起，我在找原子筆……。

M：原子筆嗎？嗯，原子筆的話，那邊有二個架子對不對。
　　在那個右邊架子的最下面。

F：啊～，有了。
　　啊，還有泡麵在哪裡呢？

M：應該在原子筆正上面的架子上……。
　　啊，對了。昨天開始有降價特賣，所以好像賣完了耶。

F：那樣喔。那，就沒辦法了。
　　接著是……（看著筆記）有膠帶和電池嗎？

M：膠帶在左邊架上的第二層，
　　電池在放原子筆那個架子的上面二層喔。

F：有了。謝謝。

女人把幾號架上的東西放進籃子裡呢？

1 1和2和7的商品

2 1和3和7的商品

3 3和7和8的商品

4 3和6和7的商品

2番 MP3-43))

おんな　ひと　おとこ　ひと　　　　こんばん　た
女の人と男の人が、今晩食べるものについて話しています。
ふたり　なに　た
2人は何を食べることにしましたか。

F：ねえ、今晩、何にする？

M：昼にハンバーグ食べたから、夜はさっぱりしたものがいいな。

F：じゃ、お寿司はどう？しばらく食べてないし。

M：給料日前だから、だめだよ。スーパーで刺身でも買って簡単に済ませよう。

F：そうね。じゃ、サラダ作るね。
　　ハムとかきゅうりをたっぷり使ったヘルシーサラダ。

M：サラダか。朝も昼も食べたからな。

F：そうなの？じゃ、あったかい味噌汁でも作ろっか。

M：いいね。豆腐とわかめの味噌汁、頼むよ。

2人は何を食べることにしましたか。
1　1と2
2　2と3
3　**3と4**
4　2と4

女人和男人就今晚吃的東西說著話。
二個人決定吃什麼呢？

F：喂，今晚，要什麼？
M：因為中午吃漢堡了，所以晚上清淡一點的好吧。
F：那，壽司如何？而且有一陣子沒吃了。
M：發薪日之前，不行啦！在超市買點生魚片什麼的簡單打發吧。
F：也是啦。那，做沙拉吧。
　　用很多火腿或是小黃瓜的健康沙拉。
M：沙拉啊。早上和中午都吃過了耶。
F：那樣喔？那，就做熱熱的味噌湯之類的吧。
M：好耶。有豆腐和裙帶芽的味噌湯，拜託囉。

二個人決定吃什麼呢？
1　1和2
2　2和3
3　**3和4**
4　2和4

さんばん
3番 MP3-44))

女の人と男の人が、天気について話しています。
女の人は、今日と明日の天気はどうだと言いましたか。

M：今、手が離せないから、代わりに天気予報見てくれる？
F：今日は傘持って出かけたほうがいいみたいよ。
M：今はこんなに晴れてるのに、雨？

F：午後の降水確率７０パーセントだって。それに雷が鳴るらしいよ。

M：そっか。それより、明日の天気だよ。

明日は野球の試合があるから、雨だと困るんだ。

F：だいじょうぶみたい。

朝から快晴で、午後は曇りみたいだけど、降水確率は20パーセントだから。

M：よかった。明日の試合、がんばるから、応援に来てくれよ。

F：うん、お弁当作って応援に行く。

女の人は、今日と明日の天気はどうだと言いましたか。
1 今日は4で、明日は1
2 今日は4で、明日は2
3 今日は2で、明日は4
4 今日は2で、明日は1

女人和男人，就天氣說著話。

女人說今天和明天的天氣如何呢？

M：現在，分不開身，所以可以幫我看天氣預報嗎？

F：今天好像帶傘出去比較好喔。

M：現在天氣這麼好怎麼……，下雨？

F：據說下午降雨機率是百分之七十。而且還會打雷的樣子喔。

M：那樣喔。比起那個，是明天的天氣啦。

明天有棒球比賽，所以下雨的話會很傷腦筋。

F：好像沒關係。

因為從早上開始就是大好天氣，下午雖然好像是陰天，但是降雨機率是百分之二十。

M：太好了。明天的比賽我會努力，所以來幫我加油喔。

F：嗯，我會做好便當去加油。

女人說今天和明天的天氣如何呢？
1 今天是4，明天是1
2 今天是4，明天是2
3 今天是2，明天是4
4 今天是2，明天是1

女の人がヘアスタイルについて男の人と話しています。
女の人は、どんなヘアスタイルに決めましたか。

M：どんなスタイルになさいますか。

F：（ヘアカタログを見せながら）こんな感じにしたいんですけど……。

M：今年、流行のボブですね。
　　これですと、かなり切ることになりますけど、いいですか。

F：どのくらい切ります？

M：耳からちょっと下くらいまで。

F：そんなにですか。どうしよう……。それじゃ、こっちのはどうですか。
　　これなら、あまり切らないでもいいですよね。

M：そうですね。ですが、お客様の髪の毛はかなり癖がありますので、
　　ストレートパーマをかけたほうがいいかもしれませんね。

F：じゃ、お願いします。
　　それと、ボブはやめて、この女性くらいの長さに切ってください。

M：肩までですね。かしこまりました。

女の人は、どんなヘアスタイルに決めましたか。
1 今年流行のボブヘア
2 ゆるやかなウェーブヘア
3 赤く染めたロングヘア
4 肩までのストレートヘア

女人就髮型和男人說著話。
女人決定了什麼樣的髮型呢？

M：請問要什麼樣的髮型呢？

F：（一邊看髮型型錄）想要這樣的感覺……。

M：今年，流行的鮑伯頭嗎。
　　如果是這個髮型，要剪相當多，沒關係嗎？

F：大概要剪多少？

M：到耳朵稍微下面一點。

F：那麼多？如何是好……。那麼，這裡的如何呢？

　　這樣的話，不剪太多也沒關係了吧。

M：是的。但是，因為客人您的頭髮還滿自然捲的，

　　所以可能離子燙比較好喔。

F：那，就麻煩你了。

　　還有，不要剪鮑伯頭了，請幫我剪和這個女人差不多的長度。

M：到肩膀這邊嗎？知道了。

女人決定了什麼樣的髮型呢？

1 今年流行的鮑伯髮型

2 和緩的波浪髮型

3 染成紅色的長髮

4 到肩膀的直髮

5番 ごばん MP3-46))

女の人がDVDの貸し出しについて男の人と話しています。

男の人は、DVDをいつまで何枚借りることになりましたか。

F：ご返却はいつになさいますか。

M：明日で。

F：少々お待ちください。あっ、お客様は今月お誕生日ですので、

　　3枚以上借りられますと、1泊の料金で3日間借りられますが。

M：そうですか。じゃ、あと1枚追加で借りよっかな……。

　　あっ、3日間っていうと……だめだ。出張があるから、返しに来られないや。

F：そうですか。それでしたら、先に1枚だけ借りられて、

　　出張からお帰りになってから、3枚お借りになってゆっくり見たらいかがですか。

　　そのほうがお得かと思いますよ。

M：いや、どうしても今日中に、この2つ見たいんですよ。

　　とりあえず、これを。返却は明日で。

F：かしこまりました。

男^{おとこ}の人^{ひと}は、DVDをいつまで何枚^{なんまいか}借りることになりましたか。
1 明日^{あした}まで3枚^{さんまい}
2 明日^{あした}まで2枚^{にまい}
3 あさってまで3枚^{さんまい}
4 しあさってまで2枚^{にまい}

女人就出租DVD和男人說著話。
男人，要借幾支DVD到什麼時候呢？

F：請問要何時歸還呢？

M：明天。

F：請稍等。啊，因為客人您是這個月生日，
　　所以借三支以上的話，可以用一晚的價錢租借三天。

M：那樣啊。那，再追加一支吧……。
　　啊，說到三天……不行啦。因為有出差，所以沒辦法來還。

F：那樣喔。那樣的話，先只借一支，
　　等出差回來以後，再借三支慢慢看如何呢？我覺得那樣比較划算喔。

M：不，今天無論如何都想看這二支啦。
　　先這樣，借這個。明天還。

F：知道了。

男人，要借幾支DVD到什麼時候呢？
1 到明天，三支
2 到明天，二支
3 到後天，三支
4 到大後天，二支

6番^{ろくばん} MP3-47))

女^{おんな}の人^{ひと}と男^{おとこ}の人^{ひと}が、フィットネスクラブについて話^{はな}しています。
女^{おんな}の人^{ひと}は、どうすることにしましたか。

F：今日^{きょう}もまたフィットネスクラブに行^いけなかった。

M：そういえば、夏から始めたんだったね。

F：そうなの。でも最近、仕事が忙しくて、ぜんぜん行くひまがないんだ。

M：だけど、毎月会費払ってるんでしょ。

F：うん、私ももったいないと思うんだけど……。

M：休会とかできないの？

F：聞いてみたんだけどね、だめなんだって。
　　ウェイトトレーニングだけなら休会も可能なんだけど、
　　私のはダンスとか格闘技とか、水泳とかにも参加できるコースだから、
　　規制があるらしいんだ。

M：じゃ、１度やめて、ひまができたらまた始めるとか。

F：それはだめ。入会金、あんなに高いんだから。
　　それにあそこ、しょっちゅう値上げするんだよ。
　　やめたりしたら、もう2度と入会できないよ。

M：そっか。じゃ、仕方ないね。

女の人は、どうすることにしましたか。
１１度やめてからまた入会する
２しばらく休会する
３このまま会費を納めて続ける
４やめて別のクラブに入会する

女人和男人，就健身倶樂部説著話。

女人，決定要怎麼做呢？

F：今天又不能去健身倶樂部了。

M：說到這個，妳是從夏天開始的吧。

F：是啊。不過最近，因為工作很忙，完全沒有去的閒工夫。

M：可是，不是每個月都繳會費了嗎？

F：嗯，我也覺得很浪費，可是……。

M：可以休會什麼的嗎？

F：已經問過了，可是他們說不行。
　　如果是重量訓練的話可以休會，
　　但我的是還可以參加跳舞、或是格闘技、或是游泳之類的配套，
　　所以好像有規定。

M：那，先退會，等有空的時候再開始之類的呢？

F：那可不行。因為入會費那麼貴。

　　而且那裡常常漲價耶。

　　要是退出的話，再也不可能再入會了。

M：那樣啊。那，就沒辦法啦。

女人，決定要怎麼做呢？

1 先退會，然後再入會

2 暫時休會

3 照原樣繳交會費繼續參加

4 退出，然後加入別的俱樂部

<ruby>問題<rt>もんだいに</rt></ruby>

問題2

　　<ruby>問題<rt>もんだいに</rt></ruby>2では、まず<ruby>質問<rt>しつもん</rt></ruby>を<ruby>聞<rt>き</rt></ruby>いてください。そのあと、<ruby>問題用紙<rt>もんだいようし</rt></ruby>の<ruby>選択肢<rt>せんたくし</rt></ruby>を<ruby>読<rt>よ</rt></ruby>んでください。<ruby>読<rt>よ</rt></ruby>む<ruby>時間<rt>じかん</rt></ruby>があります。それから<ruby>話<rt>はなし</rt></ruby>を<ruby>聞<rt>き</rt></ruby>いて、<ruby>問題用紙<rt>もんだいようし</rt></ruby>の1から4の<ruby>中<rt>なか</rt></ruby>から、<ruby>正<rt>ただ</rt></ruby>しい<ruby>答<rt>こた</rt></ruby>えを1つ<ruby>選<rt>えら</rt></ruby>んでください。

　　　問題2，請先聽問題。之後，閱讀問題用紙的選項。有閱讀時間。接著請聽內容，從問題用紙1到4中，選出一個正確答案。

<ruby>1番<rt>いちばん</rt></ruby> MP3-48))

<ruby>女<rt>おんな</rt></ruby>の<ruby>人<rt>ひと</rt></ruby>と<ruby>男<rt>おとこ</rt></ruby>の<ruby>人<rt>ひと</rt></ruby>が<ruby>話<rt>はな</rt></ruby>しています。<ruby>携帯電話<rt>けいたいでんわ</rt></ruby>はどこにありますか。

F：ねえ、私の<ruby>携帯電話<rt>けいたいでんわ</rt></ruby>、<ruby>知<rt>し</rt></ruby>らない？

M：知らないよ。さっき<ruby>使<rt>つか</rt></ruby>ってただろう。

F：そうなんだけどね、<ruby>見<rt>み</rt></ruby>つからないの。

M：まったく。いつもそうなんだから。

　　<ruby>使<rt>つか</rt></ruby>い<ruby>終<rt>お</rt></ruby>わったら、<ruby>本棚<rt>ほんだな</rt></ruby>のところに<ruby>置<rt>お</rt></ruby>いておけって<ruby>言<rt>い</rt></ruby>ったじゃないか。

F：<ruby>本棚<rt>ほんだな</rt></ruby>は<ruby>探<rt>さが</rt></ruby>したけど、ないのよ。

　　<ruby>困<rt>こま</rt></ruby>ったわね、<ruby>最近<rt>さいきん</rt></ruby>ますます<ruby>忘<rt>わす</rt></ruby>れっぽくなっちゃって。

M：これからは<ruby>紐<rt>ひも</rt></ruby>で<ruby>縛<rt>しば</rt></ruby>っておくんだな、<ruby>大切<rt>たいせつ</rt></ruby>なもの。

F：<ruby>冗談<rt>じょうだん</rt></ruby>は<ruby>後<rt>あと</rt></ruby>にしてよ。<ruby>今<rt>いま</rt></ruby>、<ruby>急<rt>いそ</rt></ruby>いで<ruby>電話<rt>でんわ</rt></ruby>しなきゃならないところがあるんだから。

M：落ち着いてゆっくり思い出してごらんよ。
　　いつもテレビ見ながら電話してるときは、テーブルの横に座ってるだろう。
　　さっきはどこに座ってた？
F：あっ、机のところでパソコン打ちながら電話してた。
　　で、そのあと立ちあがって……あった！！座ってたところに置いたんだ。

携帯電話はどこにありますか。
1 ①のテレビのところ
2 ②のテーブルの上
3 ③の本棚の上
4 ④の椅子の上

女人和男人正在說話。行動電話在哪裡呢？

F：喂，我的行動電話，不知道在哪裡嗎？
M：不知道啦。剛剛不是才在用嗎！
F：是那樣沒錯啦，但是找不到啊。
M：真是的。老是那樣。
　　不是說過用完之後要放到書架那裡嗎？
F：書架找過了，可是沒有啊。
　　傷腦筋耶，最近變得越來越健忘。
M：以後都用繩子綁住好了，重要的東西。
F：開玩笑的話之後再說啦！現在，正是急著非用電話不可的時候。
M：靜下心來慢慢回想一下嘛。
　　不是每次一邊看電視一邊講電話的時候，都坐在桌子的旁邊嗎？
　　剛剛坐哪裡了？
F：啊，在書桌那邊一邊打電腦一邊講電話了。
　　然後，就站起來……有了！！放在坐著的地方了。

行動電話在哪裡呢？
1 ①的電視的地方
2 ②的桌子上面
3 ③的書架上面
4 ④的椅子上面

がっこう おんな こ おとこ こ はな
学校で女の子と男の子が話しています。
おとこ こ せんせい しか い
男の子はどうして先生に叱られたと言っていますか。

Ｆ：どうしたの？元気がないけど。
げんき
Ｍ：上田先生に叱られちゃった。
うえ だ せんせい しか
Ｆ：また宿題忘れたんでしょう。
しゅくだいわす
Ｍ：ちがうよ。宿題はちゃんと提出したよ。
しゅくだい ていしゅつ
Ｆ：じゃ、どうして？
Ｍ：ノートの上に上田先生の似顔絵が描いてあったんだ。
うえ うえ だ せんせい にがおえ か
鼻から鼻毛を飛び出させて、頬っぺたを真っ赤にして。
はな はなげ と だ ほ ま か
Ｆ：そりゃ先生も怒るでしょ。
せんせい おこ
Ｍ：そのノートを木村先生が見たらしいんだ。
き むらせんせい み
そしたら、「似てる」って言って大笑いしたんだって。
に い おおわら
Ｆ：木村先生って、上田先生が好きな、あの女の英語の先生？
き むらせんせい うえ だ せんせい す おんな えいご せんせい
Ｍ：そう。上田先生、「似顔絵を描くなら、もっとハンサムに描け」って。
うえ だ せんせい にがおえ か か
Ｆ：ははっ。それはむりだよねー。

おとこ こ せんせい しか い
男の子はどうして先生に叱られたと言っていますか。
しゅくだい わす
１ 宿題を忘れたから
らく が
２ ノートに落書きをしたから
せんせい かお へん か
３ 先生の顔を変なふうに描いたから
おんな せんせい み
４ 女の先生に見せたから

在學校，女生和男生正在說話。
男生說為什麼被老師罵了呢？

Ｆ：怎麼了？無精打采的。
Ｍ：被上田老師罵了。
Ｆ：是不是又忘了作業了？
Ｍ：不是啦！作業乖乖交了啦！
Ｆ：那，是為什麼？
Ｍ：是在筆記本上面畫了上田老師的肖像畫。
我讓他鼻毛從鼻子裡飛出來，臉頰畫成紅通通。

F：那樣的話，就算老師也會生氣吧！

M：那本筆記本木村老師好像看到了。

　　然後，據說她說「好像」還哈哈大笑。

F：木村老師，就是上田老師喜歡的那位英文女老師？

M：沒錯。上田老師說「要畫肖像畫的話，就要畫更帥點」。

F：哈哈。那是不可能的嘛。

男生說為什麼被老師罵了呢？
1 因為忘了作業
2 因為在筆記本上塗鴉
3 因為把老師的臉畫得很奇怪
4 因為給女老師看了

さんばん
3番 MP3-50))

ある芸能人に、「好きなこと」をテーマに語ってもらいました。
この芸能人は、1日のなかで何をするのが一番楽しいと言っていますか。

F：私はね、典型的な夜型人間なんですよ。芸能活動が終わってから、仲間と食事して、お酒を飲んで、たまにはカラオケなんかにも行って……。カラオケ、大好きなんです。ふだんのストレスをぱーっと発散できるしね。仲間といろいろおしゃべりするのも楽しいですよね。だけど、それは一時の快楽です。芸能活動、けっこう長いでしょ、私。自然とお客相手の顔になっちゃうんですよ。相手を楽しませなきゃって……。でも空しいですよね。で、自宅に帰ってから食器洗ったり、洗濯したり。家事も嫌いじゃないですよ。ときには簡単なお酒のおつまみなんか作って、1人でお酒飲むんです。そうすると、飼い猫がひざの上にのってきて……。本当のこと言うとね、猫といっしょのこの時間が一番楽しいですね。ほっとするって言うんですかね。恋人ですか？今はいませんよ、本当です。

この芸能人は、1日のなかで何をするのが一番楽しいと言っていますか。
1 仲間とカラオケすること
2 仲間とおしゃべりすること
3 洗濯などの家事をすること
4 猫といっしょにいること

請某位藝人，就「喜歡的事情」主題談談。
這位藝人說，一天之中做什麼事情最開心呢？

F：我呢，是典型的夜貓子。藝能活動結束後，和伙伴吃飯、喝酒，偶爾也去卡拉OK之類
　　的……。我非常喜歡卡拉OK。還可以把平常的壓力啪地全都發散呢。和伙伴天南地北的
　　閒聊也很開心呢。不過，那是一時的快樂。藝能活動，相當地長吧，我。自然而然就變成
　　觀眾想看的臉了。不讓觀眾開心不行吧……。不過，很空虛是吧。然後，回到自己家裡以
　　後，洗洗碗、洗洗衣服。不會討厭做家事喔。偶爾做做簡單的下酒菜之類的，自己一個人
　　喝酒。這時候，養的貓就會跑來爬到膝蓋上……。說真心話，和貓在一起的這個時間是最
　　開心的了。可能是有放心的感覺吧。男朋友嗎？現在沒有啦！真的。

這位藝人說，一天之中做什麼事情最開心呢？
1 和伙伴唱卡拉OK
2 和伙伴閒聊
3 做洗衣等家事
4 和貓在一起

よんばん
4番 MP3-51))

おんな がくせい と おとこ がくせい が、バイトを探しています。
女の学生は、どのバイトに決めましたか。

F：私、パンが好きだから、パン屋さんで働こっかな。
M：太るよ。毎日、残り物のパン食べてさ。それより、時給見た？こんなに低いよ。
F：そうだね。これだったら、ガソリンスタンドのほうがいいね。時給1200円だって。
M：あっ、それいいね。俺、それにする。
F：でも、冬は寒くてつらい仕事だよ。匂いもきついし……。
M：俺は寒さには強いし、あの匂い、好きなんだ。
F：へんなの。私はどれにしよっかな。コンビニの店員は時給が低すぎるからな……。
M：家庭教師はどう？向いてると思うよ。それに、時給いいし。1600円だってさ。
F：本当だ。じゃ、いっしょにやらない？
M：俺はガソリンスタンドの店員に決めた。
　　やっぱ頭使うより、体使うほうが向いてるからね。
F：じゃ、私は頭を使う仕事に決めた！

女の学生は、どのバイトに決めましたか。
1 パン屋の店員
2 ガソリンスタンドの店員
3 コンビニの店員
4 家庭教師

女學生和男學生，正在找打工的工作。
女學生決定哪個打工工作了呢？

F：我，因為喜歡麵包，所以在麵包店工作吧。

M：會胖喔。每天，吃剩下來的麵包。比起那個，看到時薪了嗎？這麼低喔！

F：真的耶。這樣的話，加油站比較好耶。寫著時薪是一二〇〇日圓。

M：啊，那個好耶。我，決定那個。

F：不過，冬天很冷，是辛苦的工作喔。而且味道也不舒服……。

M：我不怕冷，而且那個味道，我很喜歡。

F：真奇怪。我要哪一個呢。超商的店員時薪太低，所以呢……。

M：家教怎麼樣？我覺得很適合妳喔。而且，時薪也好。寫著一六〇〇日圓。

F：真的耶。那，要不要一起做？

M：我決定要當加油站的店員了。
　　因為我比起用腦子的，還是比較適合用體力的呢。

F：那，我決定用頭腦的工作！

女學生決定哪個打工工作了呢？
1 麵包店的店員
2 加油站的店員
3 超商的店員
4 家教

おんな ひと おとこ ひと あした よてい はな
女の人と男の人が明日の予定について話しています。
おとこ ひと あした なに
男の人は、明日何をしますか。

F：明日はゴルフに行くんでしょう。天気、だいじょうぶかしら。

M：このあと天気予報やるだろう。

F：もし雨で、ゴルフが中止になったら、いっしょに買物に行きましょうよ。

M：買物か……。いいよ。ちょうどテニスのラケットも買いたかったし。

　　でも、小雨なら、中止にならないよ。

　　みんなやりたがってるからね、ちょっとの雨じゃ、カッパ着てやるはずだよ。

F：まったく。カッパ着てまでゴルフやるなんて、考えられないわ。

M：好きなんだから、しょうがないだろう。

　　それにみんな普段忙しく働いてて、唯一の楽しみなんだから。

F：それもそうね。あっ、天気予報始まったわよ。

キャスター：（……今夜から次第に雨が強くなり、明日の朝には、激しい雨になる見込みで

　　　　　　す……）

おとこ ひと あした なに
男の人は、明日何をしますか。
1 ゴルフに行く
2 テニスに行く
3 買物に行く
4 仕事に行く

女人和男人就明天的預定說著話。男人明天做什麼呢？

F：明天不是要打高爾夫嗎？天氣，沒問題吧。

M：這個之後會播天氣預報吧。

F：如果下雨，高爾夫中止的話，一起去購物嘛。

M：購物喔……。好啊。剛好也想買網球拍。

　　不過，如果是小雨的話，不會中止喔。

　　因為大家都想打，所以一點點雨的話，應該會穿雨衣打喔。

F：真是的。連穿雨衣都還要打，真是不可思議。

M：因為喜歡，就沒辦法囉。

　　而且這是大家平時忙著工作中唯一的樂趣。

F ：說的也是。啊，天氣預報開始了。

解說員：（……預估從今天晚上開始，雨勢會陸續增強，明天早上，會有豪雨……）

男人明天做什麼呢？

1 打高爾夫

2 打網球

3 去購物

4 去工作

ろくばん
6番 MP3-53))

おとこ ひと おんな ひと どうりょう びょうき はな
男の人と女の人が、同僚の病気について話しています。
どうりょう きょう なに か い
同僚は今日、どこの何科に行きましたか。

F ：あれっ、鈴木さん、今日もお休み？

M ：そうなんだ。

F ：この間、胃が痛いって言ってたけど、それと関係あるのかな。
本人は胃潰瘍かもって言ってたけど……。

M ：うん。
昨日、近くの診療所に行ったらしいんだけど、検査があまりに簡単だったらしいんだ。
それで、今日は大きな大学病院の胃腸科できちんと検査してもらうんだって。

F ：そうね、そのほうが安心だもんね。うちの母もずいぶん前にお腹が痛くて、
熱があるっていうんで近くの診療所に行ったんだけどね、
たんなる風邪でしょうって言われて、そのままにしてたら高熱が出て、
救急車を呼ぶはめになって……。

M ：だいじょうぶだった？

F ：胆石だって。手術したら、親指くらいの大きな石が出てきて、びっくりしたわよ。

M ：やっぱり大きな病院で見てもらわないと、不安だよね。

F ：うん。それより、鈴木さん、
胃腸科じゃなくて、心療内科で見てもらったほうがいいんじゃない？
ストレスから来てる病気かもよ。

M ：そうかもね。明日来たら、話してみるよ。

F ：そうね。

同僚は今日、どこの何科に行きましたか。
1 診療所の胃腸科
2 診療所の心療内科
3 大学病院の胃腸科
4 大学病院の心療内科

男人和女人，就同事的的病況說著話。
同事今天，去了哪裡的什麼科呢？

F：咦，鈴木先生，今天也請假？

M：是啊。

F：之前，有說胃痛，不過和那個有關嗎？
　　他本人說可能是胃潰瘍……。

M：嗯。
　　昨天好像去附近的診療所了，但是檢查好像也太過簡單了。
　　所以說今天到大學醫院的胃腸科好好地做檢查。

F：是啊，那樣會比較安心吧。我媽媽好久以前也是因為腹痛、
　　發燒去了附近的診療所，
　　但是被說只是單純的感冒，後來就那樣擱著，結果落得發高燒、
　　叫救護車……。

M：沒事吧？

F：說是膽結石。一手術，取出約像大拇指般的大石頭，嚇了一大跳耶。

M：果然不去大醫院看，會不安心哪。

F：嗯。比起那個，鈴木先生，
　　是不是不看胃腸科，而是看精神內科比較好？
　　說不定是因為壓力才得病的。

M：說不定耶。明天來的話，跟他說說看吧。

F：是啊。

同事今天，去了哪裡的什麼科呢？
1 診療所的胃腸科
2 診療所的精神內科
3 大學醫院的胃腸科
4 大學醫院的精神內科

7番 MP3-54))

デパートのアナウンスで、岡村さんという男の人がお知らせを受けています。
この岡村さんという男の人は、これから何をしなければならないでしょうか。

F：（ピンポンパンポ〜ン♪）
ご来店のお客様にお知らせ申し上げます。お車ナンバー「横浜さ」の「3822」のお客様、お車ナンバー「横浜さ」の「3822」のお客様、お車の移動をお願い致します。つづけてお知らせ申し上げます。東京都新宿区からお越しの岡村様、さきほどお買い物をされた紳士服売り場に、忘れ物がございます。至急、取りにいらしてください。もう一度申し上げます。東京都新宿区からお越しの岡村様、さきほどお買い物をされた紳士服売り場に、忘れ物がございます。至急、取りにいらしてください。引き続きお知らせ申し上げます。新横浜からお越しの相川様、至急ご自宅にお電話をおかけください。新横浜からお越しの相川様、至急ご自宅にお電話をおかけください。

（ピンポンパンポ〜ン♪）

この岡村さんという男の人は、これから何をしなければならないでしょうか。
1 至急忘れ物を取りに行く
2 至急迷子の息子を迎えに行く
3 至急自宅に電話をかける
4 車を別の場所に移動する

百貨公司的播報處，受理了通知這位叫做岡村先生的男性。
這位叫岡村先生的男性，接下來非做什麼不可呢？

F：（叮咚噹咚〜♪）
來店貴賓請注意。車號「橫濱SA」的「3822」的顧客，車號「橫濱SA」的「3822」的顧客，麻煩請移動您的車輛。接下來請注意。從東京都新宿區來店的岡村先生，有東西忘在剛剛購物的紳士服賣場。請趕快過來領取。再次通知。從東京都新宿區來店的岡村先生，有東西忘在剛剛購物的紳士服賣場。請趕快過來領取。接下來請注意。從新橫濱來店的相川先生，請趕快打電話回家。從新橫濱來店的相川先生，請趕快打電話回家。
（叮咚噹咚〜♪）

這位叫岡村先生的男性，接下來非做什麼不可呢？
1 趕快去領取忘記的東西

2 趕快去接迷路的兒子

3 趕快打電話回家

4 把車子移到別的地方

　　問題3では、問題用紙に何も印刷されていません。まず話を聞いてください。それから、質問と選択肢を聞いて、1から4の中から正しい答えを1つ選んでください。

　　問題3，問題用紙上沒有印任何字。請先聽內容。接著，請聽問題和選項，然後從1到4中，選出一個正確答案。

いちばん
1番 MP3-55))

ちゅうがっこう かていか じゅぎょう せんせい はな
中学校の家庭科の授業で先生が話しています。

F：今日は五目御飯の作り方を勉強するわけですが、まず始めに、みなさんはご飯とパン、どっちが好きですか。ご飯が好きな人？……パンが好きな人？……パンの好きな人のほうが多いみたいですね。先生はご飯もパンも好きですが、どちらかというとパンをよく食べます。手軽ですからね。1人暮らしなので、朝はほとんどトースト1枚とコーヒー、それと目玉焼きで済ませちゃいます。ところで、昔はパンなんてないですからね、ご飯中心の食事だったんですよ。ちょっとのおかずでご飯をたくさん食べて。でも日本も豊かになって、おかずの量とか種類とかが豊富になると、ご飯を食べる量がずいぶん減ったそうです。その代わりに、パンや麺類を食べる人が増えたので、当然、小麦粉の消費量も増えました。ところが、ここ数年は小麦粉の値段が急激に上がったので、またお米の消費量が増えてきているそうです。……

この授業で、生徒たちが知ったことは何ですか。
1 先生は毎日必ずご飯を食べること
2 最近、米の消費量が増えてきていること
3 最近はパンしか食べない人が多いこと
4 最近、小麦粉の値段が下がったこと

國中家政課上課中，老師正在說話。

第二回模擬試題解析 ∨∨ 聽解

F：因為今天要學什錦飯的作法，首先一開始，飯和麵包，大家喜歡哪一種呢？喜歡飯的
人？……喜歡麵包的人？……喜歡麵包的人好像比較多的樣子呢。雖然老師不管飯還是麵
包都喜歡，但是說到哪一種，還是常吃麵包。因為方便吧。因為一個人住，所以早上幾乎
都是一片麵包和咖啡，還有荷包蛋就解決了。但是，由於以前沒有麵包什麼的，所以是以
飯為中心喔。一點點的配菜，吃很多的飯。不過日本也變得富裕了，據說當配菜的量或是
種類都變得豐富時，吃飯的量就會大幅減少。相反的，由於吃麵包或麵類的人增加，所以
當然，麵粉的消費量也增加了。但是，這幾年麵粉的價格急速上漲，所以據說米的消費量
增加了起來。……

這堂課中，學生知道的事情是什麼呢？
1 老師每天一定吃飯
2 最近，米的消費量增加起來
3 最近只吃麵包的人很多
4 最近，麵粉的價格下滑

2番 MP3-56))

ある有名な経営者が、かつて講演したときの録音です。

M：人間は神様ではないのですから、何もかもが思いのままで、悩みもなければ悲しいこと
もない、そんなふうにはいかないものですね。悩みもすれば、悲しみもする。迷いもす
る。分からない、どうにも判断がつかない、どうにも決心がつかない、そんなことが日
常よく起こってくるわけです。そして、分からない、分からないと思い悩んだままで仕
事を進めていくと、結局みんなに迷惑をかけてしまう。分からなければ、人に聞くこ
とです。自分の殻に閉じこもっていないで、素直に謙虚に人の教えに耳を傾けること
です。それがどんな意見であっても、その中から得るものが必ずあるはずです。お互い
に悩み、迷うことができるのは、すばらしいことなんです。人に聞くことができない人
は、成長できません。

（パナソニック創業者・松下幸之助氏のコラムを参照にして）

この経営者は、大切なのはどうすることだと言っていますか。
1 1人で悩まないで、人に相談すること
2 人に迷惑をかけないように気をつけること

3 分からないことがあれば人に聞くこと
4 素直でかつ謙虚な態度で仕事をすること

這是某位知名的經營者曾經演講過的錄音。

M：因為人不是神，所以不能什麼都照自己所想，既沒有煩惱也沒有悲傷，就那樣地過吧。既有煩惱，也有悲傷。還有迷惑。不懂、無論如何都無法判斷、怎麼樣都下不了決心，像那樣的事情在日常生活中經常發生。然後，就這樣不懂、不懂地一直煩惱還繼續工作下去的話，結果就是給別人添麻煩。如果不懂的話，就要問人。就是不關在自己的象牙塔裡，正直地謙虛地傾聽別人的教導。那是因為不管什麼樣的意見，其中應該一定有可取之處。能互相煩惱、迷惑，是很棒的事情。不會問別人的人，無法成長。

（參照Panasonic創業者・松下幸之助之專欄）

這位經營者說，重要的是做什麼事情呢？
1 不一個人煩惱，找人商量
2 小心不給人添麻煩
3 有不懂的地方要問別人
4 用正直且謙虛的態度工作

3番 MP3-57))

ある有名料理人がトマトソース作りの秘訣について話しています。

F：今日はイタリアの田舎で覚えたトマトソースをお教えしますね。パスタにからめてもおいしいし、魚介類にも合います。お湯を加えてスープにしてもおいしいです。パンに塗って食べるのもいいですね。いろいろ応用がきくので、うちでは鍋いっぱいに作るんですが、いつもあっという間になくなっちゃうんですよ。主材料はトマトだけです。玉ねぎを入れないので甘すぎず、さっぱりしています。私はトマトの種もわざと取りません。その分ちょっと酸味があるんですが、これがまたおいしさをアップさせているんですね。作り方のポイントはたった1つ！オリーブオイルをじっくりアツアツに熱することです。トマトを入れると、「ジャー」ってすごい音がするくらいに熱してください。この音がしたら、完成した印です。料理は音や香りが大事なんですね。

おいしく作るポイントは何だと言っていますか。
1 鍋いっぱいにソースを作ること
2 玉ねぎを入れて甘くすること
3 トマトの種をきちんと取ること
4 オリーブオイルを熱すること

某位知名的料理師傅就製作番茄醬汁的秘訣說著話。

F：今天教大家在義大利鄉下時學會的番茄醬汁。用來拌義大利麵也好吃，跟海鮮貝類也很
合。加熱水變成湯也很好喝。塗在麵包上吃也很棒喔。因為可以做各式各樣的運用，所以
我們家雖然做一大鍋，也總是一下子就沒了喔。主要的材料只有番茄。因為沒有放洋蔥，
所以不會太甜，很清爽。我也不特別取出蕃茄籽。它雖然有些許的酸味，但反而提升更多
美味喔。作法的重點只有一個！就是要把橄欖油好好地加熱。請加熱到一放下番茄，就會
發出「唰」這種很厲害的聲音的程度。這種聲音，就是大功告成的証明。料理不管聲音或
香味都很重要呢。

料理師傅說，做得好吃的重點是什麼呢？
1 做一大鍋
2 放洋蔥讓它變甜
3 確實地取出番茄籽
4 將橄欖油加熱

4番 MP3-58))

礼儀作法のプロフェッショナルが話しています。

F：初めて会った人にいい印象を与えるには、明るい表情で話すことが大切です。きちんと
した服装も大切なポイントですね。そして、相手の目をよく見て話すことです。だから
といって、長い時間ずっと見るということではありませんよ。特に異性の場合は誤解さ
れる可能性がありますからね。注意してくださいよ。だいたい10秒くらい見るのが理想
だと言われています。それから、高すぎる声は嫌われます。低めの大きい声で、ゆっく
り話すのがいいですね。アメリカのオバマ大統領の演説を思い出してください。彼の話
し方には好感を覚えませんか。以上のことは、友人と話すときや面接のときにも役立ち
ます。さっそく試してみてください。

どんな話し方がいいと言っていますか。
1 きちんとした礼儀正しい服装をする
2 相手の目を見ずに大きな声で話す
3 異性の場合は目を見ずに話す
4 大きく低めの声でゆっくり話す

正說著專業的禮節。

F：要給第一次見面的人好印象，用開朗的表情說話是很重要的。規規矩矩的穿著也是要點呢。還有，要好好地看著對方的眼睛說話。雖說如此，也不能長時間一直盯著看喔。因為尤其有可能讓異性產生誤解，請小心喔。一般認為大約看十秒鐘是最理想的。還有，聲音太高也會被討厭。用低沉且較大的聲音慢慢地說，是最好的。請回想一下美國歐巴馬總統的演講。不覺得他的說話的方式讓人有好感嗎？以上這些事情，不管是和朋友說話、或是面試時，都可派上用場。請立刻就試試看。

她說怎樣的說法比較好呢？
1 穿著規規矩矩有禮貌的服裝
2 不看對方的眼睛大聲說話
3 對異性時，不看對方的眼睛說話
4 用大且低的聲音慢慢地說話

ごばん
5番 MP3-59))

男の人が新商品について説明しています。

M：わが社の新商品について説明させていただきます。この超小型携帯は、今までにないコンパクトさと薄さ、そしてカメラ機能が売りです。ご覧ください、ライターとほとんど同じ大きさで、６ミリという薄さです。さらに携帯電話ですと、今までは８００万画素というのが最高でしたが、これは１２００万画素という世界初の高性能機能を採用しております。ですから、デジカメに劣らないすばらしい写真を撮ることが可能です。もちろん値段は少々高くなりますが、機能性を考えますと、ヒット商品になると確信しております。また、使い方が簡単というのもこの商品の特徴です。画面に軽く触るだけで電話がかけられるので、お年寄りにも簡単にお使いいただけることと思います。

この新商品の売りとして、あげられていないものはどれですか。
1 コンパクトさと薄さ
2 画素数の高いカメラ機能
3 使い方がとても簡単
4 画面が大きくて見やすい

男人就新商品說明著。

M：請讓我就我們公司的新商品做說明。這個超小型行動電話，賣點在於截至目前為止未曾有的小和薄、以及照相功能。請看，和打火機幾乎一樣的大小，僅有六公厘這樣的薄度。而且如果是行動電話的話，到目前為止八百萬畫是最高的了，但是這個採用了一千二百萬畫數這種世界首推的高性能機能。所以，可以拍出不亞於數位相機的超群相片。當然，價格稍微變高了些，但是若考量到機能性的話，相信一定能夠成為暢銷商品。另外，使用方法簡單也是這個商品的特徵。只要輕輕觸碰畫面就能撥打電話，所以年長者也能輕易使用。

就這個商品的賣點，沒有被提出的是哪一項呢？
1 小和薄
2 畫數高的照相功能
3 使用方法非常簡單
4 畫面大容易看

海外旅行のアンケート結果について話しています。

M：アンケート調査によりますと、この1年間に日本人の5人に3人が海外旅行をしていて、男女比はほぼ同じとなっております。年齢別に見ますと、10代と20代、それと50代は女性がかなり多いですね。ここから、結婚する前と子育てが終わった後、女性が旅行を楽しんでいるという姿が想像できます。30代や40代の女性は、家族と国内旅行というのが多いようです。友達と……というのは、ほとんどないですね。逆に男性になりますと、20代から50代にかけて、職場の同僚や趣味の仲間と出かける人が多いようです。そして60代になりますと、男女ともに近所の人や親戚と3週間くらいかけてのんびり海外旅行する方の割合が目立ちます。ですが、夫婦2人だけで……というのは、あまりないみたいですね。

よんじゅうだい じょせい だれ りょこう おお
４０代の女性は、誰とどこへ旅行することが多いですか。
かぞく こくないりょこう
1 家族と国内旅行
ともだち こくないりょこう
2 友達と国内旅行
なかま かいがいりょこう
3 仲間と海外旅行
きんじょ ひと かいがいりょこう
4 近所の人と海外旅行

就國外旅遊的問卷結果說著話。

M：若根據問卷調查，這一年裡，日本人五個人裡有三個人到國外旅遊，男女比率也大致相
　　同。從年齡別來看的話，十幾歲和二十幾歲，還有五十幾歲的女性相當多呢。從這裡可以
　　想像，結婚前和子女長大成人後，女性享受旅遊的身影。三十幾歲或四十幾歲的女性，好
　　像以家族和國內旅遊這類居多。和朋友的……，幾乎沒有呢。相反的，男性的話，從二十
　　幾歲到五十幾歲，好像都以和職場的同事、或是興趣相投的伙伴外出者居多。然後到了
　　六十幾歲，男女都以和鄰居或是親戚大約花三個星期輕鬆地國外旅遊者比率明顯居多。但
　　是，只有夫婦二個人的……這類的，好像不太有的樣子呢。

四十幾歲的女性，以和誰、到哪裡旅遊者居多呢？
1 和家族、國內旅遊
2 和朋友、國內旅遊
3 和伙伴、國外旅遊
4 和鄰居、國外旅遊

問題4

もんだいよん

問題4では、問題用紙に何も印刷されていません。まず文を聞いてください。それから、それに対する返事を聞いて、1から3の中から正しい答えを1つ選んでください。

問題4，問題用紙上沒有印任何字。請先聽文章。接著，請聽其回答，然後從1到3中，選出一個正確答案。

1番 MP3-61

F：遠慮しないでたくさんお召し上がりくださいね。
M：1 そんなこと言わないでください。
　　2 もういっぱいです。
　　3 ありがとうございます。

F：請別客氣多吃一點喔。
M：1 請不要說那種話。
　　2 已經很飽了。
　　3 謝謝您。

2番 MP3-62

M：失恋しちゃった。悲しくてたまらないよ。
F：**1 元気だして。**
　　2 とんでもないね。
　　3 それは大変だ。

M：失戀了。難過到不行哪。
F：**1 打起精神。**
　　2 沒什麼嘛。
　　3 那真糟啊。

3番 MP3-63))

F：また無駄遣いして……。

M：1 さすがでしょう。

2 あきれるでしょう。

3 私の勝手でしょう。

F：又亂花錢了……。

M：1 很厲害吧。

2 吃驚吧。

3 那是我的事吧。

4番 MP3-64))

F：恐れ入りますが、乗車券を拝見させていただきます。

M：1 それはいいですね。

2 よろしくお願いします。

3 どうぞ。

F：不好意思，請讓我看您的車票。

M：1 那很好耶。

2 麻煩您了。

3 請。

5番 MP3-65))

M：鈴木さん、国家公務員の試験に合格したんだって。

F：1 それは大変ですね。

2 それはよかったですね。

3 それはこまりましたね。

M：聽說鈴木先生考過國家公務員的考試了。

F：1 那真糟耶。

　　2 那太好了。

　　3 那真傷腦筋啊。

6番 MP3-66))

F：いつもご丁寧にすみません。

M：1 そんなことないですよ。

　　2 こちらこそ、すみません。

　　3 やはりそうでしたか。

F：總是這麼客氣，真不好意思。

M：1 沒這回事啦。

　　2 我才不好意思。

　　3 果然還是那樣嗎？

7番 MP3-67))

M：今日はいいお天気ですね。

F：1 そうですね。

　　2 そうですか？

　　3 そうでしたね。

M：今天天氣真好啊。

F：1 是啊。

　　2 是那樣嗎？

　　3 是那樣耶。

M：あれっ、あの人、木村さんじゃない？
F：1 その通りでした。
　　2 まさか。
　　3 道理でね。

M：咦，那個人，不是木村先生嗎？
F：1 如你所說。
　　2 真沒想到……。
　　3 怪不得啊。

M：**最近、ぜんぜん電話してくれないね。**
F：1 **ごめん、忙しくて。**
　　2 いやんなっちゃうよ。
　　3 そうだといいけど。

M：最近，完全都不打電話給我耶。
F：1 **不好意思，很忙。**
　　2 變得很討厭耶。
　　3 那樣的話就好了。

M：ダイエットしてるんだって？
F：1 もっとがんばります。
　　2 もうやめちゃったの。
　　3 すばらしいでしょう。

M：聽說妳在減肥？

F：1 要更加油。

　　2 已經放棄了。

　　3 很棒吧。

11番 MP3-71))

F：30点って、どういうこと？

M：1 これでもがんばったんだよ。

　　2 よくやったね。

　　3 今度は50点だよ。

F：三十分，這是怎麼一回事？

M：1 就算這樣也是努力了啊。

　　2 做得好耶。

　　3 下次會五十分啦。

12番 MP3-72))

M：ご飯のおかわりはいかがですか。

F：1 いつもお世話になります。

　　2 つまらないものですが……。

　　3 それじゃ、少しだけ。

M：要不要再來一碗飯呢？

F：1 平常總是受您照顧。

　　2 小小東西不成敬意……。

　　3 那麼，就一點點。

M：最後まで全力を尽くしてがんばりなさい！
F：1 はい、がんばります。
　　2 はい、負けません。
　　3 はい、まだまだです。

M：請盡全力到最後！
F：1 好，我會加油。
　　2 好，我不輸。
　　3 好，還差很遠。

M：私にはそんな難しいことできません。
F：1 そんな勇気のないことを……。
　　2 そんな意気地のないことを……。
　　3 そんな意地のないことを……。

M：那麼困難的事情我沒辦法。
F：1 那麼沒勇氣……。
　　2 那麼沒志氣……。
　　3 那麼不好強……。

新日檢N1
模擬試題＋完全解析

問題5

問題5では長めの話を聞きます。この問題には練習はありません。

まず、話を聞いてください。それから、2つの質問を聞いて、それぞれ問題用紙の1から4の中から、正しい答えを1つ選んでください。

問題5，是長篇聽力。這個問題沒有練習。

首先，請聽內容。接著，請聽二個提問，並分別在問題用紙的1到4中，選出一個正確答案。

1番 MP3-75 MP3-76

ラジオで地震のニュース速報が流れています。

F1：緊急地震速報です。さきほど9時26分ごろ、関東地方で大きな地震がありました。強い揺れに警戒が必要です。……震源地は伊豆半島で、震度5との発表です。千葉で震度5、茨城で震度4、東京で震度5、栃木、埼玉の両県は震度3。津波の恐れはありません。ただし、余震の恐れがありますので、さきほど地震があった場所にお住まいの方々は、くれぐれも外出を控えるなどして警戒してください。……もう一度お知らせいたします。さきほど9時26分ごろ、関東地方で大きな地震がありました。強い揺れに警戒が必要です。震源地は伊豆半島で、震度5との発表です。千葉で震度5、茨城で震度4、東京で震度5、栃木、埼玉の両県は震度3。津波の恐れはありません。ただし、余震の恐れがありますので、くれぐれも外出を控えるなどして警戒してください。

F2：栃木のお母さんのところ、だいじょうぶかな。
M：震度3だから、だいじょうぶだとは思うけど……。
F2：電話してみたほうがいいんじゃない？
M：栃木はだいじょうぶだよ。
　　だけど兄貴のところ、東京だろ。あっちのほうが心配だよ。
F2：そうね。それと千葉の裕子ちゃんのところも。電話してみよう！

質問1
お兄さんの住んでいるところはどこですか。
1 千葉県

2 栃木県
<ruby>栃木県<rt>とち ぎ けん</rt></ruby>

3 <ruby>東京都<rt>とうきょう と</rt></ruby>

4 <ruby>茨城県<rt>いばら き けん</rt></ruby>

<ruby>質問2<rt>しつもんに</rt></ruby>

<ruby>千葉<rt>ち ば</rt></ruby>の<ruby>震度<rt>しん ど</rt></ruby>はいくつですか。

1 <ruby>震度3<rt>しん ど さん</rt></ruby>

2 <ruby>震度4<rt>しん ど よん</rt></ruby>

3 <ruby>震度5<rt>しん ど ご</rt></ruby>

4 <ruby>地震<rt>じ しん</rt></ruby>はない

收音機裡播放著地震的新聞速報。

F1：緊急地震速報。就在剛剛九點二十六分左右，關東地區發生強烈地震。必須警戒強烈搖晃。……根據發佈，震源所在地為伊豆半島，震度為五級。千葉震度為五級，茨城震度為四級，東京震度為五級，栃木、埼玉二縣的震度為三級。沒有海嘯之虞。但是，由於擔心有餘震，所以居住在剛才有地震地區者，請盡量不要外出，提高警戒。……重新播報一次。就在剛剛九點二十六分左右，關東地區發生強烈大地震。必須警戒強烈搖晃。根據發佈，震源所在地為伊豆半島，震度為五級。千葉震度為五級，茨城震度為四級，東京震度為五級，栃木、埼玉二縣的震度為三級。但是，由於擔心有餘震，所以居住在剛才有地震地區者，請盡量不要外出，提高警戒。

F2：栃木的媽媽那裡，沒關係吧？

　M：震度是三，所以我想沒問題吧……。

F2：不打電話問問看比較好嗎？

　M：栃木沒問題啦。

　　　倒是哥哥那裡，東京不是嗎？那裡比較擔心啊。

F2：也是啊。那裡，還有千葉的裕子那裡也是。打電話問問看！

問1
哥哥住的地方是哪裡呢？

1 千葉縣

2 栃木縣

3 東京都

4 茨城縣

問2

千葉的震度是多少呢？

1 震度三級

2 震動四級

3 震度五級

4 沒有地震

2番 MP3-77)) MP3-78))

お寺でお坊さんが子供たちに説明しています。

M1：できるだけゆっくりお話しますが、分からないことがあったら、手を上げて聞いてくださいね。これからお祈りするわけですが、まずは門に入ったら、本堂に向かって４５度くらいに頭を下げてください。それから手を洗う場所がありますので、そこできれいに手を洗って、口をすすいでください。本堂にある賽銭箱の前で、まず頭を下げてから鐘をつきます。賽銭箱というのが何だか分かりますか。……はい、そうです。お金を入れる箱です。そこにお金を入れて、静かに手を合わせてお祈りします。それからもう一度４５度頭を下げて終わりです。何か質問はありますか。

F1：テレビで見たことがあるんですが、どこで手を叩きますか。

M1：ああ、いい質問ですね。じつはお寺では手を叩いてはいけないんですよ。手を叩くのは神社です。

F2：難しそうだね。

M2：ぼくが教えてあげるよ。
前にお父さんとお母さんといっしょに来たとき、やったことあるんだ。
簡単だよ。でも前は知らなかったから、
手を叩いちゃったから、お父さんに注意されたんだ。

F2：へえ。めんどくさいね。

M2：でもね、お祈りしたら、願いが叶ったんだよ。

F2：どんなお願い？

M2：算数のテストで100点がとれますようにって。

F2：すごい。私もお願いするっ！！

質問1
男の子は前にどんなお願いをしたことがありますか。
1 テストで100点がとれますように
2 頭がよくなりますように
3 おこづかいがアップしますように
4 背が高くなりますように

質問2
頭は何度下げるのが正しいですか。
1 ３5度
2 ４5度
3 ５5度
4 ６5度

寺廟裡，和尚正對孩子們做說明。

M1：我盡可能慢慢地說，如果有不懂的地方，請舉手發問喔。接下來要拜拜，先請進門，面
　　對本堂鞠躬約四十五度。接下來有洗手的地方，請在那裡洗手、漱口。在本堂的油錢箱
　　的前面，先鞠躬再敲鐘。知道油錢箱是什麼嗎？⋯⋯是的，沒錯。把錢放進去的箱子。
　　把錢放進去那裡，安靜地雙手合十祈禱。接下來再一次四十五度的鞠躬就結束。有什麼
　　疑問嗎？

F1：我在電視上有看到，要在哪裡拍手呢？
M1：啊，很好的問題呢。其實在寺廟，是不可以拍手的喔！
　　拍手的是神社。
F2：好像很難耶。
M2：我來教妳啦！
　　之前和我爸爸和媽媽一起來的時候，有做過喔。
　　很簡單啦。但是因為以前不知道，
　　結果拍了手，所以被我爸爸說了一下。
F2：咦～。好麻煩喔。
M2：不過呢，拜拜的話，願望就會實現喔。
F2：什麼樣的願望？
M2：我說希望數學可以考一百分。
F2：好厲害。那我也要許願！！

問1

男孩之前許下了什麼願望呢？

1 希望考試可以考一百分

2 希望腦子變好

3 希望零用錢變多

4 希望長高

問2

頭要低下來幾度，才是正確的呢？

1 三十五度

2 四十五度

3 五十五度

4 六十五度

さんばん
3番 MP3-79))) MP3-80)))

お店の女性が新しい布団について説明しています。

F1：えー、まずはこちらの羽毛布団をご覧ください。くれぐれも羽根布団と勘違いしないでくださいね。羽根布団というのは羽根、つまりフェザーが５０パーセント以上入っているものをいいますが、羽毛布団というのは羽毛、つまりダウンが５０パーセント以上入っているものをいいます。ですので、羽毛布団は柔らかで、かなり値段も高めなんですね。とくにこちらの新商品は、羽毛100パーセント使用で、それも水鳥の胸の部分に生えた毛のみを使っています。ですので、非常に軽くてタンポポの綿毛のように柔らかなんです。さらに、この布団は、最高品質といわれているヨーロッパの寒冷地の羽毛を使っています。最高品質といわれるその理由は、生きている水鳥から人間が手で摘み取っているため、損傷がなく１つ１つが大きいために、大変軽くて暖かなんですね。驚くことに、この１枚の布団に水鳥の毛が８０羽分も使われているんですよ。

M：よさそうだね。俺、最近不眠症で困ってるから、これに替えたらよく眠れるかも。

F2：そうかな。だっていつも朝、起きると布団が遠くのほうまで飛んでるじゃない。こんなに軽い布団にしたら、あっという間に飛んじゃって、風邪引くに決まってるわよ。

M：そうかな。

F2：それにこれ、すごく高いわよ。１８万円だって。もったいないわよ。

M：おいおい、俺の健康とお金、どっちが大事なんだよ。

F2：お金に決まってるじゃない！

質問1

羽毛布団というのは何が何パーセント以上入っているものをいいますか。

1 フェザーが３０パーセント以上

2 フェザーが５０パーセント以上

3 ダウンが３０パーセント以上

4 ダウンが５０パーセント以上

質問2

この新商品には水鳥の毛が何羽分使われていますか。

1 １５０羽

2 ２８０羽

3 １００羽

4 １２０羽

店裡的女性就新棉被正做說明。

F1：嗯～，首先請看這裡的羽絨被。懇請大家不要和羽毛被弄混喔。所謂的羽毛被，指的是放進去百分之五十以上的羽毛、也就是feather的棉被，而所謂的羽絨被，是指放進去百分之五十以上的羽絨，也就是down的棉被。所以，羽絨被很柔軟，價錢也相當高喔。尤其是這裡的商品，百分之百採用羽絨，而且還是只採用水鳥胸部長出來的毛而已。所以，非常地輕，就像蒲公英的棉絮般地柔軟。而且，這個棉被是採用被譽為最高品質的歐洲寒地的羽絨。而被譽為最高品質的原因，是人類用手拔取活水鳥，所以毫髮無傷，一根一根都很大，因此才會非常輕又暖呢。令人驚訝的是，這一條棉被裡，可是使用了八十隻水鳥的羽毛量喔。

M：好像很好耶。我，最近為失眠所苦，所以換成這個的話，說不定會比較好睡。

F2：是那樣嗎？你早上一起床，總是把棉被踢得老遠不是嗎？

蓋這麼輕的棉被的話，一定沒二下就飛出去，

然後傷風感冒啊。

M：是那樣嗎？

F2：而且這個，非常貴耶。她說十八萬日圓。好浪費喔。

　M：喂喂，我的健康和錢，哪一個比較重要啊！

F2：當然是錢啊！

問1

所謂的羽絨被，是指含有多少百分比以上的什麼成分呢？

1 feather（羽毛）百分之三十以上

2 feather（羽毛）百分之五十以上

3 down（羽絨）百分之三十以上

4 down（羽絨）百分之五十以上

問2

這個新產品使用多少隻量的水鳥羽毛呢？

1 五十隻

2 八十隻

3 一百隻

4 一百二十隻

4番 MP3-81))) MP3-82)))

でんしゃ しゃしょう しゃりょう
電車の車掌さんが車両についてアナウンスしています。

M1：毎度ご利用いただきまして、誠にありがとうございます。お客様に車内のご案内を申し上げます。この電車は8両編成で、前から1号車、2号車、3号車、4号車の順になっております。禁煙車は1号車と2号車、5号車、6号車、7号車で、4号車、5号車の間と7号車、8号車の間に自動販売機が設置してございます。またお手洗いは、偶数号車にございます。のちほど、車内販売にてお弁当やサンドイッチ、コーヒー、お茶、ビール、おつまみなどをご用意して、係員がお席まで伺います。お気軽に声をおかけください。……次は、横浜、横浜に到着いたします。

M2：おなか、空いてない？

　F：うん、ちょっとね。朝、おにぎり1つしか食べなかったから。

M2：じゃ、弁当でも買おうか。

F：朝はご飯だったから、お昼はパンがいいな。

M2：じゃ、俺は弁当で、由美はサンドイッチ。飲み物はコーヒーでいい？

F：うん。

質問1
男の人は何を食べますか。

1 おにぎり

2 お弁当

3 サンドイッチ

4 ラーメン

質問2
自動販売機はどこにありますか。

1 4号車と5号車の間、7号車と8号車の間

2 2号車と3号車の間、4号車と5号車の間

3 3号車と4号車の間、7号車と8号車の間

4 4号車と5号車の間、6号車と7号車の間

電車車掌就車輛的事情正在廣播。

M1：謝謝各位搭乘本公司的車輛。為各位貴賓做車上的導覽。本班電車由八節車廂組成，從前面開始，以一號車、二號車、三號車、四號車的順序排列。禁菸車為一號車和二號車、五號車、六號車、七號車，四號車和五號車之間、以及七號車和八號車之間設有自動販賣機。另外洗手間在偶數號車廂。稍後車內販賣會準備便當或三明治、咖啡、茶、啤酒、下酒菜等等，由工作人員到您座位上服務。有需要時請別客氣叫住工作人員。……接下來，橫濱站、橫濱站到了。

M2：肚子，不餓嗎？

F：嗯，有點耶。因為早上，只吃了一個飯糰。

M2：那，買個便當吧。

F：早上是飯，所以中午麵包吧。

M2：那，我吃便當，由美吃三明治。飲料咖啡好嗎？

F：嗯。

問1

男生吃什麼呢？

1 飯糰

2 便當

3 三明治

4 拉麵

問2

自動販賣機在什麼地方呢。

1 四號車和五號車之間、七號車和八號車之間

2 二號車和三號車之間、四號車和五號車之間

3 三號車和四號車之間、七號車和八號車之間

4 四號車和五號車之間、六號車和七號車之間

考題解答

言語知識（文字・語彙・文法）・讀解

問題1（每小題各1分）

| 1 | 4 | 2 | 2 | 3 | 2 | 3 | 3 | 5 | 1 | 6 | 4 |

問題2（每小題各1分）

| 7 | 4 | 8 | 4 | 9 | 2 | 10 | 1 | 11 | 2 | 12 | 3 | 13 | 4 |

問題3（每小題各1分）

| 14 | 3 | 15 | 4 | 16 | 1 | 17 | 2 | 18 | 3 | 19 | 4 |

問題4（每小題各1分）

| 20 | 3 | 21 | 2 | 22 | 1 | 23 | 3 | 24 | 1 | 25 | 3 |

問題5（每小題各1.5分）

| 26 | 2 | 27 | 4 | 28 | 1 | 29 | 4 | 30 | 2 | 31 | 2 | 32 | 4 | 33 | 2 | 34 | 1 | 35 | 2 |

問題6（每小題各2分）

| 36 | 4 | 37 | 3 | 38 | 3 | 39 | 1 | 40 | 2 |

問題7（每小題各2分）

| 41 | 2 | 42 | 1 | 43 | 2 | 44 | 4 | 45 | 1 |

問題8（每小題各2分）

| 46 | 4 | 47 | 3 | 48 | 3 | 49 | 2 |

問題9（每小題各2分）

| 50 | 4 | 51 | 2 | 52 | 2 | 53 | 4 | 54 | 2 | 55 | 2 | 56 | 3 | 57 | 4 | 58 | 1 |

問題10（每小題各2分）

59 1　　60 1　　61 4　　62 1

問題11（每小題各2分）

63 2　　64 1　　65 3

問題12（每小題各3分）

66 2　　67 4　　68 1　　69 3

問題13（每小題各4分）

70 2　　71 4

....

註1：問題1～問題7為「言語知識（文字・語彙・文法）」科目，滿分為60分。

註2：問題8～問題13為「讀解」科目，滿分為60分。

....

◎自我成績統計

科目	問題	小計	總分
言語知識 （文字・語彙・文法）	問題 1	/6	/60
	問題 2	/7	
	問題 3	/6	
	問題 4	/6	
	問題 5	/15	
	問題 6	/10	
	問題 7	/10	
讀解	問題 8	/8	/60
	問題 9	/18	
	問題 10	/8	
	問題 11	/6	
	問題 12	/12	
	問題 13	/8	

問題1（每小題各1.5分）

1番 3

2番 2

3番 4

4番 3

5番 1

6番 2

問題2（每小題各1.5分）

1番 2

2番 1

3番 4

4番 4

5番 3

6番 3

7番 4

問題3（每小題各1.5分）

1番 1

2番 2

3番 2

4番 4

5番 3

6番 2

問題4（1番～11番，每小題各1分。12番～14番，每小題各1.5分）

1番 2

2番 3

3番 1

4番 1

5番 2

6番 1

7番 2

8番 3

9番 1

10番 2

11番 2

12番 2

13番 1

14番 3

問題5（每小題各2分）

1番

質問1 2　　　質問2 4

2番

質問1 1　　　質問2 2

3番

質問1 3　　　質問2 1

4番

質問1 3　　　質問2 4

....

註1：「聽解」科目滿分為60分。

....

◎自我成績統計

科目	問題	小計	總分
聽解	問題 1	/9	/60
	問題 2	/10.5	
	問題 3	/9	
	問題 4	/15.5	
	問題 5	/16	

考題解析

問題1 ＿＿＿＿の言葉の読み方として最もよいものを、1・2・3・4から一つ選びなさい。（請從1・2・3・4中，選擇一個＿＿＿＿詞彙最正確的讀音。）

1 早めに税金を納めてください。

請及早繳納稅金。

1.かさめて（無此字）　　　　　　2.諌めて（勸諫）

3.あさめて（無此字）　　　　　　4.納めて（繳納）

2 今度の舞台で主役を演じることになりました。

這次的表演擔任主角。

1.おんじる（無此字）　　　　　　2.演じる（表演、扮演）

3.案じる（掛心、籌劃）　　　　　4.いんじる（無此字）

3 長年手掛けてきた企画が失敗してしまった。

多年用心經營的企劃失敗了。

1.てずけて（無此字）　　　　　　2.手掛けて（親身照顧、用心指導）

3.てばけて（無此字）　　　　　　4.てだけて（無此字）

4 抽象的な絵はあまり好きではない。

不太喜歡抽象的畫。

1.嘲笑（嘲笑）　　　　　　　　　2.象徴（象徵）

3.抽象（抽象）　　　　　　　　　4.焼酎（燒酒）

5 彼はいつも都合が悪くなると逃げる。

他總是一看苗頭不對就逃走。

1.都合（某種關係、理由、情況）　　2.度合（程度、火候）

3.とごう（無此字）　　　　　　　4.具合（狀況、樣子）

— 319 —

6 被災地の復旧作業はぜんぜん進んでいない。

受災地的復原工作一點進展也沒有。

1.ふくじょう（無此字）　　　　2.ふっじょう（無此字）

3.ふくきゅう（無此字）　　　　4.復旧（恢復原狀）

問題2　（　　　）に入れるのに最もよいものを、1・2・3・4から一つ選びなさい。（請從1・2・3・4中，選擇一個填入（　　　）最適當的詞彙。）

7 祖父の（　　　）が悪化し、危ない状態にあるそうだ。

聽說祖父的病情惡化，處於危險狀態。

1.様況（無此字）　　　　　　　2.様状（無此字）

3.容身（無此字）　　　　　　　4.容態（病情）

8 主人は癌の研究に（　　　）している。

我先生從事著有關癌症的研究。

1.重事（無此字）　　　　　　　2.重視（重視）

3.従視（無此字）　　　　　　　4.従事（從事）

9 彼のおかげで仕事が（　　　）ようになった。

托他的福，工作變得順利進展。

1.図る（謀求、圖謀）

2.捗る（進展順利）

3.滞る（延誤、拖延、拖欠）

4.進る（無此字，只有「進む」意為「進展」）

10 この商品は一年間の（　　　）付きなので、安心だ。

這商品附有一年的保固，所以很安心。

1.保証（保證）　　　　　　　　2.補償（補償、賠償）

3.保障（保障）　　　　　　　　4.補章（補充本文另立的章節）

11 うちの出版社では美術全集を（　　　）することになった。

我們出版社決定出版美術全集。

　1.完工（完工）　　　　　　　　　2.刊行（出版、發行）

　3.慣行（慣例、常規）　　　　　　4.関工（無此字）

12 たまには（　　　）外食したいものだ。

偶爾真想打扮一下外出吃飯。

　1.着弄って（無此字）　　　　　　2.着操って（無此字）

　3.着飾って（打扮）　　　　　　　4.着奢って（無此字）

13 観客の期待が（　　　）点に達した。

觀眾的期待已達到最高點。

　1.高（「高点」意為「高分」）

　2.超（無「超点」此字）

　3.潮（無「潮点」此字）

　4.頂（「頂点」意為「頂點、最高點」）

問題3 ＿＿＿＿の言葉に意味が最も近いものを、1・2・3・4から一つ選びなさい。

（請從1・2・3・4中，選出一個與＿＿＿＿意義最相近的詞彙。）

14 最近はうっとうしい天気が続いている。

最近天天都是陰沉的天氣。

　1.さわやかな（清爽的）　　　　　2.あやふやな（曖昧的、模糊的）

　3.ゆううつな（憂鬱的、鬱悶的）　4.しとやかな（安詳的、斯文的）

15 あまりに簡素な結婚式で、花嫁の両親を悲しませてしまった。

太過簡樸的婚禮，讓新娘的父母親十分悲傷。

　1.容易な（容易的）　　　　　　　2.純朴な（純樸的）

　3.自在な（自在的）　　　　　　　4.質素な（樸素的）

16 子供がすこやかに成長することが、親の願いだ。

小孩能健康地成長，是父母親的心願。

1.げんきに（健康地）　　　　　　2.おんわに（穩健地）

3.しなやかに（溫柔地）　　　　　4.ものずきに（好奇地、好事地）

17 今回の試合はひさんな結果に終わった。

這次的比賽以慘不忍睹的結果結束了。

1.れいせいな（冷靜的）　　　　　2.みじめな（悲慘的）

3.すてきな（了不起的）　　　　　4.かびんな（過敏的、敏感的、神經質的）

18 あの悲しい事件からすでに6年が経過している。

那悲傷的事件至今，已經過了六年。

1.まれに（稀少）　　　　　　　　2.ちかく（不久、最近、即將、快要、幾乎）

3.もはや（已經）　　　　　　　　4.ようやく（好不容易、總算）

19 申しわけありませんが、場所を貸していただけませんか。

不好意思，場地能不能借給我們呢？

1.謝ざいです（謝罪、道歉）　　　2.非じょうです（非常）

3.大へんです（非常、驚人、不容易）　4.恐しゅくです（惶恐、不好意思、慚愧）

問題4　次の言葉の使い方として最もよいものを、1・2・3・4から一つ選びなさい。

（請從1・2・3・4中，選出一個以下詞彙最適當的用法。）

20 もりあがる（隆起、高漲）

1.予算規模を大きくもりあがった。

→予算規模を大きく上回った。（預算規模大幅超出了。）

2.デートのときは心臓がもりあがってしまい困った。

→デートのときは心臓がドキドキしてしまい困った。

（約會時心臟撲通撲通地跳傷腦筋。）

3.今回の選挙はたいへんもりあがった。（這次的選舉非常熱烈。）

4.実力は彼のほうがもりあがっている。

→実力は彼のほうが上回っている。（論實力對方在上。）

21 はまる（正合適、正好嵌入、陷入）

1.悪い噂がはまってしまい、外に出られない。

→悪い噂が広まってしまい、外に出られない。（難聽的傳言四散，無法外出。）

2.太ってしまい、結婚指輪がはまらない。（太胖導致結婚戒指戴不下去。）

3.二人の距離がもっとはまるように、がんばります。

→二人の距離がもっと縮まるように、がんばります。

（為了讓兩人的距離更加縮短而努力。）

4.その荷物をひもではまってください。

→その荷物をひもで縛ってください。（請用繩子綁住那行李。）

22 そなわる（備有、列入、具有）

1.最高の設備がそなわった病院だから、心配はいらない。

（因為是設有最高級設備的醫院，所以不用擔心。）

2.辞書や携帯電話はバッグの中にそなわっている。

→辞書や携帯電話はバッグの中に入れてある。（字典和行動電話放在袋子裡。）

3.彼女の好きな花で食卓をそなわりましょう。

→彼女の好きな花で食卓を飾りましょう。（用她喜歡的花裝飾餐桌吧！）

4.わたしの兄は教育にそなわっている。

→わたしの兄は教育に携わっている。（我哥哥從事教育。）

23 あなどる（輕視、侮辱）

1.最近は年のせいか、体力があなどってしまった。

→最近は年のせいか、体力が衰えてきた。（最近因為年齡的關係吧，體力衰退了。）

2.さまざまな方法をあなどってみよう。

→さまざまな方法を探ってみよう。（試著找尋各式各樣的方法吧。）

3.対戦相手をあなどってはいけない。（不可輕視作戰的對手。）

4.この町は昔よりもだいぶあなどった。

→この町は昔よりもだいぶ衰退した。（這城鎮比起以前已大幅衰退。）

24 さまたげる（妨礙、阻撓）

1.彼は妹に睡眠をさまたげられて、怒った。（他被妹妹打擾睡眠生氣了。）

2.ここに車をさまたげるのは、やめてください。

→ここに車を止めるのは、やめてください。（請不要在這裡停車。）

3.彼女は留学するのをさまたげることにした。

→彼女は留学するのをあきらめることにした。（她決定放棄留學。）

4.大事な仕事をさまたげてしまった。

→大事な仕事をだめにしてしまった。（重要的工作搞砸了。）

25 かなう（合乎、能實現、比得上）

1.弱者をかなうのは、当然のことだ。

→弱者をかばうのは、当然のことだ。（保護弱者是理所當然的事。）

2.先生の指示にかなって、前に進みなさい。

→先生の指示に従って、前に進みなさい。（遵從老師的指示往前進！）

3.念願がかなって、日本へ留学できることになった。

（一償宿願，可以到日本留學了。）

4.この機械をかなうときは、特に注意してください。

→この機械を使うときは、特に注意してください。

（使用這個機器時，請特別注意。）

問題5　次の文の（　　　）に入れるのに最もよいものを、1・2・3・4から一つ選びなさい。（請從1・2・3・4中，選擇一個填入（　　　）中最適當的詞彙。）

26 食の問題はただ企業（のみならず）政府にも責任がある。

食安問題不只是企業，政府也有責任。

1.にもまして（比～更～）

2.のみならず（不僅～也～）

3.なくしては（如果沒有）

4.なしでは（「なしでは～ない」意為「沒有～不～」）

27 お二人の幸せをお祈りして（やみません）。

衷心祝福二位幸福。

1.べからず（不得、不可）

2.かぎりだ（只限於～、到～為止）

3.いられない（無此用法；「ずにはいられない」意為「不得不」）

4.やみません（迫切希望）

28 ニューヨークを（かわきりに）、世界中で流行した。

以紐約為開端，流行於全世界。

1.かわきりに（以～為開端）

2.前にして（面對、面臨、在～之前）

3.先おいて（無此用法；「～をおいて」意為「除此之外」）

4.ひきかえに（無此用法；「～とひきかえに」意為「交換、兌換」）

29 デパートで彼女の姿を見かけたが、声をかけ（そびれた）。

在百貨公司看到她的身影，但錯失打招呼的機會。

1.きった（「～きる」意為「～完、～盡」）

2.かけた（「～かける」意為「做一半、快～了」）

3.けした（無此用法）

4.そびれた（「～そびれる」意為「錯過～機會、失掉～機會」）

30 大変は大変だが、徹夜すればできない（までもない）。

傷腦筋是傷腦筋，但如果熬夜的話，也不是做不到的程度。

1.ものでもない（不該、不要）

2.までもない（沒必要、用不著、未達到～程度）

3.わけにはいかない（不能、不可）

4.ではいられない（不能、哪能）

31 残念（ながら）、社長は出かけていていません。

很遺憾，社長外出不在。

1.なりに（～那樣）　　　　　　2.ながら（雖然～但是～）

3.なくは（無此用法）　　　　　4.ならば（假如～的話）

32 健康のために運動したほうがいいと（思いつつ）、やる気がおきない。

一邊想著為了健康還是運動比較好，一邊卻又提不起勁。

1.思えばこそ（正因為這樣想才～；「ばこそ」意為「正因為～才～」）

2.思うなりに（像想的那樣；「なり」意為「相當的、那樣的」）

3.思わなくて（沒有想；「なくて」意為「不～、沒～」）

4.思いつつ（一邊想著～一邊～；「つつ」意為「一邊～一邊～」）

33 生まれ変われる（としたら）、鳥になりたい。

如果能夠轉世，希望變成鳥。

1.ともなく（無意地、下意識地）　　2.としたら（要是、如果）

3.ともなると（到了～狀況下）　　4.とはいえ（雖然～但是～）

34 体中があまりに痛くて、トイレにも行けない（しまつだ）。

身體實在太痛，竟然連廁所都沒辦法去。

1.しまつだ（結果、竟然）

2.かぎりだ（只限於～、到～為止）

3.ところだ（接續在動詞之後，用於報告事情、狀況處於怎樣的階段）

4.までだ（在～之前、到～為止）

35 自分の携帯が鳴った（とおもいきや）、テレビの音声だった。

本以為是自己的手機響了，結果是電視的聲音。

1.とはいっても（雖然說～也～）

2.とおもいきや（原以為）

3.とはいうものの（雖然～但是～）

4.とばかりに（幾乎就要說、簡直就要說）

問題6 次の文の ___★___ に入る最もよいものを、1・2・3・4から一つ選びなさい。

(請從1・2・3・4中,選擇一個填入___★___最適當的詞彙。)

36 天気が ___こんなに___ ___悪くては___ ___海水浴___ ___どころでは___ ___ない___。

天氣這麼差的話,不是到海邊游泳的時候。

1.悪くては(差的話;「～ては」意為「要是～的話」)

2.どころでは(「どころではない」意為「不是～的時候」)

3.こんなに(這樣地)

4.海水浴(到海邊游泳)

37 妹はわたしの ___部屋に___ ___入る___ ___なり___ ___大声で___ ___泣きだした___。

妹妹一進我房間就嚎啕大哭。

1.大声で(大聲地)　　　　　　　　2.入る(進入)

3.なり(一～就～)　　　　　　　　4.部屋に(房間)

38 父が ___出かけ___ ___ようと___ ___すると___ ___必ず___ ___雨になる___。

父親想出門的話就一定下雨。

1.ようと(想要;「～ようとすると」意為「想要～」)

2.必ず(一定)

3.すると(一～就～)

4.出かけ(出門)

39 テストが終わった ___から___ ___見たい___ ___だけ___ ___テレビを___ ___見てもいい___。

因為考試結束了,所以電視想看多久就看多久。

1.だけ(盡興為止;「～たいだけ」意為「想～多久,就～多久」)

2.テレビを(電視)

3.から(因為～所以～)

4.見たい(想看)

40 わたしの力など　　まだまだ　　師匠　　に　　は　　及ばない。

我的能力還未及師傅。

1.師匠（老師、師傅）

2.に（助詞；「〜に及ばない」意為「不及〜」）

3.まだまだ（仍、還）

4.は（助詞，用來強調主語）

問題7 次の文章を読んで、[41]から[45]の中に入る最もよいものを、1・2・3・4から一つ選びなさい。（請閱讀以下文章，從1・2・3・4中，選擇一個放進[41]到[45]最適當的答案。）

徹信は目を輝かせた。兄弟は[41]あまり旅行をしないが、旅行が好きだ。新幹線に乗れるだけで嬉しい。さみどり(注1)の茶畑を見ることも、三俣の松原を歩くことも。

「お土産、何がいいか訊かないとね」

兄弟は、母親を静岡に[42]訪ねるたびにお土産を持っていく。ながく東京で暮らしていた[43-a]母親は、生まれ故郷での生活をそれなりに楽しんでいるようではあるが、何か欲しいものがあるかと訊くと、考えさせてちょうだい、とまずこたえ、次の電話で十から十五くらいの品物を挙げる。[44]それも、ひどく細かい指示および条件つきなので買い揃えるのにおそろしく手間がかかる。新宿タカシマヤで水曜日にだけ出店のある和菓子屋の菓子、とか、銀座鳩居堂製の、「[43-b]あたしがいつも使っていた便箋」とか、自由が丘に売っているブルトンとかいう焼き菓子を、「当日の朝」に買ってきてほしい、とか。

母親はインターネットを使いこなして情報を得ているので、どこそこの懐石料理屋の今日のお献立て、まで知っている。

菓子やら衣料品やらを山ほど抱え、兄弟は夏も冬もサンタクロース[45]みたいなありさまで、母親を訪ねるのだった。

（江國香織『間宮兄弟』による）

（注1）さみどり：若葉のような緑色のこと

中譯

徹信眼睛閃耀著光輝。兄弟雖然不[41]太旅行，但是喜歡旅行。光只是能搭新幹線就覺得開心。欣賞嫩綠色(注1)的茶園也是，在三俣的松林間漫步也是。

「土產，不問問要買些什麼比較好，不行吧？」

兄弟每次[42]拜訪在靜岡的母親時都會帶土產過去。之前長年在東京生活的[43-a]母親，在出生的故鄉生活看起來是那樣地享受，但是一問到要什麼東西時，就會先回答讓我想想，然後在下一通電話裡提出十到十五個左右的品項。由於[44]那些都有詳細指示以及附帶條件，所以要買齊非常費事。像是新宿高島屋裡星期三才會出來開店的某家和菓子店的和菓子，或是銀座鳩居堂製的「[43-b]我平常在用的便箋」，或是自由之丘賣的叫作Breton之類的燒菓子，希望「當天早上」去買過來。

由於母親是靈活運用網路獲得資訊，所以連哪裡的懷石料理店今天出什麼菜都知道。

糕點啦、衣服啦，不管夏天還是冬天，兄弟都像聖誕老公公[45]般的模樣，帶著大包小包

去探訪母親。

（取材自江國香織《間宮兄弟》）

（注1）さみどり：指像嫩葉般的綠色

41

1.なんと（多麼、居然）　　　　2.あまり（太～；「あまり～ない」為「不太～」）

3.むろん（不用説）　　　　　　4.いっそ（倒不如、更加）

42

1.訪ねるたびに（探訪的時候）　　2.訪ねるままに（任憑探訪那樣）

3.訪ねるかたわら（探訪的同時還）　4.訪ねるとはいえ（雖然探訪，但是～）

43

1.aあたし / b母親（a我 / b母親）　2.a母親 / bあたし（a母親 / b我）

3.a兄弟 / b母親（a兄弟 / b母親）　4.a母親 / b兄弟（a母親 / b兄弟）

44

1.すると（於是）　　　　　　　2.つまり（總之）

3.てんで（根本；後接否定）　　4.それも（那些也）

45

1.みたいなありさまで（像～般的模様）

2.まみれのようすで（沾滿～的様子）

3.ずくめのありさまで（全是～的模様）

4.めくようすで（帶有～氣息的様子）

問題8 次の文章を読んで、後の問いに対する答えとして最もよいものを、1・2・
3・4から一つ選びなさい。（請閱讀以下文章，針對後面的問題的回答，從
1・2・3・4中選擇一個最適當的答案。）

　もし、相手と良好な人間関係を築こうと思うなら、人と話しているときには、相手を楽し
ませようという気持ちや、相手を退屈させないための気遣いが必要です。それには、相手の
気持ちを想像しながら話を聴くことが基本になります。人は誰しも、自分に心からの関心を
寄せてもらい、話を聴いてもらうことを望んでいるものだからです。

　また、人が自分の気持ちを理解してもらったと感じることは、愛されたと感じることなの
です。そして、それらの願いを満たしてくれる人と、①関わりを持ちたいと思うのが人間で
す。

　もっとも、その一方で、②ただ自分の話を聴いてもらうだけでなく、相手の気持ちを知り
たいとも思っています。それで、自分が話すばかりでなく、相手の話も聴くということにな
ります。

　こうして、お互いが相手に関心を持って聴き合うなら、それによって会話のキャッチ・
ボールを楽しむことができます。人間関係における健康的な気の交流は、こうして生まれる
のです。

（遠藤喨及『気の幸福力』による）

中譯

　　如果想和對方建立良好的人際關係，那麼和人說話時，必須花心思讓對方覺得開心、或是
讓對方覺得不會無聊。為此，一邊打量對方的心情，一邊傾聽對方說的話是基本要件。因為人
不管是誰，都期望自己能夠得到別人打從心底的關心、以及傾聽自己的話語。

　　此外，當人們感受到別人能夠理解自己的心情時，就會有被愛的感覺。還有，想和能夠滿
足自己這些願望的人①維持關係，是人類共通的特性。

　　我還覺得，最重要的是②並非只是單方面地要對方聽自己說的話，而是也要想知道對方的
心情。那麼，就不會變成只是自顧自地說話，也會傾聽對方的聲音。

　　如此一來，若能彼此關心對方、相互傾聽，便能藉此享受你來我往的對話樂趣。而構築於
人際關係上的健康的氣的交流，就是由此孕育而生的。

（取材自遠藤喨及《氣的幸福力量》）

46 この文章での①関わりを持ちたいに近い意味のものはどれか。

1.愛し愛されたい。

2.体の関係を持ちたい。

3.キャッチ・ボールをしたい。

4.仲よくなりたい。

中譯 和本篇文章中的①関わりを持ちたい（想要擁有關係），意思相近的是哪一個呢？

　　1.想要愛與被愛。

　　2.想擁有身體上的關係。

　　3.想要投球與接球（想要你來我往）。

　　4.想要感情變好。

47 ②ただ～だけでなくと最も同じ使い方のものはどれか。

1.鈴木さんはただ話をするだけでなく、性格はとてもいいので人気がある。

　→鈴木さんは話が上手なだけでなく、性格もいいので人気がある。

2.彼はただタバコをやめるだけでなく、お酒やマージャンも上手だそうだ。

　→彼はタバコをたくさん吸うだけでなく、お酒やマージャンも好きだそうだ。

3.わたしの夢はただお金持ちになるだけでなく、社会に貢献できる人間になることだ。

4.子供たちはただ遊んでいるだけでなく、宿題や塾通いもたいへんだ。

　→子供たちは宿題や塾通いがたいへんで、遊ぶ時間がない。

中譯 和②ただ～だけでなく（並非只是～而是～）用法最相同的，是哪一個呢？

　　1.鈴木先生不只會說話，個性也好，所以受歡迎。

　　2.他不只菸抽得兇，好像也喜歡酒和麻將。

　　3.我的夢想並非只是變成有錢人，而是成為對社會能有貢獻的人。

　　4.孩子們因為作業或補習很辛苦，所以沒有玩的時間。

48 筆者の述べる「会話のキャッチ・ボール」に最も近いものはどれか。

1.相手が話したことを受けて、自分なりに想像し、それを投げ返すこと

2.自分に心からの関心を寄せてもらうように、相手に伝えること

3.相手に関心を持って聴き、相手も自分に関心を持って聴くこと

4.相手を退屈させない話題を提供し、相手にも提供してもらうこと

中譯 和作者所述的「對話的投球與接球（你來我往的對話）」，最相近的是哪一個呢？

1.承接對方所說的話，並隨自己的想像，然後丟回去（予以回應）

2.告訴對方，希望自己能夠得到對方發自內心的關心

3.關心對方並傾聽，而對方也關心自己

4.提供不讓對方覺得無聊的話題，還有對方也提供給自己

49 筆者の内容と最も合うものはどれか。

1.相手のことを愛せば、自然と相手のに関心を持って聴くことができるようになる。

2.よりよい人間関係を築くためには、互いに相手に関心を持って聴き合うことが大事である。

3.会話のキャッチ・ボールは、相手を退屈させないための気遣いさえあれば成り立つ。

4.自分の気持ちを理解してもらいたければ、自分のことを相手にどんどん話すことだ。

中譯 和作者內容最相符的是哪一個呢？

1.只要能愛對方，自然而然就會關心對方所說的話，並予以傾聽。

2.為了建立更好的人際關係，重要的是要彼此關心對方，並相互傾聽。

3.對話的投球與接球（對話的你來我往），只要能花心思讓對方不感到無聊，就沒有問題。

4.若想讓別人了解自己的心情，就要把自己的事情不斷告訴對方。

問題9　次の文章を読んで、後の問いに対する答えとして最もよいものを、1・2・3・4から一つ選びなさい。（請閱讀以下文章，針對後面的問題的回答，從1・2・3・4中選擇一個最適當的答案。）

　聞き上手とは質問ができる人。こんなふうに考えていませんか。しかし、①本当の聞き上手は、質問より「待つこと」を優先します。相手が②話す材料を持っていなければ質問しますが、まずは沈黙して待つことを選びます。

　なぜなら、③「質問」は、質問者の「聞きたいコース」に話を誘導するものであり、「話し手」の「話したいコース」から外れてしまう可能性があるからです。

　同僚「昨日は定時で帰れると思ったら、課長につかまって3時間も残業だよ」
　あなた「どんな仕事だったの？」
　同僚「今度の企画会議の資料作りだったんだけどね」
　あなた「今度の会議は社長も出るらしいからね。上司のいうことには逆らえないね。サラリーマンの宿命だろ」

　④これは、大変まずい展開です。なぜなら、この同僚は伝えたいことがあって話しはじめたのに、聞き手が質問をして、話の方向性を決めてしまったからです。同僚は「いつも残業を言われるのは自分ばかりだ」「課長は昼間はブラブラしているのに、定時近くになると仕事をしはじめて嫌になる」という話をしたかったのかもしれません。

　ですから、人の話を聞くときは、いきなり質問をせずに、⑤話し手がどの方向に話を進めたいのかを見極めなければならないのです。

　同僚「昨日は定時で帰れると思ったら、課長につかまって3時間も残業だよ」
　あなた⑥「うわっ、そりゃ災難だったね」

　と⑦相手の気持ちを受けとめて沈黙して待つ。そうすれば同僚は、自分の言いたいことを話せます。

　話したいことをなんでも話せるからこそ、会話は盛り上がりますし、なにより、聞き上手なあなたに親近感や行為をもつのです。こういった気遣いをせずに、ひたすら自分の話をしている、自称‘聞き上手’さんより、口下手(注1)で黙って話を聞いてくれる人のほうが好かれるのは、⑧言うまでもありません。

　　　　　　　　（野口敏『誰とでも15分以上会話がとぎれない！話し方66のルール』による）

（注1）口下手：すことが苦手で、言いたいことを十分に表現できないこと

中譯

　　所謂擅於聽別人話的人，就是懂得問問題的人。您不這麼覺得嗎？但是，①真的擅於聽別人話的人，比起問問題，更會以「等待」為優先。如果對方沒有②談話的素材，雖然會問問題，但首先會選擇沉默等待。

　　為什麼呢？因為③「問問題」會把話題誘導到發問者「想聽的內容」上，有可能脫離「說話者」原先「想說的內容」。

　　同事：「昨天以為可以準時回家，結果被課長逮到，加了三個小時的班啊！」

　　你：「什麼樣的工作呢？」

　　同事：「做這次企劃會議用的資料。」

　　你：「因為這次的會議，社長好像也會出席啊！無法忤逆上司交代的吧！這就是上班族的宿命吧！」

　　④這就是非常糟糕的進展。為什麼呢？因為這位同事明明就有想表達的事情才開始了話題，但因為聽話的人問了問題，所以決定了話題的方向。說不定同事想說的是「每次被叫加班的都是我」、「課長白天晃來晃去的，一到快下班才開始工作，真討厭」這樣的話題。

　　所以，在聽人家話的時候，不要一下子就立刻問問題，⑤一定要弄清楚說話者的話題是要往哪一個方向進展才行。

　　同事「昨天以為可以準時回家，結果被課長逮到，加了三個小時的班啊！」

　　你⑥「哇，那可真慘啊！」

　　就是這樣，⑦先承接對方的心情，然後用沉默來等待。如此一來，同事就能說自己想說的話。

　　正因為能夠暢所欲言，所以對話就越來越活絡，而且比什麼都好的是，還會對擅於聽別人說話的你有親近的感覺或舉動。因此，比起那些不這樣顧慮、只是自顧自地說自己的事、然後還自稱是「擅於聽別人說話的人」，那些不太會說話 (注1)、會沉默聽人家說話的人更受歡迎，便⑧自不待言了。

　　　　　　　　　　（取材自野口敏《不管和誰都可以聊十五分鐘以上不中斷！六十六個說話的規則》）

（注1）口下手：指不會說話，無法完全表達想說的

50 ①本当の聞き上手とあるが、どういう人のことか。

1.相手の聞いてほしいことを想像して、上手に質問してあげる人のこと

2.相手に聞きたいことをどんどん質問して、話を進めてあげる人のこと

3.相手が何か言うまで、いっしょに話す材料を探してあげる人のこと

4.相手に質問することはせずに、黙って相手の言葉を待ってあげる人のこと

中譯 文中提到①真的擅於聽別人話的人，指的是什麼樣的人呢？

　1.指的是想像對方想被問的內容，然後巧妙地詢問對方的人

　2.指的是拚命地詢問對方想聽的事情，然後再將話題往下進展的人

　3.指的是一起找話題，直到對方說出個什麼為止的人

　4.指的是不詢問對方，只是沉默地等待對方話語的人

51 ②話す材料とあるが、言い換えるとするとどれか。

1.表現

2.話題

3.質問

4.料理

中譯 文中提到②談話的素材，若換句話說，是哪一個呢？

　1.表現

　2.話題

　3.提問

　4.料理

52 ここでいう③「質問」とは、どういうものか。

1.聞き手が、自分の聞きたい内容を話してくれるよう相手に頼むもの

2.聞き手自身が聞きたい話の方向に話をもっていってしまうもの

3.話し手が言葉を上手に表現できないとき、手伝ってあげるもの

4.話し手と聞き手が話を進めるのに役立つ、相づちのようなもの

中譯 這裡所說的③「問問題」，指的是什麼呢？

　1.指的是聽話者請求對方，希望對方能夠說自己想聽的內容

　2.指的是所說的話題，會變成聽話者自己想聽的方向

3.指的是當說話者無法巧妙地表現言語時，會幫他的忙

4.指的是為了有助於說話者和聽話者話題的進展、像是隨聲附和之類的內容

53 ④これは、<u>大変まずい展開です</u>とあるが、どうしてまずいのか。

1.同僚は伝えたいことがあって話しはじめたのに、聞き手の質問で話したいことを忘れてしまったから。

2.聞き手の質問した内容がとてもおもしろく、話し手がその話に乗ってしまったから。

3.同僚は口下手なので、聞き手の質問を聞いて答えたほうが楽だということに気づいてしまったから。

4.同僚は伝えたいことがあったのに、聞き手が質問して、話の方向性を決めてしまったから。

中譯 文中提到④這就是非常糟糕的進展，為什麼糟糕呢？

1.因為同事明明就是有想傳達的事情才開始了話題，但在聽話者的提問之下，卻忘了想說的事情。

2.因為聽話者所提問的內容非常有趣，以至於說話者順著那個話題說下去。

3.因為同事不會說話，所以發現到還不如聽聽話者的提問再回答比較輕鬆。

4.因為同事明明有想傳達的事情，結果聽話者卻提問題，決定了話題的方向性。

54 ⑤<u>話し手がどの方向に話を進めたいのかを見極めなければならないのです</u>とあるが、どういうことか。

1.話し手が課長の愚痴を言うのは困るので、それを避けるために話題を換える。

2.話し手が話しはじめた内容から、話の展開を想像しながら次を待つ。

3.話し手はどういう方向に結論を出したいのかを想像して、その手助けをする。

4.話し手が話したいことは何なのか、直接聞いて判断し、答えを見極める。

中譯 文中提到⑤一定要弄清楚說話者的話題是要往哪一個方向進展才行，指的是什麼呢？

1.指由於說話者抱怨課長很困擾，為了避免那件事，所以趕快換話題。

2.指要從說話者開始說的內容，一邊想像話題的展開，一邊等待下一步。

3.指想像說話者要從哪一個方向下結論，然後幫助他。

4.指直接詢問和判斷說話者想說什麼，然後弄清楚答案。

55 ⑥「うわっ、そりゃ災難だったね」の他に、適当だと思う言葉はどれか。

1.じゃ、明日も残業かな。

2.それはついてなかったな。

3.えっ、そんなの当たり前だよ。

4.お前、また失敗したのか。

中譯 ⑥「哇，那可真慘啊！」之外，您覺得合適的語彙是哪一個呢？

1.那麼，明天也會加班嗎？

2.那還真背啊！

3.咦，那也是理所當然的啊！

4.你啊，又失敗了啊？

56 ⑦相手の気持ちを受けとめてとあるが、どういうことか。

1.相手の言った言葉をくり返し、相手の気持ちを理解したことを知らせること

2.相手が自分だったらと想像して、あなたに同情していると伝えること

3.自分がその立場だったらどうなのかと、相手の気持ちになって考えること

4.もし自分ならその時どうしたかと考え、相手にアドバイスすること

中譯 文中提到⑦先承接對方的心情，指的是什麼呢？

1.指重複對方所說的話語，然後讓對方知道，自己已經理解了他的心情

2.指想像如果對方是自己的話，然後告訴對方，我很同情你

3.指自己如果站在對方的立場的話會怎樣，以對方的心情思考

4.指思考如果是自己的話當時會怎樣，然後給對方建議

57 ⑧言うまでもありませんとあるが、言い換えるとしたら一番適切なのはどれか。

1.言ってはいけません。

2.当然とは限りません。

3.言うまでのことだ。

4.当たり前です。

中譯 文中提到⑧自不待言，換句話說的話，最合適的是哪一個呢？

1.不可以說。

2.未必是當然。

3.（無此用法）

4.理所當然。

58 この文章のタイトルとしてふさわしいものはどれか。

1.「聞きたい方向」に誘導しない

2.いきなり質問するべきではない

3.「聞く」イコール「反射する」

4.沈黙は休憩時間と捉えよう

中譯 作為這篇文章的標題，適合的是哪一個呢？

1.不要誘導成「想聽的方向」

2.不應該突然就問問題

3.「詢問」等於「反射」

4.掌握「沉默是休息時間」

問題10　次の文章を読んで、後の問いに対する答えとして最もよいものを、1・2・3・4から一つ選びなさい。（請閱讀以下文章，針對後面的問題的回答，從1・2・3・4中選擇一個最適當的答案。）

　日本語の発音で一番難しいのは「さ行」と「ら行」だと言われています。アナウンサー試験の面接官を担当したとき、私は受験者の「さ行」と「ら行」の発音をチェックしていました。「ま行」も難易度は高いのですが、「さ行」と「ら行」が大丈夫ならばどうにかなるものです。

　「さしすせそ」と「らりるれろ」——これが、なかなかちゃんと言えないものなのです。みなさんも、ゆっくりで構いませんから声に出してみてください。

　悪い発音、良い発音を活字で表現するのにはちょっと無理がありますが、「さ行」は舌っ足らず(注1)、「ら行」は巻き舌になっている人が少なくありません。「さ行」は舌がどこにも触らない、「ら行」は舌が上あごに触れるのが正しい発音法です。

　①これらをきれいに発音したいのであれば、滑舌練習をやるしかありません。意識して、練習をすればかなり上達するものです。

　「さ行」であれば、「新設診察室視察」。この場合、「さ行」の滑舌だけでなく、母音の無声化という要素も入っているので非常に良い練習になります。アナウンス読本には必ず出ている方法です。

　ここで有声、無声を簡単に説明しておくと、関西弁と標準語（共通語）の違いとなります。「菊」という言葉をローマ字で書くと「KIKU」となりますが、KとKに挟まった母音「I」が標準語では②無声化します。これが、関西弁では無声化しません。母音の無声化はしてもしなくても伝わっている以上、実用上、問題はないと思います。

　閑話休題(注2)。「さ行」では、ほかにも「狭山の佐々佐吉」「申請者申請書審査」などが練習となります。「ら行」では、ら行のあたまに「ば」をつける「ばらばりばるばればろ」があります。アナウンサーの研修では「ばらばりばるばればろ、びらびりびるびれびろ」と「ば行」と「ら行」をセットにしたものをよく使います。

　実際にやってみればわかりますが、まず、ちゃんと最後まで言うことができないと思います。ちなみに私は現役時代、これを2秒でやっていました。

　「ば」が終わったら、その次は「び」「ぶ」と進む。「びらびりびるびれびろ、ぶらぶりぶるぶれぶろ」。ここまでで6秒。これは非常に難易度が高いので、必ずやる必要はありませんが、やるならば繰り返しやる継続性が大切になります。

　「さ行」と「ら行」をきれいに言えるようになると、③それこそプレゼン(注3)でも日常会話でも、話す内容がより伝わりやすいことは事実です。紹介した練習をお風呂の中ででもチャレンジしてみるといいかもしれません。

（山中秀樹『伝える技術50のヒント』による）

（注1）舌っ足らず：舌の動きが滑らかでなく、発音がはっきりしないこと

（注2）閑話休題：文章で余談をやめて、話を本題に戻すときに、接続詞的に用いる語。
「それはさておき」に言い換えられる

（注3）プレゼン：「プレゼンテーション（presentation）」の略。計画や企画案などを、会議で説明すること

中譯

　　一般認為，日語發音裡最困難的就屬「さ行」和「ら行」了。我在擔任播報員的主考官時，就是在確認應考者「さ行」和「ら行」的發音。雖然「ま行」的難度也高，但只要「さ行」和「ら行」沒問題的話，應該就能過關。

　　「さしすせそ」和「らりるれろ」──這些都是很難確實發出的音。諸位慢慢地也沒關係，不妨試著發出聲音看看。

　　不好的發音、好的發音，要用文字表現出來有點困難，但是有不少人發「さ行」時口齒不清(注1)、發「ら行」時會捲舌。發「さ行」的時候舌頭哪裡都不能碰到、發「ら行」的時候舌頭要碰到上顎，才是正確的發音方法。

　　如果想把①這些音發得漂亮，只有做唇舌練習一途。只要有意識地練習，就會有相當的進步。

　　像「さ行」的話，就練習「新設診察室視察」（視察新設置的診察室）。這種情況，不只是「さ行」的唇舌練習而已，由於還包含母音無聲化的要素，所以是非常好的練習。這也是播報讀本裡一定會出現的方法。

　　這裡如果要簡單說明有聲、無聲的話，那就是關西腔和標準語（共通的語言）的差別。「菊」（菊花）這個字彙用羅馬標音來寫的話是「KIKU」，但是K和K中間夾著的母音「I」在標準語裡面會②無聲化。這個字在關西腔裡面沒有無聲化。不管母音有沒有無聲化，如果只是要傳達意思的話，我認為在實用上沒有問題。

　　言歸正傳(注2)。在「さ行」裡，其他像「狹山の佐々佐吉」（狹山的佐佐佐吉）、「申請者申請書審查」（申請者申請書審查）等也可以拿來練習。而在「ら行」裡，則有在ら行前頭加上「ば」的「ばらばりばるばればろ」。在播報員的研修裡面，經常會像「ばらばりばるばればろ、びらびりびるびれびろ」這樣，把「ば行」和「ら行」配套使用。

　　如果實際演練看看就會知道，但是首先，我覺得無法確實地說到最後。順帶一提，我在現役階段，這些二秒就能說完。

　　說完「ば」，接下來進行「び」、「ぶ」。「びらびりびるびれびろ、ぶらぶりぶるぶれぶろ」。到這裡為止是六秒。由於這個難度非常高，沒有一定要做的必要，但如果要做的話，持續反覆練習便很重要了。

　　若能漂亮地說出「さ行」和「ら行」，③正因為如此，不管是簡報(注3)或是日常生活會話，所說的內容都會更容易傳達給對方，這是不爭的事實。而所介紹的練習，不妨也在泡澡時

試著挑戰看看。

（取材自山中秀樹《傳達技巧50要訣》）

（注1）舌っ足らず：指舌頭不靈活、發音不清楚
（注2）閑話休題：文章中，當要停止閒談、回歸主題時，會用到的接續詞。也可以替換成
　　　　　「それはさておき」（言歸正傳）
（注3）プレゼン：「プレゼンテーション（presentation）」的簡略說法。指在會議中說明的
　　　　　計畫或企畫案

59 ①これらは何を指しているか。

　　1.「さしすせそ」と「らりるれろ」
　　2.舌の位置
　　3.「ま行」と「さ行」と「ら行」
　　4.活字で表現する

中譯 ①這些指的是什麼呢？
　　1.「さしすせそ」和「らりるれろ」
　　2.舌頭的位置
　　3.「ま行」和「さ行」和「ら行」
　　4.用文字來表現

60 ②無声化しますの説明として、ふさわしいのはどれか。
　　1.通常はあるはずの音が変化して別の音になる現象のこと
　　2.通常は有声である音が無声音になる現象のこと
　　3.元々はあったはずの文字が消えてしまう現象のこと
　　4.元々は存在していた言葉が変化して別の言葉になる現象のこと

中譯 就②無聲化的說明，正確的是哪一個呢？
　　1.指平常應該有的音，因為變化而變成別的音的現象
　　2.指平常有聲的音，變成無聲音的現象
　　3.指原本應該有的文字竟然不見了的現象
　　4.指原本存在的語彙，因為變化而變成別的語彙的現象

61 ③それこそを別の言葉に言い換えるとしたらどれか。

1. あらかじめ

2. ことごとく

3. しょっちゅう

4. まちがいなく

中譯 ③それこそ（正因為如此）若換成其他語彙，是哪一個呢？
1. あらかじめ（預先）
2. ことごとく（所有、一切、全部）
3. しょっちゅう（經常）
4. まちがいなく（無誤）

62 筆者がここで言いたいことは次のどれか。

1. 「さ行」と「ら行」をきれいに発音できれば相手に伝わりやすい。

2. 「さ行」と「ら行」はどんなに練習しても、なかなか発音できない。

3. 「さ行」と「ら行」は「ま行」と比べたら、とても発音しやすい。

4. 「さ行」と「ら行」が発音できなければアナウンサーにはなれない。

中譯 作者在這裡想說的，是以下哪一個呢？
1. 只要能夠漂亮地發出「さ行」和「ら行」的音，就會比較容易傳達給對方。
2. 不管如何練習「さ行」和「ら行」，也很難發音。
3. 「さ行」和「ら行」，若和「ま行」比較起來，非常好發音。
4. 若無法發「さ行」和「ら行」，就無法成為播報員。

問題11　次のAとBはそれぞれ別の新聞のコラムである。AとBの両方を読んで、後の問いに対する答えとして最もよいものを、1・2・3・4から一つ選びなさい。（以下的A和B，分別為不同報紙的專欄。請在閱讀A和B二文後，針對後面問題的回答，從1・2・3・4中選擇一個最適當的答案。）

A

これは歴史的な惨敗である。台湾の統一地方選で、政権与党の国民党が多くの首長ポストを失った。選挙結果を受けて馬英九総統が党主席を辞任した。これまで党が進めた中台関係強化の動きは停滞を余儀なくされ、中国の対台湾政策も見直しを迫られよう。

今回の選挙は、各地の首長、議員ら計1万人以上を選出するため初めて同時実施された。22の県・市で首長ポストのうち15を占めていた国民党は6にまで減らした。ここに表れたのは、馬総統が率いる国民党政権に対する批判の強さだ。馬総統は2008年の就任以来、中国との関係改善により台湾の経済成長を図る方針を掲げ、当初は支持された。しかし、それは中国事業で稼ぐ大企業を潤しただけで多くの庶民は取り残され、格差を広げたとの疑念が広がった。不祥事が重なったことも響いた。最大野党の民進党は、国民党の強固な地盤だった地域で首長ポストを奪取した。2016年初めにも実施される総統選での政権交代が視野に入ってきた。

台北市長選は、組織を持たぬ無党派の医師が国民党の次世代指導者候補を大差で破った。「台湾統一」を目指す中国は国民党との関係を重視し、台湾企業に便宜を図る一方、「台湾は独立国家」という立場をとる民進党への警戒感を隠さなかった。この春に起きた学生運動以来の新しい動きとしても注目される。

だが今後、国民党を不安視するようになれば、戦略を練り直すことになろう。台湾から見て中国大陸は、軍事的に仮想敵だが、経済的には依存する矛盾した関係にある。大半の市民は中国との統一を求めているわけではなく、適度に経済交流をしながらの現状維持を望んでいる。今や台湾海峡を直行便が飛び交い、大陸から毎日おおぜいの観光客が訪れ、親中派企業がメディアを買収し、中国の影は日に日に色濃くなっている。だが、かえってそのために、台湾人アイデンティティーは馬政権下でいっそう高まった。隣の香港では、若者らが大規模な街頭行動で当たり前の選挙制度を求めても、訴えは実現していない。「民主化をかたくなに拒む中国」という印象を改めて台湾社会に与えている。総じて言えば馬政権の6年は、対中接近のペースが速すぎて危険だと、投票を通じて判定が下された。この台湾の民意こそが、中国・習近平政権が真摯に向き合うべき相手である。

（「朝日新聞・社説2014年12月4日」）

B

台湾の馬英九・国民党政権の性急な対中融和路線が、否定された。

先月末に行われた統一地方選で、国民党が大敗を喫した。２２県市の首長選では、国民党のポスト数は、15から6に激減した。1998年以来無敗だった台北市長選では、党名誉主席の長男が、無所属新人に敗れた。野党の民進党のポストは、一気に6から13に増えた。馬総統は、大敗の責任を取り、党主席を辞任した。

選挙は、2012年に再選された馬総統の政権運営に評価を下す中間選挙の意味合いがあった。馬氏は2010年に、中国との事実上の自由貿易協定である「経済協力枠組み協定」を締結した。2期目に入ってからも、経済面での中台一体化を推し進めてきた。経済界はおおむね、中台の融和を歓迎したが、庶民の間では「格差が拡大した」との声が高まっていた。中国マネーの流入で住宅価格が高騰したことなどが原因だ。今年3月には、サービス分野などで中台間の規制が大幅に緩和されることに反対し、学生らが立法院（国会）を占拠した。中国は台湾に対して、香港と同様の「一国二制度」による統一を呼びかけている。中国にのみ込まれることへの台湾住民の危機感は、民主化を求めてデモを繰り広げる香港の学生と通じるものがある。

今後の焦点は、2016年の次期総統選に移る。国民党が党勢を立て直すには、急ぎ過ぎた対中融和路線の修正が不可欠だろう。台湾独立の志向が強い民進党が勢いづくのは間違いない。ただ、住民の圧倒的多数は、中台関係について、「統一でも独立でもない現状維持」を望んでいる。経済成長には、中国にある程度依存せざるを得ないのも事実である。現実的な対中政策を打ち出せるかどうかが、民進党の課題だ。

国民党、民進党は共に、岐路に立っている。今回の選挙結果を受けても、台北市長選における無所属候補の当選は、2大政党への批判の表れと言える。経済面を足がかりにした中国の統一攻勢は変わるまい。台湾を取り込むことは、日米が主導する環太平洋経済連携協定（TPP）に対抗し、経済圏を拡大する上でも重要な意味を持つ。中台関係の動向は、日本を含む東アジア全体の安定にかかわる。情勢を注視する必要がある。

（「読売新聞・社説2014年12月5日」）

中譯

A

這是歷史上的慘敗。台灣統一地方選舉，執政黨國民黨國民黨失去多數首長席次。接受選舉的結果，馬英九總統辭去黨主席。至今黨內所推動強化台灣與中國關係之交流不得不停擺，而中國對台灣的政策也面臨重新檢視。

這次的選舉，因為要選出各地方的首長、議員共計一萬人以上，所以首次同時舉辦。二十二個縣、市長席次當中，原本占十五席的國民黨減到六席。而此所顯示的，就是對馬總統所領導之國民黨政權的強烈批判。馬總統自二〇〇八年就任以來，便揭櫫由改善和中國間的關係以促進台灣經濟成長的方針，而當初是受到支持的。然而，那不過是為了圖利在中國賺錢的大企業而已、大多數的百姓被擺在一旁、貧富差距越來越大──這樣的懷疑卻日漸增多。而不幸的事情接二連三發生也產生了影響。最大在野黨民進黨，奪取了國民黨之前最穩固的地盤。甚至有望於二〇一六年初即將舉辦的總統大選中政權輪替。

而台北市長選舉，毫無組織的無黨籍醫師，以極大的差距打敗了國民黨新世代領導者候選人。這是自今年春天發生學生運動以來最受矚目的新動向。以「統一台灣」為目標的中國，一方面重視與國民黨之間的關係、給台灣企業方便，另一方面也不隱藏對持有「台灣為獨立國家」立場的民進黨懷有戒心。但是今後，如果覺得國民黨讓人不安，就必須重新思考戰略。

從台灣的角度來看，中國大陸在軍事上雖是假想敵，但在經濟上卻又是依賴的矛盾關係。大半的市民並非追求和中國統一，而是希望維持適度經濟交流的現況。如今台灣海峽直飛班機往來密集，每天有來自大陸為數眾多的觀光客到訪，親中派企業收買媒體，中國的影響力一日比一日加深。但相反地正因為如此，台灣人的自我認同在馬政權下更加高漲。在鄰近的香港，年輕人們透過大規模的街頭活動要求理所當然的選舉制度，但訴求沒有如願。這再次給了台灣社會「中國頑強抗拒民主化」這樣的印象。總而言之，透過投票的結果可以得到結論，那就是馬政權這六年因為接近中國的速度過快，所以讓人感到危險。而這個台灣民意，才是中國習近平政權應該真摯面對的對象。

（取材自「朝日新聞・社論2014年12月4日」）

B

台灣的馬英九、國民黨政權，急進的親中路線遭到了否定。

上個月底舉辦的統一地方選舉，國民黨吃了大敗仗。二十二個縣市首長選舉當中，國民黨的席次驟減至六席。自從一九九八年以來就沒有輸過的台北市長選舉，黨榮譽主席的長子，被無黨籍新人打敗。在野黨的民進黨席次一口氣從六席增加至十三席。馬總統負起大敗的責任，辭去了黨主席。

這次的選舉，等於是對二〇一二年再次當選的馬總統其政權營運給予評價的中間選舉。馬氏在二〇一〇年和中國簽定實質上的自由貿易協定「海峽兩岸經濟合作架構協議」。進入第二個會期後，在經濟層面上仍推動台灣與中國一體化。產業界對台灣與中國的和睦大致樂見其成，但一般老百姓間「貧富差距擴大」這樣的聲浪卻日益升高。認為因為中國錢潮的湧入，才會造成房價高漲。今年三月，由於反對服務貿易等項目大規模放寬台灣與中國之間的限制，學生們占據了立法院（國會）。中國對台灣，始終像對香港一樣要求「一國二制」式的統一。台灣居民擔心被中國吞噬的危機感，和追求民主化而展開示威遊行的香港學生有共通點。

今後的焦點，將轉移到二〇一六年的下屆總統選舉上。國民黨若想重建勢力，免不了要修正過於急進的親中路線。而台灣獨立傾向強烈的民進黨勢力越來越強，是無庸置疑的。只不過，就台灣和中國的關係，居民壓倒性地多數期盼的是「維持不統不獨的現狀」。而在經濟成長方面，在某種程度上不得不依賴中國也是事實。能不能提出現實上的對中政策，是民進黨的課題。

台北市長選舉無黨籍候選人的當選，可說是對二大政黨的批判。不管國民黨還是民進黨，都站在分歧路口。儘管受到這次的選舉結果，已經以經濟當作踏板的中國，其統一攻勢應該不會改變。而攏絡台灣，以對抗美日主導的環太平洋經濟合作協定（TPP），在擴大經濟版圖上也有重要意義。台灣和中國關係的動向，與包含日本在內的東亞全體安定息息相關。需要再注意日後的情勢。

（取材自「讀賣新聞・社論2014年12月5日」）

63 AとBのどちらの記事にも触れられている内容はどれか。

1. 中国は台湾に、香港と同じ「一国二制度」による統一を呼びかけている。

2. 台北市長選で当選したのは、2大政党に属しない無所属候補者である。

3. 台湾と中国の関係の動向は、日本を含む東アジア全体の安定にかかわる。

4. 台湾から見て中国は、軍事的には敵だが経済的には依存する矛盾した関係にある。

中譯 哪一個內容，是A和B的報導都有提到的？

1.中國對台灣，始終像對香港一樣呼籲「一國二制」式的統一。

2.台北市長選舉中當選的，是不屬於二大政黨的無黨籍候選人。

3.台灣與中國關係的動向，與包含日本在內的東亞全體安定習習相關。

4.從台灣的角度來看，中國大陸在軍事上雖是假想敵，但在經濟上卻又是依賴的矛盾關係。

64 今回、馬政権が完敗した理由の一つとして、Aの筆者とBの筆者はどのように報道しているか。

1.AもBも、対中関係による「格差の拡大」問題への不満が一因であるとしている。

2.AもBも、軍事的に中国に依頼しすぎたことが一因であるとしている。

3.Aは対中関係による「格差の拡大」問題への不満が、Bは軍事的に中国に依頼しすぎたことが一因であるとしている。

4.Aは軍事的に中国に依頼しすぎたことが、Bは対中関係による「格差の拡大」問題への不満が一因であるとしている。

中譯 論及可當作這次馬政權完敗的理由，作者A和作者B是如何報導的呢？

1.不管A或是B都認為，因為對中國的關係，造成「貧富差距擴大」問題，進而引起不滿，是原因之一。

2.不管A或是B，都認為軍事上過份依賴中國，是原因之一。

3.A認為因為對中國的關係，造成「貧富差距擴大」問題，進而引起不滿；而B認為在軍事上過份依賴中國，是原因之一。

4.A認為在軍事上過份依賴中國；而B認為因為對中國的關係，造成「貧富差距擴大」問題，進而引起不滿，是原因之一。

65 台北市長選挙についてどちらにも書かれていないものはどれか。

1.国民党名誉主席の長男が、無所属新人に敗れた。

2.当選したのは無所属候補者で、2大政党への批判の表れと言える。

3.国民党を立て直すには、中国と香港の例を参考にするといい。

4.馬政権は、対中接近のペースが速すぎて危険だという考えが、投票に反映された。

中譯 有關台北市長的選舉，不管哪一則報導都沒有提及的，是哪一個呢？

1.國民黨榮譽主席之長子，敗給無黨籍的新人。

2.當選者是無黨籍候選人這件事情，可說是對二大政黨批判的表徵。

3.要重建國民黨，最好參考中國和香港的例子。

4.馬政權接近中國的速度過快，讓人感到危險，這件事情被反映在選票上。

問題12　次の文章を読んで、後の問いに対する答えとして最もよいものを、１・２・３・４から一つ選びなさい。（請閱讀以下文章，針對後面的問題的回答，從１・２・３・４中選擇一個最適當的答案。）

　そもそもいしかわじゅん (注1) の漫画は楽しく分かり易い。いしかわじゅんは①おじさんのくせに柔軟だ。だが、本人もこぼしているように「意地っ張り」なのだ。この本はちょっとした事件から始まってなかなかに盛り上げるスリリング (注2) な物語でもあり、いしかわじゅんという生真面目な (注3) 中年男の意地を張った闘いの記録でもある。物語としては日常性から離れない視点で描かれていて、漫画家という職業の中ではメジャーでマイナーと呼ばれるいしかわ氏のポジティブ (注4) な暮らしぶりと、②そこで起きたちょっとした事件、となるだろうか。だがそれ以上に、すんなり頭と心に届く柔らかな文章で語られるいしかわじゅんという人間性がこの本では何より面白い。

　いしかわじゅんの意地には根拠がある。ただの頑固者ではない。かつていしかわじゅんの演劇評論でぶったぎられた (注5) 私が③そう思う。普段のいしかわじゅんはとても細やかに気配りをする寛容で優しくて紳士なおじ様だが、ひとたび何か物を作る立場の眼鏡をかけると一変して厳しい。その厳しさは他人だけではなく自分にも同じように向けられる。きっと今までに一度くらいは「ああ、自分がもっといい加減な性格だったらなあ」とぼやいたことがあるに違いない。私はいしかわじゅんのそうした生真面目さに共感する。ただの生真面目なら面白みにはならないが、いしかわじゅんには本質を的確に見抜く大人らしい視点と、子供のような無邪気な行動力があって、そのバランスの中で最大限面白がりながら漫画を描いたり小説を書いたり役者をやったりコマーシャルタレントになったりしている。そうしてあれこれ面白がるから自分にまた厳しくなる。いろんなことをやっていろんな知識と経験があるからこそ、 志 が果てしなく高くなっていく。そして「俺にできるんだからお前だってやってみたらいいじゃないか」と過酷な要求を他人に向ける。「あいつら口で言ってるばっかりでちっともやろうとしないんだよなあ、どうしてだろうなあ、自分がやればそれで済むことなのになあ、わかんないんだよなあ」と淡々と嘆く。時には心底怒ってみせる。さぞかし、報われない怒りなのだろうが、それを決してやめないところが意地っ張りだ。老若男女の区別なくいい加減なことをすれば、いしかわじゅんの鉄槌にポカリとやられる。だからいしかわじゅんを苦手とする編集者も少なくないだろう。でも、いしかわじゅんの漫画や文章を苦手とする読者がいるだろうか。好みはあっても、生理的に苦手とされるような個性ではないし、頭のいい人にしかできない噛み砕いた表現は徹底して面白さを追っていて、生真面目な道楽者の感性が随所に感じられる。

　私の顔をいしかわじゅんに描いてもらってTシャツを作ったことがあった。誰が見ても私と分かり、誰が見てもいしかわじゅんだと分かる絵だった。美化するでもなく露悪的にするでもなく、いしかわじゅんという生真面目な視線と道楽者のセンスがそう描く。だから私は

いしかわじゅんの鉄槌を信頼する。

（前川麻子『生真面目な中年男の一途な闘い』による）

（注1）いしかわじゅん：本名「石川潤」。漫画家、小説家、漫画評論家
（注2）スリリング：ハラハラ、ドキドキさせるさま
（注3）生真面目な：非常に真面目なこと
（注4）ポジティブ：積極的であるさま
（注5）ぶったぎられる：勢いよく切られること

中譯

　　打從一開始，石川潤（注1）的漫畫就讓人開心又易懂。石川潤①明明是個大叔，但卻很柔軟。但是，如同他本人也發過牢騷那樣，他「很固執」。這本書算是一本從小小的事件開始，然後漸漸演變成驚心動魄（注2）的故事，也算是一位叫做石川潤、非常認真的（注3）中年男子的固執奮鬥紀錄。以故事來看，是以不脫離日常生活的觀點來描寫，內容有在漫畫家職業裡被稱為主流又非主流的石川先生他積極（注4）的生活模式，以及在②那裡發生的小小事件吧。但是比起那些，在輕易傳達到腦子和心底的溫柔文章中所提及的石川潤的本性，在這本書裡，比什麼都有趣。

　　石川潤的固執是有根據的。他不只是個頑固的人而已。曾經在石川潤戲劇評論中被痛宰的我是③那麼認為的。平常的石川潤，是一位非常纖細、用心、寬容、體貼、紳士般的大叔，但是一旦讓他戴起那要做些什麼立場的眼鏡時，就會為之一變，變得很嚴格。而那嚴格不只是對別人而已，同樣地也能對自己。相信至今他一定至少發過一次牢騷「啊！自己的個性要是再差不多一點就好了」。我對石川潤那種非常認真的態度頗有共鳴。光只是非常認真的話就不有趣了，但是石川潤擁有能確實看清楚本質的大人般的眼光，以及像小孩子般天真無邪的行動力，所以可以在其平衡當中，一邊取得最大程度的趣味，一邊還畫畫漫畫、寫寫小說、當當演員、做做廣告明星。因為這個那個都很有趣，所以對自己又變得更加嚴格。正因為他做過很多事、有許多知識和經驗，所以志向變得無止盡的高。然後會「我都可以了，你試一試不就得了？」地苛求別人。也會「那些傢伙只會出一張嘴，什麼都不動手耶，為什麼呢？雖然我自己做就能搞定，但是不知道耶！」地淡淡嘆息。有時候他也會讓你見識到發自心底的憤怒。想必，應該是讓人無法還擊的憤怒吧！但是對此絕不放手的地方就是他的固執。不管男女老少，只要做事隨隨便便的話，一定會遭石川潤狠狠的訓誡。所以覺得石川潤棘手的編輯應該不少吧！但是，有對石川潤的漫畫或文章感到棘手的讀者嗎？即使有個人喜好，但由於沒有讓人生理上無法接受的特性，而且那只有腦子好的人才能咀嚼的表現，可說是徹底追求趣味，所以隨處可以感受到他非常認真的不務正業的感性。

　　我曾請石川潤畫我的臉然後做成T恤。任誰看到了都知道是我，任誰看到了都知道那是石川潤的畫。既沒有美化、也沒有醜化，就是以所謂的石川潤的非常認真的眼光、以及不務正業

者的品味，就那麼地畫出來。所以我很信賴石川潤的「鐵鎚」。（《鐵鎚》為石川潤的著作，意為「嚴厲的訓誡」）

（取材自前川麻子《非常認真的中年男子從一而終的奮鬥》）

（注1）いしかわじゅん：本名「石川潤」。漫畫家、小說家、漫畫評論家
（注2）スリリング：令人擔心、興奮的樣子
（注3）生真面目な：非常認真的
（注4）ポジティブ：積極的樣子
（注5）ぶったぎられる：猛然被切開

66 ①おじさんのくせに柔軟だとあるが、どういうことか。

1. おじさんの体は本来硬いはずなのに、彼は柔らかいということ
2. おじさんの頭は本来硬いものなのに、彼は柔らかいということ
3. おじさんは本来生真面目であるべきなのに、彼は不真面目だということ
4. おじさんは本来何もしないで家にいるのに、彼はいろいろな職業をしているということ

中譯 文中提到①明明是個大叔，但卻很柔軟，指的什麼呢？
  1. 指的是大叔的身體本來應該很硬，但是他卻很柔軟
  2. 指的是大叔的頭腦本來應該很硬，但是他卻很柔軟
  3. 指的是大叔本來應該非常認真，但是他卻不認真
  4. 指的是大叔本來什麼都不做地待在家裡，但是卻從事各式各樣的職業

67 ②そこというのはどこか。

1. 漫画の中での場面
2. スリリングな物語の中
3. 日常性から離れない視点
4. 漫画家という身分での生活

中譯 所謂的②那裡，是指哪裡呢？
  1. 漫畫中的場景
  2. 驚心動魄的故事當中
  3. 不能離開日常生活的觀點
  4. 漫畫家這樣的身分當中的生活

68 ③そう思うとあるが、どう思うのか。

1.いしかわじゅんの意地には根拠があって、ただの頑固な人間ではない。

2.いしかわじゅんの描く作品は、すんなり頭と心に届く柔らかな文章だ。

3.いしかわじゅんは昔、演劇評論でわたしをぶったぎった嫌なやつではない。

4.いしかわじゅんはとても細やかに気配りをする寛容で優しいおじさんだ。

中譯 文中提到③那麼認為,是怎麼認為呢?

　1.石川潤的固執是有根據的,不光只是頑固的人而已。

　2.石川潤描寫的作品,是輕易傳達到腦子和心底的溫柔文章。

　3.石川潤不是以前在戲劇評論中修理我的討厭傢伙。

　4.石川潤是一位非常纖細、用心、寬容、體貼的大叔。

69 この文章は何について書かれたものか。

1.いしかわじゅんは他人のことを批評する、くだらない人間だ。

2.いしかわじゅんのような生真面目な人間は、必ず損をする。

3.いしかわじゅんという人間と彼の執筆した本に対する論評。

4.この文の筆者が書いた、いしかわじゅんの人生を描いた本の紹介。

中譯 這篇文章是就什麼主題所寫的呢?

　1.石川潤是批評別人、無聊的人。

　2.像石川潤這樣非常認真的人,一定有所損失。

　3.針對石川潤這個人、以及他所寫的書的評論。

　4.介紹這篇文章的作者所寫的「描寫石川潤人生的書」。

問題13　次は、結婚紹介所の紹介相手リストである。下の問いに対する答えとして、最もよいものを1・2・3・4から一つ選びなさい。（以下，是某婚姻介紹所的介紹對象名單。請針對以下問題的回答，從1・2・3・4中選擇一個最適當的答案。）

70 女性の2番・久美子さんの条件に合う人は何人いるか。

1.6人

2.7人

3.8人

4.9人

中譯　符合二號女性・久美子小姐條件的人有幾個呢？

1.六人

2.七人

3.八人

4.九人

71 このリストにある男女各10人のうち、条件がぴったり合ってカップルになれそうなのはどれか。

1.男性1と女性10、男性7と女性3

2.男性10と女性8、男性6と女性6

3.男性5と女性5、男性8と女性1

4.男性7と女性3、男性10と女性8

中譯　這份名單男女各十人當中，條件完全符合、看似可以配對的是哪一個呢？

1.男性1和女性10、男性7和女性3

2.男性10和女性8、男性6和女性6

3.男性5和女性5、男性8和女性1

4.男性7和女性3、男性10和女性8

結婚相手の紹介リスト

男性

	仮名	職業（あれば職位など）	年収	相手に望む条件（外見や職業、性格など）
1	雄二さん	小学校教師（算数）	６５０万円	大卒で、運動が好きな人がいいです。
2	拓也さん	公務員（郵便局）	８００万円	無駄づかいしない女性をお願いします。
3	孝仁さん	医者（皮膚科）	1,200万円	明るくて、家庭的な女性なら、外見は問いません。
4	邦夫さん	サラリーマン（部長）	４８０万円	転勤が多いので、どこにでもついてきてくれる方希望。
5	進さん	塾講師（国語・歴史）	６００万円	お金にうるさくない、可愛い女性がいい。
6	康弘さん	モデル（雑誌など）	200〜800万円	収入が安定していなくても、だいじょうぶな方。身長１７０センチ以上を希望。
7	紀明さん	出版社（編集長）	７９０万円	読書と旅行が好きな女性。
8	隆さん	自営業（自転車屋）	６００万円くらい	４０才以下なら誰でもOK。ちなみに、わたしは動物が大の苦手です。
9	孝明さん	会社経営（ネット関連）	1,800万円	おとなしくて料理が上手な女性がいいです。外見はこだわりません。
10	博さん	タクシー運転手	４２０万円くらい	バツ二で子供が2人います。それでもよければ、お願いします。

女性

	仮名	職業（あれば職位など）	年収	相手に望む条件（外見や職業、性格など）
1	愛子さん	ケーキ屋従業員	３４０万円	犬が好きな人希望。秋田犬を４匹飼っています。
2	久美さん	弁護士	1,600万円	年収も外見もこだわりません。「先生」と呼ばれる職業以外の人を希望。
3	恭子さん	大学講師（スペイン語）	９００万円	趣味は旅行とドライブと小説を読むこと。趣味の合う人がいいです。
4	香苗さん	エステティシャン	７３０万円	ハンサムで背が高くて、車と家をもっている人。
5	清子さん	美容師	３９０万円	年収1,000万円以上、身長１８０センチ以上の男性を希望。
6	緑さん	家事手伝い	なし	毎月定期的に貯金をして、将来をしっかり考えている方がいいです。
7	奈津美さん	サラリーマン（社長秘書）	８４０万円	年収1,500万円以上。料理が苦手なので、外食を許してくれる方。
8	奈々子さん	無職	０円（貯金で生活）	子供が好きですが、産めません。それでもよければお願いします。
9	明菜さん	フリーター	３５～２８０万円	ディズニーランドが好きなので、毎月いっしょに行ってくれる優しい男性。
10	恵子さん	公務員（市役所）	６００万円	私は体が弱いので、健康でスポーツが得意な元気な人がいいです。

結婚對象介紹名單

男性

	假名	職業 （若有，請寫職位等）	年收入	希望對方的條件 （外貌或職業、性格等）
1	雄二先生	小學老師（算數）	650萬日圓	大學畢業、喜歡運動者佳。
2	拓也先生	公務員（郵局）	800萬日圓	希望是不會亂花錢的女性。
3	孝仁先生	醫生（皮膚科）	1200萬日圓	若是開朗、愛家的女性，不論外貌。
4	邦夫先生	上班族（部長）	480萬日圓	由於常外派，所以希望是派到哪裡都能跟著去的。
5	進先生	補習班老師 （國語・歷史）	600萬日圓	對錢不斤斤計較、可愛的女性為佳。
6	康弘先生	模特兒（雜誌等）	200〜800萬日圓	對收入不穩定也不介意者。希望身高一七〇公分以上。
7	紀明先生	出版社（總編輯）	790萬日圓	喜歡閱讀和旅行的女性。
8	隆先生	自營業（腳踏車店）	600萬日圓左右	四十歲以下皆可。附帶一提，我拿動物非常沒辦法。
9	孝明先生	經營公司（網路相關）	1800萬日圓	穩重、會做菜者佳。不在乎外表。
10	博先生	計程車駕駛	420萬日圓左右	離過一次婚，有二個小孩。如果不介意此事，就拜託了。

第三回模擬試題解析 ∨ 言語知識（讀解）

女性

	假名	職業 （若有，請寫職位等）	年收入	希望對方的條件 （外貌或職業、性格等）
1	愛子小姐	蛋糕店員工	340萬日圓	希望喜歡狗的人。目前飼養四隻秋田犬。
2	久美小姐	律師	1600萬日圓	不在乎年收和外表。希望職業是被稱為「～師」以外的人。
3	恭子小姐	大學講師 （西班牙文）	900萬日圓	興趣是旅行和開車和閱讀小說，興趣合者佳。
4	香苗小姐	身體美容師	730萬日圓	英俊、個高、有車子和房子的人。
5	清子小姐	美髮設計師	390萬日圓	希望年收入一千萬以上、身高一八〇公分以上的男性。
6	綠小姐	家事幫忙	無	每月定期存款、確實考慮未來者為佳。
7	奈津美小姐	上班族 （社長秘書）	840萬日圓	年收入一千五百萬日圓以上。由於不擅長做菜，所以希望能夠允許外食者。
8	奈奈子小姐	無業	0日圓 （用積蓄度日）	雖然喜歡小孩，但是不能生。如果不介意此事，就拜託了。
9	明菜小姐	自由工作者	35～280萬日圓	由於喜歡迪士尼樂園，所以希望每個月能一起去的體貼男性。
10	惠子小姐	公務員 （市公所）	600萬日圓	由於我體弱，所以健康、對運動在行、有活力的人為佳。

（M：男性、男孩　　F：女性、女孩）

もんだいいち
問題1

　問題1では、まず質問を聞いてください。それから話を聞いて、問題用紙の1から4の中から、正しい答えを1つ選んでください。

　問題1，請先聽問題。接著請聽內容，然後從問題用紙1到4當中，選出一個正確答案。

いちばん
1番 MP3-83))

おんな ひと おとこ ひと かいぎ じゅんび はな
女の人と男の人が、会議の準備について話しています。
おんな ひと ちゅうもん
女の人はコーヒーをいくつ注文しなければなりませんか。

M：岡本さん、明日の会議用のコーヒー、注文してもらえるかな。

F：はい、いつものお店のですよね。

M：そう。

F：いくつ注文すればいいですか。

M：そうだな、支社の部長たちも集まるから……。

F：そうすると、8杯ですね。

M：うん。あと、社長とうちの部長の分も。

F：それじゃ、10杯ですね。

M：おいおい、俺の分も忘れないでくれよ。

F：あっ、すみません。
　あれっ、でも、部長は明日、別の仕事で九州に行くことになってたと思いますが……。

M：九州？聞いてないよ。

F：部長の分、減らしますか？

M：どうしようかな。いや、いいよ。もしかしたら、専務も来るかもしれないし。

F：はい、分かりました。

おんな ひと ちゅうもん
女の人はコーヒーをいくつ注文しなければなりませんか。

女人和男人就會議的準備說著話。
女人非訂幾杯咖啡不可呢？

M：岡本小姐，可以幫我訂明天會議要用的咖啡嗎？
F ：好的，平常那家店是吧？
M：是的。
F ：訂幾杯好呢？
M：那個嘛，分公司的部長們也會來，所以……。
F ：那樣的話，就是八杯囉。
M：嗯。還有社長和我們的部長也要。
F ：那樣的話，就是十杯囉。
M：喂喂，可別忘了我的份啊！
F ：啊，不好意思。
　　咦，但是，我記得部長明天不是還有別的事情要到九州……。
M：九州？沒聽說啊！
F ：部長的份，要扣掉嗎？
M：怎麼辦呢？不，不用扣吧！因為說不定常務董事也會來。
F ：好的，知道了。

女人非訂幾杯咖啡不可呢？

答案　3

にばん
2番 MP3-84))

おんな ひと おとこ ひと とも おく はな
女の人と男の人が友だちに贈るプレゼントについて話しています。
おとこ ひと はな か
男の人は、どの花を買うことにしましたか。

そうだん
M：ちょっと相談にのってくれない？
そうだん むずか じんせいそうだん
F ：どんな相談？難しい人生相談とかはいやよ。
ち か たんじょうび はなたば おく
M：じつは、知佳ちゃんの誕生日に花束を贈りたいんだけど、
はな ゆみ かのじょ し
　　どんな花がいいのか分からなくてさ。由美ちゃんは彼女のこと、よく知ってるだろ。
かのじょ す いろ
F ：彼女が好きな色はピンクね。
さくら
M：じゃ、桜？

F：桜の花束なんて、聞いたことないわよ。

M：そうなの？俺、花なんて贈ったことないから……。向日葵はどう？

F：女の子はみんな、バラとかチューリップとかが好きなんじゃないかな。

M：なるほど。じゃ、ピンクのチューリップを20本くらい買おうかな。

F：いいんじゃない。

M：バラよりいいかな。

F：知佳ちゃんはアレルギーがあるから、
　　匂いの少ないチューリップのほうがいいと思うな。

M：由美ちゃんに聞いてよかったよ。助かった。ありがとう。

F：うまくいったら、後でステーキおごってね。

M：はいはい。

男の人は、どの花を買うことにしましたか。

女人和男人就要送給朋友的禮物說著話。

男人決定買什麼花了呢？

M：可以跟妳商量一下嗎？

F：商量什麼？困難的人生問題之類的，我可不要喔！

M：其實是知佳生日我想送花，
　　但是不知道要送什麼樣的花才好。由美妳很清楚她的喜好吧！

F：她喜歡的顏色是粉紅色吧！

M：那麼，櫻花？

F：櫻花的花束，聽都沒聽過啊！

M：那樣啊？因為我，從來都沒有送過花……。向日葵怎麼樣呢？

F：女生們不是都喜歡玫瑰、鬱金香之類的花嗎？

M：原來如此。那麼，粉紅色的鬱金香就買個二十朵左右吧！

F：不錯啊。

M：比玫瑰好嗎？

F：知佳會過敏，
　　所以我覺得香味淡的鬱金香比較好耶。

M：問由美真是問對人了。多虧妳。謝謝。

F：進行順利的話，之後要請我吃牛排喔！

M：好、好。

第三回模擬試題解析

聽解

男人決定買什麼花了呢？

答案　2

さんばん
3番 MP3-85))）

おんな こ おとこ こ かあ たの はな
女の子と男の子がお母さんに頼まれたものについて話しています。
ふたり か
2人はどれを買いますか。

F：牛乳は買ったし、卵も買ったし……。

M：あとは果物だね。
　　お母さん、りんごかイチゴかスイカかバナナのどれかって言ってたよね。

F：スイカがいいけど、500円以内って言ってたよ。

M：500円じゃ、バナナしか買えないよ。

F：えー、私、バナナはいや。

M：じゃ、どれにするんだよ。

F：見て、あそこに人がたくさん。安売りしてるみたいよ。

M：本当だ。何だろう、バナナかな。

F：ううん、スイカみたい。

M：1袋 480円って書いてある。

F：袋に入ってるんじゃ、スイカじゃないよ。

M：りんごだ。じゃ、りんごにしよう。

F：そういえば、お母さん、明日のお弁当に入れるって言ってたよね。お弁当に入れるな
　　ら、りんごじゃないほうがいいよ。りんごは時間が経つと色が変わっちゃうもん。
　　塩水につければ色が変わらないけど、しょっぱくなっちゃうから、私、いや。

M：スイカは1,200円もするし、バナナはお姉ちゃんが嫌いだし……。
　　りんごはお弁当に不向きか。じゃ、これしかないね。

F：うん、そうだね。

ふたり か
2人はどれを買いますか。

女孩和男孩就母親交代的東西說著話。
二人要買哪一種呢？

F：牛奶也買了，蛋也買了……。

M：只剩下水果吧？

媽媽說蘋果、草莓、西瓜、香蕉其中一種是吧？

F：我要西瓜，但是媽媽說要五百日元以內耶！

M：五百日圓的話，只能買香蕉喔！

F：咦，我不喜歡香蕉。

M：那麼，要選哪一種啦！

F：看，那邊人好多。好像在特賣喔！

M：真的。是什麼呢？香蕉嗎？

F：不是，好像是西瓜的樣子。

M：寫著一袋四百八十日圓。

F：放進袋子裡的話，就不會是西瓜啦！

M：是蘋果。那麼，就決定蘋果吧！

F：說到那個，媽媽說要放進明天的便當裡吧。放到便當裡的話，

不要蘋果比較好喔！因為蘋果經過一段時間，顏色會變。

雖然泡一下鹽水顏色就不會變，但是會變鹹，所以我不喜歡。

M：西瓜既要一千二百日圓，香蕉姊姊又不喜歡……。

蘋果又不適合便當嘛。那麼，就只能這種囉。

F：嗯，說的也是。

二人要買哪一種呢？

答案　4

よんばん
4番 MP3-86))

女の人と男の人が新入社員の研修について話しています。
男の人は、何を教えなければなりませんか。

F：田中くん、あさっての新入社員の研修について何か聞いてる？

M：いえ、まだですけど……。

F：私たち2人が担当なんだって。そこで相談なんだけど、分担して話すことにしない？
私は会社の心がまえを話すわ。

M：じゃ、ぼくは仕事の内容ですか。

F：ううん、それも私が話す。田中くんは、コピー機とかファックスとかコンピューターと
　　かそういう器材の使い方について、教えてくれない？私、機械苦手だから。ねっ。

M：分かりました。あっ、でも、コピー機は今壊れてて、
　　来週、新しいものに取り換えるので、そのときみんなで学ぶらしいですよ。

F：そうなの？じゃ、それはいいわ。

M：何人くらいいるんですかね。

F：部長の話だと、7、8人みたい。

M：そんなにいるんですか。

F：少ないほうよ。去年は30人近くもいたんだから。私はコピー機の使い方を教えるよう
　　に言われたんだけど、自分でもよく分からないのに、ほんとに大変だったわ。

M：ほんとですね。

F：今年は田中くんがいっしょでよかった。じゃ、あさって、よろしくね。

M：はい、こちらこそよろしくお願いします。

男の人は、何を教えなければなりませんか。
1 社員の心がまえ
2 仕事の内容
3 コンピューターの使い方
4 コピー機の使い方

女人和男人就新進員工的研修說著話。

男人非教什麼不可呢？

F：田中先生，有關後天的新進員工研修，有聽到什麼嗎？

M：不，還沒有……。

F：聽說是我們二個人要負責。所以我想和你商量，要不要分工做說明？
　　我來說進這家公司的心理準備。

M：那麼，我是工作的內容嗎？

F：不，那個也是由我來說。可以請田中先生教大家影印機、傳真、或是電腦那些器材的使用
　　方法嗎？因為我對機器不在行。好嗎？

M：知道了。啊，但是影印機現在壞掉了，
　　下個星期會換新機，所以好像那個時候大家才會一起學喔！

F：那樣啊？那麼，那個就不用了。

M：大約有幾個人呢？

F：照部長說，好像是七、八個人的樣子。

M：有那麼多人啊？

F：還算少的哩！因為去年有將近三十個人。我被交代要教影印機的使用方法，可是連我自己都不太清楚，真的很慘。

M：真的耶。

F：今年可以和田中先生一起真好。那麼，後天，就拜託囉。

M：好的，我才要請妳多幫忙。

男人非教什麼不可呢？
1 員工的心理準備
2 工作的內容
3 電腦的使用方法
4 影印機的使用方法

<ruby>5<rt>ご</rt></ruby><ruby>番<rt>ばん</rt></ruby> MP3-87))

女の人と男の人が取引先の入金状況について話しています。
女の人は、このあと何をしますか。

M：まいったな。

F：どうしたんですか。

M：岡本物流からの入金なんだけど、今日もまだ入ってないんだよ。

F：えっ、まだなんですか。

M：うん。部長から何度も聞かれて、困っちゃうよ。

F：そうですね。でも、どうしたんでしょうね。いつもはこんなことないのに。
　　メールして みたらどうですか。

M：もう何十通もしたよ。

F：困りましたね。

M：週明けには入ってるって、言ってたのに……。電話するしかないかな。
　　あっ、でも、これから外回りだ。

F：私が代わりにしておきましょうか？

M：えっ、いいの？じゃ、悪いけどお願いしてもいいかな。

F：ええ、もちろんです。先輩にはいつもお世話になってますから、たまには私も。

M：担当者は……。

F：あっ、高橋さんですよね。彼女なら何度か話したことがありますから、分かります。

M：よかった。助かるよ。

F：まかせてください。

女の人は、このあと何をしますか。

1 電話する

2 メールを出す

3 入金する

4 外出する

女人和男人就往來客戶入帳的情形說著話。

女人在這之後要做什麼呢？

M：傷腦筋啊。

F：怎麼了嗎？

M：就是岡本物流的入帳，今天還是沒有進來啊。

F：咦，還沒有嗎？

M：嗯。被部長問了好幾次，傷腦筋啊。

F：是啊。但是，發生什麼事了嗎？明明平常不會這樣。
　　發電子郵件試試看如何呢？

M：已經發好幾十封了啊！

F：傷腦筋耶。

M：明明說過星期一一早就會進來……。只能打電話了嗎？
　　啊，但是，我等一下要公出。

F：我來代替你處理吧？

M：咦，可以嗎？那麼，雖然不好意思，但是可以拜託妳嗎？

F：嗯，當然。前輩總是照顧著我，所以偶爾我也要。

M：負責人是……。

F：啊，高橋小姐是吧。是她的話，因為講過好多次話，所以我知道。

M：太好了。得救了。

F：請交給我。

女人在這之後要做什麼呢？

1 打電話

2 發電子郵件

3 入帳

4 外出

6番 MP3-88))

女の人と男の人が派遣社員の採用について話しています。
男の人は、派遣社員をどのように採用したいと言っていますか。

M：横山さん、来月から始まるイベントの派遣社員、手配はもう済んだ？

F：ほぼ済みました。でも昨日、派遣会社から電話がありまして、4人を一週間ずつ交代で
　やれないかって言ってきたんです。それで、今、検討中でして……。

M：4人を一週間ずつ交代で？

F：はい、その4人も午前と午後の部に分けて2人、2人にしたいということでした。

M：ってことは、つまり一か月で6人必要ってことか。

F：いえ、8人です。

M：ん？あ、そうか。で、値段は同じなのか？

F：はい、同じだそうです。

M：でも、そんなにも入れ代わりが激しくて、効率が悪くならないかな。

F：確かにそうですね。

M：それに、そんなにたくさんいると訓練するのにも時間がかかるし……。
　やっぱり元の企画通り進めてくれるように、言ってくれない？
　毎日同じ人間のほうがいい。

F：ってことは、元の、向こうが言う数より2人少ない人数で、一か月ということですね。

M：うん、そう。大変だろうけどよろしく。

F：分かりました。

男の人は、派遣社員をどのように採用したいと言っていますか。
1 一か月8人のじ派遣メンバーで
2 一か月6人の同じ派遣メンバーで
3 一週間ずつ4人の派遣を交代で
4 一週間ずつ2人の派遣を交代で

第三回模擬試題解析 ∨∨ 聽解

— 367 —

女人和男人就派遣員工的任用說著話。
男人正在說，想要怎樣任用派遣員工呢？

M：横山小姐，下個月開始的活動，已經安排好派遣員工了嗎？
F：差不多好了。只是昨天派遣公司打電話來，說可不可以每一個星期輪替四個人。所以，現在還在研究中……。
M：每一個星期輪替四個人？
F：是的，還說希望那四個人也分成上午和下午班，然後二個人、二個人。
M：也就是說，總之每個月需要六個人嗎？
F：不是，是八個人。
M：嗯？啊，那樣啊！所以，價錢一樣嗎？
F：是的，據說一樣。
M：但是，輪替那麼頻繁，效率不會變差嗎？
F：確實會那樣啊！
M：而且，如果人那麼多，訓練起來也會很花時間……。
　　可以幫我跟他們說，還是希望依照原來的計畫進行嗎？
　　每天同樣的人比較好。
F：也就是說，照原來那樣，比對方說的人數少二個人，一個月是吧？
M：嗯，就是那樣。雖然麻煩，但是拜託了。
F：知道了。

男人正在說，想要怎樣任用派遣員工呢？
1 一個月八個同樣的派遣團隊成員
2 一個月六個同樣的派遣團隊成員
3 每個星期輪替四個派遣人員
4 每個星期輪替二個派遣人員

問題2では、まず質問を聞いてください。そのあと、問題用紙の選択肢を読んでください。読む時間があります。それから話を聞いて、問題用紙の1から4の中から、正しい答えを1つ選んでください。

問題2，請先聽問題。之後，閱讀問題用紙的選項。有閱讀時間。接著請聽內容，從問題用紙1到4中，選出一個正確答案。

いちばん
1番 MP3-89)))

きょうしつで女の学生と男の学生が話しています。
おとこの学生は、先生はどうして来ないと言っていますか。

F：やばい。

M：どうしたの？

F：宿題のレポート、家に忘れてきちゃった。

M：だいじょうぶだよ。

F：なんで？

M：だって、鈴木先生、今日は来ないから。

F：休講ってこと？でも、なんで来ないって知ってるのよ。

M：じつは、昨日、母親が入院してる病院に行ったんだ。
　　それで、ロビーで偶然先生に会ってさ。

F：先生、病気なの？

M：先生じゃなくて、先生のお父さん。それがさ、急に亡くなっちゃったんだって。

F：先生のお父さんって、アメリカに住んでたのよね。
　　昔はパイロットだったとかって、聞いたことがある。

M：二か月くらい前に急に倒れて、それで日本に帰って来たみたいなんだけど……。

F：あまりに急で、先生もショックでしょうね。

M：ほんと、昨日会ったときは、目が腫れてて、かなり痩せた感じだったよ。

F：先生も倒れなきゃいいけど。

おとこの学生は、先生はどうして来ないと言っていますか。
1 先生がお父さんとアメリカに行ったから
2 先生のお父さんが亡くなったから

3 先生が病気で倒れてしまったから
4 先生のお父さんがアメリカに行くから

教室裡女學生和男學生正在說話。
男學生正在說，老師為什麼不來呢？

F：慘了。

M：怎麼了嗎？

F：報告的作業，忘在家裡了。

M：沒關係啦！

F：為什麼？

M：因為，鈴木老師今天不來。

F：你是說停課嗎？但是你怎麼知道老師不來啊！

M：其實是我昨天去了母親住院的醫院。
　　後來，偶然在大廳遇到老師。

F：老師，生病了嗎？

M：不是老師，是老師的父親。那個啊，聽說是突然過世。

F：老師的父親，之前是住在美國吧。
　　以前是飛行員什麼的，我曾聽說。

M：好像大約二個月前突然倒下，然後就回日本的樣子……。

F：太過突然，老師也衝擊很大吧。

M：真的，昨天遇到時，眼睛腫腫的，覺得瘦了不少喔。

F：希望老師可別也倒了下來。

男學生正在說，老師為什麼不來呢？
1 因為老師和父親去了美國
2 因為老師的父親過世
3 因為老師生病倒了下來
4 因為老師的父親去美國

おんな ひと おとこ ひと でんわ はな　　　　　　　　おんな ひと
女の人と男の人が電話で話しています。女の人は、このあとどうすると言っていますか。

F：はい、山田電器サービスセンター、ハードウエア係です。

M：あの、この間買ったばかりのパソコンがもう壊れちゃったんですけど……。

F：かしこまりました。では、どのような状態か、ご説明いただけますか。

M：えっと……、DVDが見られないんです。

F：DVDですね。

M：はい。ディスクを入れて起動しようとすると、強制終了になっちゃうんです。
　　何回もやってみたんですけど、同じでした。

F：そうですか。恐らくソフトの問題だと思いますので、ソフトの担当部門にお回しします。お忙しいところ恐縮ですが、少々お待ちください。
　　……申しわけございません。ただいま電話がふさがっているようですので、こちらから
　　折り返しご連絡させるようにいたします。

M：いつ頃になりますか。

F：このあとすぐに、お電話差し上げられると思います。

M：あと３０分後に出かけなきゃならないから、なるべく早めに電話くれますか。

F：かしこまりました。

おんな ひと
女の人は、このあとどうすると言っていますか。
1 ソフトの担当者に電話させる
2 ハードの担当者に電話させる
3 ソフトを大至急、点検する
4 ハードを大至急、点検する

女人和男人正用電話說著話。女人正在說，之後要怎麼做呢？

F：您好，這裡是山田電器服務中心硬體部門。

M：那個，我之前才剛買的電腦已經壞掉了……。

F：知道了。那麼，可以請您告訴我是什麼樣的情況嗎？

M：這個嘛……，不能看DVD。

F：DVD是吧。

M：是的。光碟片放進去想要啟動時，就會強制結束。
　　已經試過好幾次了，但是都一樣。

F：那樣啊。我想恐怕是軟體的問題，所以我把電話轉到負責軟體的部門。您在百忙之中非常
　　抱歉，但是請您稍待。
　　……不好意思。現在電話好像忙線中，所以我們這邊會立刻回電。
M：大約什麼時候呢？
F：我想之後馬上就可以打電話給您。
M：因為我再三十分鐘後就非出門不可，所以可以盡早打電話給我嗎？
F：知道了。

女人正在說，之後要怎麼做呢？
1 要軟體的負責人打電話給她
2 要硬體的負責人打電話給她
3 要軟體部門緊急檢測
4 要硬體部門緊急檢測

さんばん
3番 MP3-91))

おんな ひと おとこ ひと はな
女の人と男の人が話しています。男の人は、どうして奥さんが怒ったと言っていますか。

M：まいったよ。
F：どうしたの？
M：じつは妻とけんかしちゃってさ。
F：珍しいわね。いつもは仲がいいのに。理由は？
M：それがさ、うちの母親がゴルフバッグを買って、プレゼントしてくれたんだよ。
F：わあ、いいじゃない。ずっとほしいって言ってたもんね。
M：そうなんだよ。妻は、毎月生活するのも厳しいのにゴルフなんて……って言って、
　　買わせてくれなかったからさ。
F：お母さんが買ったんだから、奥さんは怒らなくてもいいよね。
　　家計に響かないんだから。
M：問題は、俺が内緒にしてたからなんだ。それが気に入らないんだって。
F：だけど、言えばどうせ怒るでしょ？
M：そうなんだよ。だから秘密にして、弟の家に置いておいたんだ。
　　それなのに、弟の嫁さんが電話してきて言ったらしいんだよ。
　　「お兄さんのゴルフバッグがうちにありますけど……」って。
　　俺は、わざとだと思うんだけどさ。弟の嫁、性格が悪いから。

F：それで、ばれちゃったのね。

M：そう。

男の人は、どうして奥さんが怒ったと言っていますか。
1 ゴルフバッグを相談なしで勝手に買ったから
2 弟の嫁と電話で内緒話をしていたから
3 毎月生活が厳しくて、とても困っているから
4 ゴルフバッグを買ってもらったことを内緒にしたから

女人和男人正說著話。男人正在說，為什麼太太生氣了呢？

M：傷腦筋啊！

F：怎麼了嗎？

M：其實是和我太太吵架了啊。

F：還真難得啊！平常明明感情那麼好，原因是？

M：那是因為啊，我母親買了高爾夫球袋當禮物送我。

F：哇，很棒不是嗎？因為你一直說想要啊！

M：就是那樣啊！因為我太太說每個月生活都那麼緊了，還打什麼高爾夫球，
　　所以都不讓我買。

F：因為是你母親買的，你太太不用生氣吧！
　　因為沒有影響到家計。

M：問題是因為我沒有告訴她。她說她不喜歡那樣。

F：但是，就算說了，橫豎她還是會生氣不是嗎？

M：就是那樣啊！所以我才保密，放在弟弟家裡。
　　都已經那樣了，可是我弟媳好像還是打電話來說。
　　說什麼「哥哥的高爾夫球袋在我們家裡……」。
　　我覺得她是故意的。因為我弟媳個性不好。

F：所以，就被拆穿了是嗎？

M：沒錯。

男人正在說，為什麼太太生氣了呢？
1 因為沒有商量就自作主張買了高爾夫球袋
2 因為和弟媳在電話裡說悄悄話
3 因為每個月生活很緊，非常傷腦筋
4 因為把買送給他的高爾夫球袋這件事情當作祕密

よんばん
4番 MP3-92))

女の人と男の人が電話で話しています。女の人が、メモに書くことはどれですか。

F：はい、お電話かわりました。営業2課の合田です。

M：ヤマト商事の谷川と申します。八木さんはいらっしゃいますでしょうか。

F：申しわけございません。八木は、ただいま席をはずしておりまして。

　　よろしければ、私がご用件を承りますが……。

M：そうですか。それでは八木さんにお伝えください。じつはおととい、大型のビニール袋
　　を4箱注文したんですが、納品の予定を少し早めて、8日には納品していただきたいん
　　です。

F：はい。

M：それで、それが可能かどうか、至急お返事いただきたいんですが……。

F：承知いたしました。ご注文のお品を、8日までにお納めできるかどうかですね。

M：はい、そうです。

F：では、八木が戻り次第、すぐにお返事するよう手配いたします。

M：よろしくお願いします。

F：お電話、ありがとうございました。

女の人が、メモに書くことはどれですか。
1 注文の品を、8日までに追加注文したいとのこと
2 注文の品を、予定通り納品してくださいとのこと
3 注文の品を、8日までに納品してくださいとのこと
4 注文の品を、8日までに納品できるか返事がほしいとのこと

女人和男人正用電話說著話。女人要做的筆記是哪一項呢？

F：您好，電話轉接過來了。我是營業二課的合田。

M：我是大和商事的谷川。請問八木先生在嗎？

F：不好意思。八木現在不在位置上。

　　如果方便的話，由我來承接您的要事……。

M：那樣啊？那麼請轉達八木先生。其實是我在前天，訂購了四箱大型的塑膠袋，但是希望比
　　預定到貨的時間早一些，八號到貨。

F：好的。

M：然後，希望能夠緊急回覆我有沒有可能那樣……。

Ｆ：知道了。就是您訂購的產品，能不能在八號前收到是嗎？

Ｍ：是的，沒錯。

Ｆ：那麼，我會請八木一回來，就立刻回覆。

Ｍ：麻煩您了。

Ｆ：謝謝您的來電。

女人要做的筆記是哪一項呢？

1 希望預定的商品，在八號以前追加預訂

2 請將預定的商品，依照預定送到

3 請在八號以前，將預定的商品送到

4 希望回覆預定的商品能不能在八號之前送到

５番 MP3-93))

おんな ひと
女の人がパーティーに遅刻して入ってきました。今、ある男性が話しています。
この男の人が話しているのは、プログラムのどこの話ですか。

Ｍ：振り返れば、御社と取り引きを始めてから、すでに２０年が過ぎようとしています。先
代の社長さんの頃からひいきにしていただき、プライベートでも親しくおつきあいさせ
ていただき、大変光栄に存じます。御社のご支援、ご厚意によって、私どももここまで
成長することができました。これもひとえに、社長さんを始めとする従業員のみなさま
のご厚情と、心から感謝しております。今後とも、今までと変わらずお付き合いしてい
ただきますとともに、よりいっそうの御社のご発展をお祈りし、ごあいさつに代えさせ
ていただきます。本日は、おめでとうございます。

この男の人が話しているのは、プログラムのどこの話ですか。

1 社長のあいさつ

2 来賓の祝辞（〇〇市・市長）

3 来賓の祝辞（大倉商事・社長）

4 乾杯のあいさつ

女人宴會遲到進入會場。現在，某位男性正在說話。
這個男人正在說的，是節目表中的哪一個段落呢？

M：回頭一看，和貴公司從合作開始，已經過了二十年。從上一任社長開始就承蒙照顧，連私
底下也親密交往，真是倍感光榮。由於貴公司的支持、愛護，我們也有了現今的成長。這
也完全歸功於社長以及貴公司同仁的深情厚意，在此由衷感謝。衷心希望今後也能像現在
一樣繼續惠予支持，同時也期盼貴公司更加鴻圖大展，謹此致意。今天，恭喜貴公司。

這個男人正在說的，是節目表中的哪一段呢？
1 社長致詞
2 來賓賀詞（○○市・市長）
3 來賓賀詞（大倉商事・社長）
4 舉杯祝賀

6番 MP3-94

会社のセミナーで、プレゼンの方法について説明しています。
この女の人は、何が一番大切だと言っていますか。

F：えー、それではこれから、プレゼンについてお話します。ちなみに、プレゼンというの
は、プレゼンテーションの略です。プレゼンに含まれる主な要素としては、次のような
ことが考えられます。プリントの図をご覧ください。まず、プレゼンの流れを決める台
本、それから聞き手の背景の分析、聞き手との相互作用、そして配布資料の4つです。
そこでもっとも大切なのは、プレゼンを一方的にだらだら行わないということです。み
なさん、通常、質疑応答をまとめて最後に回していませんか。聞き手がする質問を、怖
がっていませんか。聞き手が質問するのは、提案内容に興味があるという証拠です。質
問は話の節目ごとに取り上げて、その場ですぐに答えたほうが効果的です。プレゼンと
いうのは、みなさん自身が話すのではなくて、聞いている人たちの声を聞くこと、そう
いう場なんです。これこそ一番大事なことです。分かりますか。

この女の人は、何が一番大切だと言っていますか。
1 質問を恐れないこと
2 だらだらしないこと

3 聴衆の話を聞くこと
4 質疑応答しないこと

公司的研討會裡，正就簡報的方法做說明。
這個女人正在說，什麼是最重要的呢？

F：嗯，那麼接下來，由我就簡報做說明。附帶一提，簡報（present）就是簡明扼要做報告
（presentation）的簡稱。一般認為，簡報裡含有以下幾個主要元素。請看講義的圖。首
先，是決定簡報流程的範例，然後是聽講者的背景分析、和聽講者之間的互動，接著是
發放的資料這四個。在那裡面最重要的，就屬不要單方面冗長地進行簡報。各位，您是不
是通常都把該回答的問題做彙整，然後安排到最後呢？對聽講者的提問，是不是在怕呢？
聽講者所做的提問，就是對提案內容感興趣的證明。所以提問要在談話的每個節骨眼就面
對，然後當場立刻回答最具效果。所謂的簡報，不是要各位自己講自己的，而是要傾聽聽
講者的聲音，是那樣的目的。這才是最重要的事。清楚嗎？

這個女人正在說，什麼是最重要的呢？
1 不害怕被提問
2 不要說得太冗長
3 傾聽聽眾所言
4 不要回答問題

ななばん
7 番 MP3-95))

おんな ひと おとこ ひと かいじょう はな おんな ひと なに しんぱい
女の人と男の人がブックフェアの会場で話しています。女の人は、何を心配していますか。

F：そろそろブースに本を並べないと、間に合わないんだけど。荷物はどこですか。
M：あれっ、ブースに運んでありませんか。
F：さっき見てきたけど、ありませんでしたよ。
M：へんだな。運送会社への配送はいつごろされたんですか。
F：3日前だったと思います。
　　昨日の夕方にはこちらに届くように手続きしておいたんですけど……。
　　おかしいですね。
M：あっ、もしかして。

F：どうしたんですか。

M：じつは昨日の朝、高速道路で大きな事故があったんですよ。

　　それで、交通に大きな乱れが出たって、ニュースでやってました。

F：ってことは、その事故で？もしそうだとしたら、今日もまだ荷物は届かないのかしら。

　　本を並べるって、すごく時間がかかるのよ。

M：事故処理は、昨日の夜遅くには終わったみたいですから……。

　　それに、その事故に巻き込まれたとも限りませんし。

F：明日からのブックフェア、だいじょうぶかしら。

　　今のところ、うちの会社には事故で荷物が届かないっていう連絡も入ってないし……。

M：お昼前には着くといいですね。とりあえず、電話して聞いてみてはどうですか。

F：そうね、そうしましょう。

女の人は、何を心配していますか。

1 ブックフェアが中止になるかどうか

2 運送会社の車がまだ動くかどうか

3 事故で本が破れていないかどうか

4 本の陳列準備が間に合うかどうか

女人和男人正在書展會場說著話。女人正在擔心什麼呢？

F：差不多再不把書陳列到攤位上就要來不及了。可是貨在哪裡呢？

M：啊？沒有送到攤位嗎？

F：剛剛去看過回來了，可是沒有喔。

M：奇怪耶。給貨運公司的配送，大約什麼時候處理了呢？

F：我想是三天前。

　　明明辦好手續，說昨天傍晚會送到這裡，

　　好奇怪喔。

M：啊，難不成。

F：發生什麼事了嗎？

M：其實是昨天早上高速公路發生重大事故啦。

　　新聞有報導，因為那樣交通大亂。

F：這麼說來，是因為那個事故？如果那樣的話，今天貨也還是到不了嗎？陳列書籍，非常花

　　時間耶。

M：事故的處理，好像昨天晚上很晚才結束，所以……。

　　而且，也不一定是被那個事故牽連到。

F：明天開始的書展，沒問題吧？

　　都到現在了，我們公司都還沒有接到因為事故貨物無法送達的消息……。

M：如果中午之前能到就沒事吧！總之，先打電話問問看如何呢？

F：也是，就那樣吧！

女人正在擔心什麼呢？

1 書展會不會停辦

2 貨運公司的車子還能不能動

3 因為事故，書籍有沒有破掉

4 書籍的陳列，來不來得及準備

もんだいさん
問題3

　　問題3では、問題用紙に何も印刷されていません。まず話を聞いてください。それから、質問と選択肢を聞いて、１から４の中から正しい答えを１つ選んでください。

　　問題3，問題用紙上沒有印任何字。請先聽內容。接著，請聽問題和選項，然後從1到4中，選出一個正確答案。

いちばん
1番 MP3-96))

やくひんがいしゃ　けんしゅう　たんとうしゃ　はな
薬品会社の研修で担当者が話しています。

F：先日、三共生命がアンケートを行なった結果が発表されました。東京と大阪のサラリーマン８００人に「健康」についてとったアンケートです。その結果、一番気をつけているのは、睡眠であるということが分かりました。その次が食事でした。健康のために何をしているかという質問に対しては、「睡眠をよくとる」が５２．２パーセントでトップ、その次が「毎日の食事に気をつける」で３２．８パーセント、次が「できるだけ運動する」で３１．９パーセントでした。また、「健康のために毎月どのくらいお金を使いますか」という質問には、平均７,０３８円で、4,000円から4,500円の間の人が一番多く、４０パーセント近くいました。かなり多くの人が健康に気をつかっているのが分かります。ただ、「まったく使わない」という人も２９．１パーセントいました。これはちょっと問題ですね。

この研修で参加者が知ったことはどれですか。
1 健康にまったくお金をかけない人も３０パーセント近くいること
2 たくさん寝れば健康になると考える人が５２．2パーセントもいること
3 毎日の食事に気をつけている人が国民の半数以上もいること
4 健康のために使う金額は平均４,500円であること

藥品公司的研修裡，負責人正在說話。

F：前幾天，三共人壽發布了問卷調查的結果。這是一份針對東京以及大阪八百位上班族就
「健康」所做的調查。由其結果得知，大家最在意的是睡眠這一件事。其次則是飲食。針
對「為了健康，你會做什麼」的提問，最多的是「充分睡眠」有52.2%，其次是「注意每
天的飲食」有32.8%，接下來是「盡可能運動」有31.9%。此外，針對「為了健康，你每
個月大約會花多少錢」這樣的提問，平均是7,038日圓，花4,000日圓到4,500日圓之間的
人最多，有將近40%。得知有相當多的人注意健康。只不過，「完全不花錢」這樣的人也
有29.1%。這個會有點問題啊。

這個研修裡，參加者得知的事情是哪一個呢？
1 對健康完全不花錢的人也有近30%
2 覺得睡很多就會健康的人也有52.2%
3 每天注意飲食的人，占了國民半數以上
4 為了健康花費的金額平均是4,500日圓

2番 MP3-97))

ある中学校の道徳の授業で先生が話しています。

M：今日は、ボランティア活動について学びます。その前に、昨日の新聞に出ていた記事に
ついて、話します。みんなも読んだかもしれませんね。おとといペルーから１９０セン
チもあるテニス選手が来日しました。デニスさんという２７才の男性です。彼は日系
人で、ふだんから貧しい人のためにさまざまな活動をしています。歌手としても有名な
方です。もちろんテニスの腕も優れていて、国の代表として世界中で活躍しています。
試合で獲得した賞金はすべて寄付しているそうです。先月は、病院のなかった地域に病
院を建て、安い値段で治療が受けられるようにしたそうです。

この授業で、先生が言いたいことは何だと思いますか。
1 運動のできる人は、有名になれるということ
2 誰かのために何かをすることはすばらしいこと
3 ペルーはとても貧しく、病院もないということ
4 貧しい人はお金がなくてかわいそうだということ

某中學的道德課程裡，老師正在說話。

M：今天要學習的是有關志工的活動。在那之前，要先談談昨天報紙刊登出來的報導。可能大家也看到了吧。前天一位來自祕魯、身高有一九〇公分的網球選手來到日本。他是叫作Dennis先生的二十七歲男性。他是日僑，平常就為貧苦人士從事各種活動。他也以歌手的身分聞名於世。當然網球技術也很好，所以以國家代表的身分活躍於世界各地。據說他在比賽獲得的獎金全都捐獻出來。據說他上個月在沒有醫院的地區建設醫院，讓大家用便宜的價錢可以獲得治療。

在這個課程裡，老師想說的事情是什麼呢？
1 會運動的人，就會變成名人
2 為某些人做某些事，是了不起的事
3 祕魯非常貧窮，連醫院都沒有
4 貧窮的人沒有錢，所以很可憐

さんばん
3番 MP3-98))

女の人が昨日、遭った被害について話しています。

F：聞いてくださいよ。昨日、すっごいむかつくことがあったんです。まったく、最近はみんなスマホを見ながら歩いているせいで、自転車も怖くて乗れないですよ。私、自転車に乗って帰るところだったんです。前から女子高生が3人、スマホを見ながら歩いてくるじゃないですか。もちろん、ベルを鳴らしましたよ。でも、ぜんぜん気づかないみたいだったから、しょうがなく横によけたんです。そしたら、ちょうど体の不自由な人がそこにいたんです。で、その人にぶつかりそうになったから、とっさに急ブレーキを踏みました。そしたら、後ろを走っていた自転車にぶつけられちゃって……。転んで膝から血が出たくらいで済んでよかったんですが、急ブレーキの大きな音がしたせいで、女子高生がびっくりして、一人がスマホを落としちゃったんです。それで、私のせいで壊

れちゃったとか言って、私に弁償しろって。ほんと、むかつく！こっちが慰謝料を請求
したいくらいですよ。ついてない。

女の人がむかついている理由は何ですか。
1 女子高生が体の不自由な人を労わらなかったこと
2 女子高生にスマホを弁償しろと言われたこと
3 今の時代、子供でもスマホを持っていること
4 みんなスマホを見ながら道を歩いていること

女人就昨天遭殃的事情正在說話。

F：聽我說啦！昨天有件讓我非常生氣的事。都是最近大家一邊看手機一邊走路害的，我連腳
踏車都嚇到不敢騎了。就是我騎腳踏車回家的時候。迎面來的三個女高中生一邊看手機一
邊走過來不是嗎？我當然有按鈴啊！但是她們好像完全沒有發現似地，沒辦法我只好閃到
一邊去。這樣一來，剛好那裡又有位稍微身障的人士。於是，眼看就要撞到那個人，所以
我瞬間踩了緊急剎車。結果，就被跑在後面的腳踏車撞上……。跌倒膝蓋流血之類的能了
事就算了，沒想到因為緊急剎車很大聲的關係，女高中生嚇了一跳，其中一個人的手機掉
在地上。所以，就說是我害她手機壞掉，要我賠償。真是氣死我了！我才想向她要求精神
賠償呢！真倒楣。

女人正在生氣的理由是什麼呢？
1 女高中生不憐恤身障者
2 被女高中生要求賠償手機
3 現在這個時代，連小孩也都有手機
4 大家一邊看手機一邊在路上走路

4番 MP3-99))

社長が新入社員の研修会で話しています。

M：みなさん、まずは入社、おめでとうございます。2万人もの募集があった中で、選ばれ
たみなさんです。自信を持って、働いていってほしいものです。さっそくですが、セー
ルス活動についての話をしたいと思います。販売目標を達成するには複数の道がありま
す。先輩社員にセールスのコツを教えてもらうのもいいでしょう。でも、競争が激しい

現在、それだけでは足りません。お客様へのアプローチ方法から契約に至るまで、一人一人が状況に応じてセールス方法を工夫していかなければ、いい結果は得られません。そのとき、何より大切なものがあります。何だと思いますか。……はい、今、先輩社員の口から出ましたね。そう、その「ネバーギブアップ」の精神が大事なんです。お客様に拒否された、苦言を吐かれた、それだけで傷ついていてはいいセールスマンにはなれません。1度や2度の失敗など、大したことはありません。打たれても打たれても這い上がって来る、みなさんがそんな社員になってくれることを期待しています。ネバーギブアップ！がんばってください。

社長は、セールスにおいて何が一番大切だと言っていますか。
1 打たれたら、打ち返す精神を持つこと
2 状況に応じて、セールスの方法を変えること
3 先輩社員のいうことを聞いて、どんどん学ぶこと
4 失敗しても、あきらめない精神力を持つこと

社長在新進人員研修會中正在說話。

M：各位，首先恭喜大家進入公司。各位是在多達二萬名應徵者當中脫穎而出的。我希望大家能秉持自信，努力工作。接下來我想立刻和大家談談銷售的方法。要達成銷售目標有很多管道。請教公司前輩銷售要訣也是很好的方法吧！但是，在競爭激烈的現在，只有那樣是不夠的。從接近客人的方法到簽約為止，如果不能因應每一人的情況在銷售方法上下功夫，是得不到好結果的。那個時候，有一件事情比什麼都重要。你們覺得是什麼呢？……是的，就是現在從公司前輩嘴巴說出來的。沒錯，那個「永不放棄」的精神非常重要。光是被客人拒絕、說一些難聽的建言就受傷，是成不了好業務員的。一次、二次的失敗，根本算不了什麼。我期待各位能夠成為屢敗屢戰的員工。永不放棄！請加油！

社長正在說，在銷售上最重要的是什麼呢？
1 擁有一旦挨打也能反擊回去的精神
2 會因應情況，改變銷售方法
3 聽公司前輩所言，不斷學習
4 擁有就算失敗也不放棄的精神力量

ごばん
5番 MP3-100))

<ruby>上司<rt>じょうし</rt></ruby>から<ruby>留守電<rt>るすでん</rt></ruby>が<ruby>入<rt>はい</rt></ruby>っていました。メッセージは<ruby>次<rt>つぎ</rt></ruby>の<ruby>通<rt>とお</rt></ruby>りです。

M：<ruby>何度<rt>なんど</rt></ruby>も<ruby>電話<rt>でんわ</rt></ruby>したんだけど、<ruby>出<rt>で</rt></ruby>ないので<ruby>守電<rt>すでん</rt></ruby>に<ruby>入<rt>い</rt></ruby>れておくことにした。じつは<ruby>母親<rt>ははおや</rt></ruby>が<ruby>病気<rt>びょうき</rt></ruby>で、<ruby>急<rt>きゅう</rt></ruby>きょ<ruby>飛行機<rt>ひこうき</rt></ruby>で<ruby>北海道<rt>ほっかいどう</rt></ruby>に<ruby>戻<rt>もど</rt></ruby>ることになった。<ruby>明日<rt>あした</rt></ruby>から２<ruby>日間<rt>ふつかかん</rt></ruby><ruby>会社<rt>かいしゃ</rt></ruby>を<ruby>休<rt>やす</rt></ruby>む<ruby>予定<rt>よてい</rt></ruby>なので、<ruby>次<rt>つぎ</rt></ruby>のこと、よろしく。まず、あさっての<ruby>会議<rt>かいぎ</rt></ruby>で<ruby>使<rt>つか</rt></ruby>う<ruby>資料<rt>しりょう</rt></ruby>と<ruby>出席者<rt>しゅっせきしゃ</rt></ruby>の<ruby>出欠<rt>しゅっけつ</rt></ruby>のチェック。それから、<ruby>参加者<rt>さんかしゃ</rt></ruby>の<ruby>資料<rt>しりょう</rt></ruby>を３０<ruby>部<rt>ぶ</rt></ruby>コピーして。ひまがなければ、バイトの<ruby>子<rt>こ</rt></ruby>にお<ruby>願<rt>ねが</rt></ruby>いしてもらってもいい。あと、<ruby>課長<rt>かちょう</rt></ruby>のスピーチ<ruby>原稿<rt>げんこう</rt></ruby>はもう<ruby>作<rt>つく</rt></ruby>ってあるから、<ruby>明日<rt>あした</rt></ruby>の<ruby>朝一番<rt>あさいちばん</rt></ruby>に、<ruby>課長<rt>かちょう</rt></ruby>にチェックしてもらって。<ruby>分<rt>わ</rt></ruby>かってるだろうけど、<ruby>課長<rt>かちょう</rt></ruby>は<ruby>原稿<rt>げんこう</rt></ruby>を<ruby>読<rt>よ</rt></ruby>むのがチョー<ruby>遅<rt>おそ</rt></ruby>いから、<ruby>早<rt>はや</rt></ruby>めに<ruby>頼<rt>たの</rt></ruby>む。OKが<ruby>出<rt>で</rt></ruby>たら、すぐに<ruby>中国語<rt>ちゅうごくご</rt></ruby>に<ruby>翻訳<rt>ほんやく</rt></ruby>してほしい。<ruby>時間<rt>じかん</rt></ruby>がないから、<ruby>急<rt>いそ</rt></ruby>いでやってくれよ。<ruby>以上<rt>いじょう</rt></ruby>、<ruby>一人<rt>ひとり</rt></ruby>で<ruby>大変<rt>たいへん</rt></ruby>だとは<ruby>思<rt>おも</rt></ruby>うけど、よろしくな。おみやげに<ruby>蟹<rt>かに</rt></ruby>でも<ruby>買<rt>か</rt></ruby>ってくるから、<ruby>帰<rt>かえ</rt></ruby>ってきたらそれでいっしょに<ruby>飲<rt>の</rt></ruby>もう。<ruby>何<rt>なに</rt></ruby>か<ruby>分<rt>わ</rt></ruby>からないことがあったら、いつでも<ruby>電話<rt>でんわ</rt></ruby>してくれ。じゃあ。

このメッセージを<ruby>聞<rt>き</rt></ruby>いた<ruby>人<rt>ひと</rt></ruby>は、<ruby>明日<rt>あした</rt></ruby>の<ruby>朝一番<rt>あさいちばん</rt></ruby>に<ruby>何<rt>なに</rt></ruby>をしなければなりませんか。
1 <ruby>課長<rt>かちょう</rt></ruby>の<ruby>原稿<rt>げんこう</rt></ruby>を<ruby>中国語<rt>ちゅうごくご</rt></ruby>に<ruby>翻訳<rt>ほんやく</rt></ruby>する
2 あさっての<ruby>会議<rt>かいぎ</rt></ruby>の<ruby>資料<rt>しりょう</rt></ruby>をコピーする
3 <ruby>課長<rt>かちょう</rt></ruby>に<ruby>原稿<rt>げんこう</rt></ruby>をチェックしてもらう
4 <ruby>会議<rt>かいぎ</rt></ruby>の<ruby>出席者<rt>しゅっせきしゃ</rt></ruby>の<ruby>数<rt>かず</rt></ruby>をチェックする

主管在電話答錄機中留言。訊息如下。

M：已經打了好幾次電話，因為都沒人接，所以決定在電話答錄機中留言。其實是因為我母親生病，我緊急搭飛機回北海道了。由於預定從明天開始請二天假，所以以下的事情麻煩你。首先，是後天會議中要用的資料和出席者的出缺席確認。接著，影印三十份參加者的資料。如果沒有空，拜託打工的小朋友也沒有關係。還有，課長的演講稿已經寫好了，所以明天一大早請課長確認。你應該知道的，課長看稿超級慢，所以麻煩早點。如果回覆OK，希望馬上翻譯成中文。因為沒有時間了，要快點處理喔。以上，讓你一個人處理辛苦了，但還是拜託你了。我會買螃蟹當伴手禮，等我回來拿那個下酒一起喝吧。如果有什麼不明白的地方，隨時打電話給我。先這樣。

聽到這個訊息的人，明天一大早非做什麼不可呢？
1 把課長的原稿翻譯成中文
2 影印後天的會議資料

<ruby>6番<rt>ろくばん</rt></ruby> MP3-101)))

ラジオでアナウンサーが話しています。

F：では、次です。松上電器グループが、3月1日に新商品生ごみ処理機「なんでも食べちゃうぞ」を発表しました。リサイクルが注目されてだいぶ経ちますが、ごみの量はなかなか減らず、社会問題にもなっていました。松上電器では、その問題に真っ向から立ち向かい、どんな生ごみも一瞬できれいに処理してしまう機械の開発に長年努力してきたそうです。今回の新商品では、一回に処理できるごみの量を5．6キロと前のものより4倍もアップしました。従来のものと同じく処理槽の底につけたヒーターで加熱して、乾燥させる方法を採用しています。さらにうれしいのは、電気代が従来機より安くすむという点です。価格は少々値上がりして7万円ぴったりです。電気代を考えたら、お買い得かもしれませんね。

新商品が従来のものと変わらないのはどの部分ですか。
1 電気代
2 ヒーターによる乾燥方法
3 一回のごみ処理量
4 商品の値段

收音機裡播報員正在說話。

F：接著是下一則。松上電器集團在三月一日發表了新產品——廚餘處理機「什麼都吃下肚」。儘管大家注意回收問題已經很久了，但垃圾量還是難以減少，甚至成為社會問題。據說松上電器正面迎戰這個問題，長年致力於不管任何廚餘都能瞬間清潔處理的機械開發。這次的新產品，一次能處理的垃圾量是五點六公斤，和之前的機型比較起來，提升了四倍之多。和以往的機型一樣，都是採用以連接在處理槽底部的發熱器來加熱，然後使其乾燥的方法。此外更令人高興的是，電費比以往的機型更加便宜就能處理好這樣的特點。價格稍微提高了點，剛好是七萬日圓。但若考慮到電費的話，說不定更划算喔。

新產品和以往的機型沒有改變之處，是哪一個部分呢？

1 電費

2 用發熱器來乾燥的方法

3 一次的垃圾處理量

4 產品的價格

もんだいよん
問題4

　問題4では、問題用紙に何も印刷されていません。まず文を聞いてください。それから、それに対する返事を聞いて、1から3の中から正しい答えを1つ選んでください。

　問題4，問題用紙上沒有印任何字。請先聽文章。接著，請聽其回答，然後從1到3中，選出一個正確答案。

いちばん
1番 MP3-102))

F：これ、明日までに作っておいてくれる？

M：1 かしこいですね。

　　2 かしこまりました。

　　3 かしてください。

F：這個，明天前可以幫我做好嗎？

M：1 好聰明喔。

　　2 知道了。

　　3 請借我。

にばん
2番 MP3-103))

F：たいへん気に入りました。

M：1 それはたいへんだ。

　　2 それはたまらない。

　　3 それはよかった。

Ｆ：非常喜歡。
Ｍ：1 那真糟。
　　2 那真受不了。
　　3 那太好了。

さんばん
3番 MP3-104))

Ｍ：すてきなキッチンですね。
Ｆ：1 お褒めにあずかり、光栄です。
　　2 まだまだ努力しますよ。
　　3 そういうのはよくないです。

Ｍ：好漂亮的廚房喔。
Ｆ：1 承蒙您誇獎，很光榮。
　　2 還要努力喔。
　　3 那樣說不好。

よんばん
4番 MP3-105))

Ｆ：田島が戻りましたら、お電話するよう伝えます。
Ｍ：1 すまないね、頼むよ。
　　2 すんだよね、頼むよ。
　　3 すてきだね、頼むよ。

Ｆ：田島回來的話，會傳達請他回電。
Ｍ：1 不好意思耶，拜託了。
　　2 完成了吧，拜託了。
　　3 好棒喔，拜託了。

第三回模擬試題解析 ∨∨ 聽解

5番 MP3-106))

M：今後ともうちの子をよろしくね。
F：1 いいえ、それはちょっと。
　　2 いえ、こちらこそ。
　　3 いや、そうしよう。

M：今後也請多多關照我們家的小孩。
F：1 不，那有點……。
　　2 不，我們這裡才是。
　　3 不，就那樣吧。

6番 MP3-107))

F：おかわりはいかがですか？
M：1 いえ、もうおなかがいっぱいです。
　　2 いえ、おかわりはありませんよ。
　　3 いえ、あいかわらず調子がいいです。

F：要不要再來一碗呢？
M：1 不，肚子已經很飽了。
　　2 不，沒有再來一碗喔。
　　3 不，老樣子狀況不錯喔。

7番 MP3-108))

M：伝言をお願いできますか。
F：1 ええ、そうします。
　　2 ええ、どうぞ。
　　3 ええ、おかまいなく。

M：可以幫忙留言嗎？

F：1 好，就那樣做。

　　2 好，請說。

　　3 好，請不用張羅。

M：居心地のいいお部屋ですね。

F：1 じゃ、今すぐ帰りなさい。

　　2 じゃ、クーラーをいれましょう。

　　3 じゃ、ゆっくりしていってください。

M：好舒服的房間喔。

F：1 那麼，（你）現在立刻回家！

　　2 那麼，開冷氣吧。

　　3 那麼，請慢慢坐。

F：これ、食べたことがありますか。

M：1 いえ、初めてです。

　　2 いえ、食べません。

　　3 いえ、上手ですね。

F：這個，有吃過嗎？

M：1 不，是第一次。

　　2 不，不吃。

　　3 不，做得很好耶。

10番 MP3-111))

M：彼の演技は最高でしたね。

F：1 ええ、すっかり眠くなりました。
　　2 ええ、思わずうっとりしちゃいました。
　　3 ええ、精一杯がんばりました。

M：他的演技也太好了吧。

F：1 對，變得非常想睡了。
　　2 對，不由得看得入迷了。
　　3 對，盡最大的努力了。

11番 MP3-112))

F：この映画はおすすめですよ。

M：1 じゃ、よしなさい。
　　2 じゃ、見てみます。
　　3 じゃ、そうします。

F：我推薦這部電影喔。

M：1 那麼，別看。
　　2 那麼，去看看。
　　3 那麼，就那樣做。

12番 MP3-113))

F：これの色ちがいはありますか。

M：1 あります。わたしは赤にします。
　　2 あります。少々お待ちください。
　　3 あります。試着してみます。

F：這個有不同顏色的嗎？

M：1 有。我決定紅色。

　　2 有。請稍等。

　　3 有。試穿看看。

じゅうさんばん
１３番 MP3-114))

F：お会計は別々でもよろしいですか。

M：1 もちろんです。

　　2 そんなもんです。

　　3 なかなかです。

F：可以分別結帳嗎？

M：1 當然。

　　2 就那麼回事。

　　3 還不錯。

じゅうよんばん
１４番 MP3-115))

F：カット、今日はどうなさいますか。

M：1 お似合いで。

　　2 お世辞で。

　　3 おまかせで。

F：您今天頭髮想怎麼剪呢？

M：1 很合適。

　　2 恭維話。

　　3 全交給你。

第三回模擬試題解析
聽解

問題5

問題5では長めの話を聞きます。この問題には練習はありません。

まず、話を聞いてください。それから、２つの質問を聞いて、それぞれ問題用紙の1から4の中から、正しい答えを１つ選んでください。

問題5，是長篇聽力。這個問題沒有練習。

首先，請聽內容。接著，請聽二個提問，並分別在問題用紙的1到4中，選出一個正確答案。

1番 MP3-116))) MP3-117)))

教室で女の学生がクラスメイトに話しています。

F1：今度の日曜日、上野公園のイベント広場で、女子高生だけのフリーマーケットが開催されるの、知ってる？日本中から女子高生が集まって、いらなくなった服とかアクセサリーとかを売ったり、逆に買ったりするんだ。電化製品とか新品のものとかもあるよ。今年はダンス大会もあるし、海外旅行が当たるくじ引きとかもあるんだって。私、去年参加したんだけど、いいものが安く買えて、北海道の高校生と友達になったりして、すごくよかったんだ。みんなでいっしょに行かない？

F2：おもしろそうだけど、わたし、売るものない。

F1：ただ参加するだけでもいいんだよ。

F3：チケットはなくてもいいの？

F2：もちろん無料でしょう？

F1：うん、女子高生だって証明できる学生証があればいいんだよ。

F2：じゃ、行ってみようか。

F3：うん、行こう行こう。

質問1

フリーマーケットに参加するのに必要なものは何ですか。

1 学生割引
2 学生証
3 保険証
4 無料チケット

このイベントで行われないものは何ですか。
1 くじ引き
2 ダンス大会
3 物の売り買い
4 カラオケ大会

教室裡，女學生正對著同學講話。

F1：大家知道，這個星期天，在上野公園的活動廣場，有舉辦只限高中女生的跳蚤市場嗎？
從日本各地的高中女生聚集在此，賣不要的衣服或是飾品，相對的，也可以買。電器產品啦、全新商品啦，也都有喔。據說今年也有跳舞比賽，還有國外旅遊的抽獎。我去年有參加，用便宜的價格買到好東西，還和北海道的高中生變成朋友，超級棒的。大家要不要一起去？

F2：聽起來好像很有趣，但是我沒有要賣的東西。
F1：只是參加也可以喔！
F3：沒有門票也沒關係嗎？
F2：當然是免費的吧？
F1：嗯，如果是高中女生，有可供證明的學生證就可以囉。
F2：那麼，去看看吧！
F3：嗯，去吧去吧！

問1
參加跳蚤市場必要的東西是什麼呢？
1 學生優惠
2 學生證
3 保險證
4 免費入場券

問2
在這個活動當中，沒有進行的事情是什麼呢？
1 抽獎
2 跳舞比賽
3 物品的買賣
4 卡拉OK大賽

2番 MP3-118)) MP3-119))

お店の人が栄養ドリンクの説明をしています。

F1：こちらをご覧ください。当店の商品はどれもおいしいだけじゃなく、栄養のバランスを考えていますので、安心してお召し上がりいただけます。ですから、小さな子からおじいちゃんおばあちゃんまで、誰でも気軽に飲むことが可能です。それぞれ瓶についているキャップの色がちがいますので、みなさまの目的や体調に合わせてお選びいただくことができます。きれいになりたい女性には、こちらのピンクのキャップのドリンクがおすすめです。ビタミンCやコラーゲンが豊富に入ってます。体力に自信のない方にはこちら、緑のキャップがおすすめです。疲労回復に効果のある要素が入っています。青のキャップは安眠効果があります。あと、黄色のは目が疲れている人にいいです。ドライアイにも効果があったというお客様からの、うれしいお便りもいただいています。

F2：わあ、よさそうね。わたしは、もちろんピンクのがいいわね。

M：最近よく眠れないって、嘆いてなかったっけ。だったら、黄色のほうがいいんじゃない？

F2：えっ、黄色のは目に効くやつでしょ。

M：そうだっけ？由紀子は毎日パソコンいじってるから、目が疲れてるってのもあたってるけどね。

F2：そうね。じゃ、疲労回復以外のは全部買わなきゃ。

M：ほんとうだ。俺はとりあえず、緑で元気になるよ。

質問1
男の人はどんな効果のものがほしいですか。
1 疲労を回復したい
2 よく眠りたい
3 きれいになりたい
4 目の疲れをとりたい

質問2
女の人がいらないのは何色のキャップのドリンクですか。
1 青
2 緑

3 黄色（きいろ）
4 ピンク

店裡的人正在做保健飲料的說明。

F1：請看這裡。本店的商品，不管哪一種都不只是好喝，而且還考慮到營養的均衡，所以可以安心飲用。因此，從小朋友到爺爺奶奶，不論是誰都可以輕鬆地喝。每一個瓶子所附的瓶蓋顏色都不相同，所以可以搭配各位的目的或是身體情況做選擇。想變漂亮的女性，推薦這個粉紅色瓶蓋的飲料。裡面添加了豐富的維他命C和膠原蛋白。而對體力沒有自信的人，建議這個綠色瓶蓋的。裡頭添加了對疲勞恢復具有效果的成份。藍色瓶蓋的則有安眠效果。還有，黃色瓶蓋的對眼睛疲勞的人很好。還有顧客捎來令人開心的消息，說對乾眼症也有效果。

F2：哇！看起來很棒耶！我當然是粉紅色的好吧！
M：妳最近不是唉聲歎氣，說睡得不好嗎？那樣的話，黃色比較好不是嗎？
F2：咦，黃色的不是對眼睛好的東西嗎？
M：是那樣嗎？由紀子妳每天盯著電腦，所以說妳眼睛很疲勞也沒有錯吧。
F2：是啊！那麼，除了疲勞恢復的之外，全都非買不可了。
M：真的。我就先用綠色的來恢復元氣吧！

問1
男人想要有什麼效果的產品呢？
1 想要疲勞恢復
2 想要睡得好
3 想要變漂亮
4 想要消除眼睛的疲勞

問2
女人不需要的是什麼顏色瓶蓋的飲料呢？
1 藍色
2 綠色
3 黃色
4 粉紅色

さんばん
3番 MP3-120)) MP3-121))

マウンテンバイクの講習会で男性講師が話しています。

M1：最近は、若者だけじゃなくて、退職したサラリーマンや、6、70才の年配の方の間でも山歩きがブームになっています。中高年に特に人気なのが、1000メートルくらいの山ですね。ブームになってからもう3年ほどたちますが、その数は衰えるどころか、年々増加しています。ここにいるみなさんは、山歩きよりマウンテンバイクに興味がある方ですが、山歩きのほうが多いということを知っておいてほしいんです。じつは、マウンテンバイクと山歩きの人の事故がよく発生します。そこで、まずはライダーたちが守らなければならないいくつかのルールをお話しておきます。第一に、山歩きの人に会った場合は、マウンテンバイクからすぐに降りてください。第二に、できるだけ山歩きの人が多いところには行かないこと。最後に、自然と仲よくすることです。そうそう、バイクに乗る時、初心者は黄色いものを身につけてください。初心者なので注意してという意味があります。いわゆる初心者マークみたいなものですね。

M2：山歩きの人が多いところには行かないことっていっても、どうしたらその場所が分かるんですか。

M1：そうでした。これからお配りする地図に書いてありますので、参考にしてください。

F：私はマウンテンバイクに乗るのは初めてで、服とかみんな黒なんですけど、だめですか。

M1：黒はプロの方が着るので、やはり安全のために黄色を身につけることをおすすめします。それか、赤かオレンジでもいいですよ。

しつもんいち
質問1
講習会の講師は山歩きの人に会った場合、どうしろと言いましたか。
1 マウンテンバイクを押して歩く
2 マウンテンバイクの速度を落とす
3 マウンテンバイクから降りる
4 マウンテンバイクを捨てる

しつもんに
質問2
この女の人は、何色を身につけたほうがいいですか。
1 黄色

2 緑
　みどり

3 茶色
　ちゃいろ

4 黒
　くろ

越野自行車的講習會中，男性講師正說著話。

M1：最近，不只是年輕人，連退休的上班族，或是六、七十歲的年長者當中，也有人流行山林間漫步。最受中老年人歡迎的，是一千公尺左右的山吧。從蔚為風潮至今，已過了三年左右，其人數不但不減，還年年增加中。雖然在座的各位，比起山林間漫步，都是對越野自行車更有興趣的人，但是我希望大家能夠知道，山林間漫步者的人數更多。其實，越野自行車和山林間漫步者經常發生事故。因此，首先要談談騎士們非遵守不可的幾條規則。第一，當遇到山林間漫步者時，請立刻從越野自行車上下來。第二，盡可能不要到山林間漫步者眾多的地方。最後，要愛護大自然。對了、對了，騎乘自行車時，初學者請穿戴黃色的衣物。這含有「因為是初學者所以請注意」這層意義。就是所謂的初學者標誌一樣的東西吧。

M2：您提到不要到山林間漫步者眾多的地方，但是要怎麼樣才能知道是哪裡呢？
M1：您說得對。接下來發放的地圖上有標示，請參考。
　F ：我是第一次騎越野自行車，不過衣服之類的全都是黑色，不行嗎？
M1：黑色是職業人士穿的，所以為了安全，建議還是穿黃色。或者是，紅色或橘色也可以喔！

問1
講習會的講師說，遇到在山林間漫步者時，要怎麼樣呢？
1 推著越野自行車走
2 減低越野自行車的速度
3 從越野自行車上下來
4 捨棄越野自行車

問2
這個女人，穿什麼樣的顏色比較好呢？
1 黃色
2 綠色
3 茶色
4 黑色

4番 MP3-122)) MP3-123))

先生がクラスメイトのポスターが入賞した話をしています。

F1：もう知っている人もいるかと思いますが、ポスターコンテストで、うちのクラスから３名入賞しました。中でも片山さんの作品は関東地区で最優秀賞に選ばれて、賞金３０万円が贈られることになっています。片山さんの作品は世界平和を願って描かれたもので、一枚の絵の中に２８人の世界の子供が描かれています。それから、黒田くんのは銀賞です。こちらは捨て猫や捨て犬の里親探しのポスターです。とても温かなタッチで、特に女性審査員に人気があったそうです。それから、銅賞に選ばれたのが、山崎さんの作品です。山崎さんは原子力発電所をなくそうというテーマで、白黒のインパクトのある作品です。こちらは特に、芸術家の審査員に好評だったそうです。どの作品もすばらしくて、わが校で選ばれた３人がすべてうちのクラスからだったことを、たいへん誇りに思います。

M：その、片山さんのポスターに描かれている、世界の子供たちの真ん中にあるのは何ですか。太陽ですか。

F1：これは地球を意味しています。そうですよね、片山さん。

F2：はい、それは赤いですが、地球が怒っているイメージで描きました。最初はお母さんの子宮を描こうと思ったんですが、難しくて変更したんです。

M：俺なんか野球のバッドとボールなんか描いて、今思うと恥ずかしいです。来年は自分も入賞できるようにがんばります。

F1：そうですね。みんないっしょにがんばりましょう。

質問1
関東地区で最優秀賞をとった片山さんの賞金はいくらですか。

１３万円

２２８万円

３３０万円

４５０万円

質問2
片山さんのポスターに描かれている丸いものはですか。

１ 野球のボール

２ 太陽

3 お母さんの子宮
4 地球

老師正在說班上同學海報得獎的事情。

F1：我想可能有人已經知道，在海報比賽中，我們班上有三位同學得獎。其中片山同學的作品獲選為關東地區最優秀獎，獲贈獎金三十萬日圓。片山同學的作品描繪祈求世界和平，一幅畫當中有二十八位世界各地的兒童。接著，是黑田同學的銀牌獎。這是一幅流浪貓或流浪狗找尋領養人家的海報。由於筆觸非常溫馨，所以好像特別受到女性評審的歡迎。接下來，獲選為銅牌獎的是山崎同學的作品。山崎同學以想要終結核能發電廠為主題，是一幅令人震撼的黑白作品。據說這幅海報特別受到藝術家評審的好評。不管哪一幅作品都非常好，由於我們學校被選中的三個人，都是來自於我們班，所以覺得非常光榮。

M ：那個片山同學海報中畫的，在世界各地兒童正中間的，是什麼呢？太陽嗎？
F1：這代表著地球。是吧？片山同學。
F2：是的，那雖然是紅色，但畫的是地球正在怒吼的意象。一開始本來想畫母親的子宮，但因為太難，所以做了變更。
M ：我畫的是棒球的球棒和球，現在想想真是丟臉。我要好好加油，希望明年也能得獎。
F1：是啊！大家一起加油吧！

問1
獲得關東地區最優秀獎的片山同學的獎金，是多少呢？
1 3萬日圓
2 28萬日圓
3 30萬日圓
4 50萬日圓

問2
片山同學在海報中描繪的圓形物品，是什麼呢？
1 棒球的球
2 太陽
3 母親的子宮
4 地球

國家圖書館出版品預行編目資料

新日檢N1模擬試題＋完全解析 新版 /
こんどうともこ、王愿琦著
-- 四版 -- 臺北市：瑞蘭國際, 2023.03
400面；19 x 26公分 --（日語學習系列；72）
ISBN：978-626-7274-12-5（平裝）
1.CST：日語 2.CST：能力測驗

803.189   112002731

日語學習系列 **72**

絕對合格！
新日檢N1模擬試題＋完全解析 新版

作者｜こんどうともこ、王愿琦・責任編輯｜王愿琦、葉仲芸
校對｜こんどうともこ、王愿琦、葉仲芸

日語錄音｜今泉江利子、野崎孝男、こんどうともこ、丸山雅士
錄音室｜不凡數位錄音室、純粹錄音後製有限公司
封面設計｜劉麗雪、陳如琪・版型設計｜張芝瑜・內文排版｜陳如琪、余佳憓
美術插畫｜鄭名娣、余佳憓

瑞蘭國際出版

董事長｜張暖彗・社長兼總編輯｜王愿琦
編輯部
副總編輯｜葉仲芸・主編｜潘治婷
設計部主任｜陳如琪
業務部
經理｜楊米琪・主任｜林湲洵・組長｜張毓庭

出版社｜瑞蘭國際有限公司・地址｜台北市大安區安和路一段104號7樓之1
電話｜(02)2700-4625・傳真｜(02)2700-4622・訂購專線｜(02)2700-4625
劃撥帳號｜19914152 瑞蘭國際有限公司・瑞蘭國際網路書城｜www.genki-japan.com.tw

法律顧問｜海灣國際法律事務所　呂錦峯律師

總經銷｜聯合發行股份有限公司・電話｜(02)2917-8022、2917-8042
傳真｜(02)2915-6275、2915-7212・印刷｜科億印刷股份有限公司
出版日期｜2023年03月初版1刷・定價｜480元・ISBN｜978-626-7274-12-5